사나운 새벽

사나운 새벽 7
윤석진 판타지 장편 소설

초판 1쇄 찍은 날 § 2005년 4월 26일
초판 1쇄 펴낸 날 § 2005년 5월 6일

지은이 § 윤석진
펴낸이 § 서경석

편집장 § 문혜영
편집책임 § 김규진
편집 § 유경화 · 서지현

펴낸곳 § 도서출판 청어람
등록번호 § 제1081-1-89호
등록일자 § 1999. 5. 31
어람번호 § 제1-0594호

주소 § 경기도 부천시 원미구 심곡1동 350-1 남성B/D 3F (우) 420-011
전화 § 032-656-4452 팩스 § 032-656-4453
http://www.chungeoram.com
E-mail § eoram99@chollian.net

ⓒ 윤석진, 2004

ISBN 89-5831-518-6 04810
ISBN 89-5505-984-1 (SET)

※ 파본은 본사나 구입하신 서점에서 교환하여 드립니다.
※ 저자와 협의하여 인지를 붙이지 않습니다.

윤석진 판타지 장편 소설 **사나운 새벽 7**
완결

도서출판 청어람

목차

Chapter 70　7

Chapter 71　38

Chapter 72　63

Chapter 73　102

Chapter 74　127

Chapter 75　160

Chapter 76　193

Chapter 77　225

Chapter 78　253

에필로그　287

망각이여, 그대는 가장 달콤한 눈물
죽은 자들을 위한 잔인한 탄식
산 자들을 위한 서글픈 축복

―다이레우드 해(海)의 구전가요 중에서.

Chapter 70

"대체 왜 나를 부르는 거야?"

남자는 황금으로 장식된 커다란 문 앞에 서 있었다. 공작석과 황옥석, 그리고 오색으로 찬란한 금강석이 박힌 눈부시게 빛나는 문이었다. 어느 제국에서도, 어느 왕국에서도 볼 수 없을 정도로 사치스럽고도 아름다운 문.

그 문이 좌우로 조용히 열리자 검은 로브를 걸치고 있는 남자는 거침없이 안으로 들어갔다. 그리고 그는 황금과 보석으로 장식된 장의자에 기대어 한가롭게 차를 마시고 있는 금발의 남자에게 다가갔다.

모든 것이 황금으로 장식되어 눈이 부셨다. 남자는 투덜거렸다. 아무리 드래곤이라고는 해도 모든 것을 황금으로 장식할 필요는 없는 것 아닌가.

"어서 오게, 마왕의 계약자."

금발의 남자가 웃었다. 순백의 찻잔을 든 채 미소 짓고 있는 그는 너무나 아름다워 도무지 살아 있는 생물이라고는 믿어지지 않을 정도였다.

검은 로브의 남자는 속으로 숨을 삼켰다. 이렇게나 아름다운 생물은 일찍이 본 적이 없었던 것이다. 물론, 그는 알고 있었다. 눈앞에 있는 이 금발의 미남자는 드래곤이었다. 드래곤이라는 생물은 자신이 생각한 모습을 자유자재로 할 수 있는 존재다. 그러니 새삼 그 미모에 감격할 필요는 없었다.

하지만.

어딘가 숨을 멈추게 할 정도로 마음을 흔들리게 하는 것이 이 황금의 드래곤에게는 있었다. 단지 아름다운 미모만이 아닌 뭔가가 분명히 있었다.

"날 무엇 때문에 부른 거요?"

남자가 조용히 묻자, 황금의 드래곤은 고요하게 미소 지었다. 황금의 눈, 황금의 머리칼을 가진 드래곤은 기묘하게도 더할 나위 없이 다정한 눈빛을 하고 있었다.

"부탁하고 싶은 것이 있어 부른 거요."

"부탁? 드래곤이 왜 나 같은 인간에게 부탁을 한다는 거요?"

남자가 미간을 찌푸리며 묻자 황금의 드래곤은 하얀 로브로 휘감긴 섬세한 몸을 단정히 하고 대답했다.

"당신만이 할 수 있는 일이지요."

"에?"

"당신은 흑마법사 아니오? 그것도 지상에서 가장 강대한 힘을 가진 마법사."

 검은 로브를 걸친 남자는 잠시 침묵했다. 뭐라 할 말이 따로 없었기 때문이다.

 흑마법사는 검은 머리에 검푸른 눈을 가지고 있었다. 아직 삼십대 정도로 보였지만 양미간에는 이미 깊은 주름이 새겨져 있었다. 하나 시름에 겨워 지친 듯 늘어진 어깨를 하고 있을망정 마법사라기엔 너무나 당당한 체격의 소유자였다.

 그가 할 말을 찾고 있는 동안 드래곤이 말을 이었다.

 "나와 나의 아이를 지켜주시오."

 "에?"

 남자가 놀라서 그를 보자 황금의 드래곤이 다시 미소했다.

 "1년간 나는 무력한 상태가 될 거요. 내 아이 역시 마찬가지일 테지."

 남자는 경악을 감출 수가 없었다. 어찌하여 고고하기 이를 데 없는 드래곤이 자신에게 그런 약점을 말하는 것일까.

 "그래서 그대에게 1년간 나와 내 아이를 지켜줄 것을 부탁하는 것이오."

 "내, 내가?"

 남자는 도무지 이해할 수가 없었다. 아무리 자신이 마왕의 계약자라고는 해도 원래 마족과 드래곤은 대립하는 관계다. 어찌하여 그런 자신에게 자신의 목숨을 맡기는 것인지. 대체 뭘 믿고 그러는 것인지 알 수가 없었다.

 "나는 도무지 이해할 수가 없소. 왜 나에게 그런 걸 부탁하는 것이오? 드래곤과 마족의 사이는 결코 좋은 것이 아닐 텐데."

 황금의 드래곤은 약간은 묘한 미소를 머금었다.

 "잊고 있구려. 그대의 계약자 고독과 청염의 마왕은 말 그대로 고독의 마왕이오. 그는 오로지 혼자서 오롯이 존재할 뿐, 남의 것을 탐내거나 남의 것을 억지로 취하지 않는다오. 고독의 마왕은 홀로 존재하며, 홀로 불타오르는 푸른 불꽃. 그 자체로도 강한 마신이오. 약한 드래곤 따위를 염두에 두지는 않는다오."

 그의 말에 남자는 입을 다물었다. 이상하긴 하지만 따져 보면 그의 마왕은 결코 다른 마족들처럼 탐욕을 부린 적이 없었다. 기묘한 게임을 즐기거나 약점을 파고들거나, 심지어는 살육을 즐기는 일도 없었다. 옛이야기 책에 나오는 그런 마족들과는 확연히 다르다.

 남자가 침묵하자 드래곤이 물었다.

 "그대의 이름은 무엇이오?"

 남자는 답할 수 없었다. 그의 이름은 오로지 마왕과 그만의 것이었다. 계약의 이름이란 그런 것이어서 다른 자들에게 밝힐 수 없었다.

 "뭐라 부르면 되겠소?"

 황금의 드래곤이 조용히 다시 물었다.

 남자는 우울한 침묵을 삼켰다. 뭐라 대답할 수 없는 자신이 서글펐다. 뭔가 새로 이름을 지어볼까 하고 즉흥적으로 생각했으나 드래곤의 앞에서 떠오르는 이름은 없었다.

 그때, 황금의 드래곤이 미소 지으며 물었다.

 "이름이 없는가 보구려. 그럼 내가 그대의 이름을 지어주어도 되겠소?"

그 말에 남자는 고개를 들고 드래곤을 보았다. 호의가 넘치는 부드러운 황금의 눈동자에 그는 매혹되었다. 누구에게서도 본 적이 없는 달콤하고 다정한 눈빛이었다. 남자의 가슴은 터질 듯 부풀어 올랐다.

그때 방 한구석에서 무언가가 걸어나왔다. 남자는 작은 상자와도 같은 침대 속에서 걸어나온 작은 생물을 보았다. 아주 가녀린 소녀 같은 몸집을 하고 있긴 하지만 소녀는 아니었다. 칠흑 같은 검은 머리와 황금의 눈동자를 가진 그 생물은 남자를 물끄러미 올려다보았다.

엘프인가 하고 무심결에 생각했던 남자는 흠칫했다. 그 생물은 십이 삼 세가량의 소년처럼 보였지만 날카로운 손톱과 윤기가 흐르는 비늘을 가지고 있었다. 검푸른 비늘이 덮여 있는 손등과 팔뚝. 남자는 할 말을 찾지 못했다. 이런 모습을 한 생물은 알지 못했다.

"내 아이인 오르게이드요."

오르게이드라 불린 드래곤의 아이는 남자를 똑바로 바라보고 있었다. 왠지 굉장히 오만한 인상이다. 이렇게나 가녀린 몸을 하고 있는데도 강력한 힘이 느껴진다. 확실히 드래곤은 드래곤인 모양이다. 그런데 어째서 황금의 드래곤의 아이가 검은 머리를 하고 있는 걸까 하고 남자는 의아하게 생각했다.

"록베더."

갑자기 오르게이드가 말했다.

"뭐?"

그는 가녀린 외모에 어울리지 않는 시큰둥한 어조로 어깨를 으쓱했다. 마치 인간처럼.

"록베더."

"호오."
황금의 드래곤이 웃었다.
"록베더라고? 파수꾼이란 말이냐?"
드래곤이 웃는 것을 보고 남자는 조금 당황했다.
"뭐라고?"
남자가 되묻자 오르게이드는 여전히 시큰둥한 얼굴로 다시 되풀이했다.
"록베더. 당신의 이름을 록베더라 하겠다구."
남자는 왠지 기분이 나빠서 거절했다.
"너 같은 어린애에게 이름을 받고 싶진 않다."
그러자 황금의 드래곤이 웃으며 끼어들었다.
"화를 내지 마시오. 내가 보기엔 그 이름이 적당할 것 같군. 그대, 마왕의 계약자이며 인간의 마법사인 그대, '록베더'란 이름을 받아들이시오."
마계어로 파수꾼. 사람을 뭘로 보기에 파수꾼이라는 건가? 수호자도, 보호자도 아닌 파수꾼이라니. 망보기나 하라 그건가?
남자는 불쾌해서 뭐라 쏘아붙이고 싶었다. 이 시건방진 드래곤 새끼가 하는 짓이 영 기분이 나쁘다. 하지만 그는 애정을 담고 자신을 바라보는 드래곤의 시선을 슬그머니 피하며 고개를 끄덕이고 말았다. 어쩐지 이 황금의 드래곤에게 뭐라 대들기가 민망했다.
"알았소."
"그대의 이름은 이제부터 록베더. 나와 내 아이를 지켜주는 파수꾼이오."

드래곤의 말은 힘을 가진다. 그 힘은 고도의 마법만큼이나 강력하고 강인한 것이다. 남자는 자신을 둘러싼 마나가 물결치는 것을 느꼈다. 강력하면서도 부드러운 기운이 그의 뺨을 스쳐 지나간다.

남자는 갑자기 뛰기 시작하는 가슴을 손바닥으로 누르며 고개를 숙였다.

"좋아요. 내 이름은 이제부터 록베더요. 하지만 난 저놈은 별로 지키고 싶지 않소이다."

남자는 시건방진 드래곤 꼬맹이를 흘겨보며 투덜거렸다.

그 말에 황금의 드래곤이 웃었다.

"아니오. 당신은 지켜줄 겁니다. 과거와 미래가 교차하고 시간과 공간이 혼재하는 곳에서 지켜보는 그대의 마왕이 그러하듯 당신은 나와 내 아이를 분명히 지켜줄 겁니다, 록베더."

남자는 조금 당황했다. 아까부터 고까운 눈초리를 던지고 있는 검은 머리의 어린 드래곤에게 적당한 훈계를 내려줄까도 생각했지만 드물게도 무한한 호감을 보이고 있는 드래곤을 거슬리고 싶지 않았다.

"그런데, 위대한 존재여? 그대의 이름은?"

약간 주저하던 남자가 조용히 묻자 황금의 드래곤은 어딘가 쓸쓸한 표정을 지으며 대답했다.

"내 이름은 레다이에드. 레다이에드 에페."

"허억!"

눈을 뜨자 밤하늘의 별이 보였다. 코끝을 얼릴 듯 차가운 공기가 숨통을 틀어막는다.

여기가 어디더라? 나는 잠시 여기가 어딘가 헤맸다.

그때 바로 옆에서 인기척이 났다.

잔뜩 웅크린 자세로 모포를 뒤집어쓴 소년이 보였다. 피곤했는지 낮게 코를 골고 있었다. 미흐가르다. 그 옆에 누워 있는 것은 금발의 미녀, 트리니티. 그녀 역시 모포를 뒤집어쓴 채 움직이지 않고 있었다. 그렇다. 나는 지금 스와디에게로 돌아가는 중이었다.

역시 꿈이었나. 나는 두 손으로 머리를 짚었다.

레다이에드.

황금의 드래곤. 나의 피보호자이자 소중한 어린 드래곤.

어째서, 어째서 그 녀석을 본 것일까. 그 녀석이 그렇게나 성장한 모습으로 나타나다니. 방금 자신이 본 것은 대체 무엇이란 말인가. 설마 벌써 그렇게나 성장했단 말인가? 최소한 5백 년은 걸릴 거라 생각하고 있었는데.

등줄기가 축축했다. 날씨가 이렇게도 차가운데 땀을 흘리다니. 나는 고개를 내저었다.

"……."

아직 새벽이었다.

이상한 이야기였다. 난 방금 미래를 본 것일까? 전에 원당이나 유데이스를 보았던 것처럼?

내 이름을 지어준 것이 레다였다는 건가? 아아, 설마. 이건 망상에 불과한 생각이다. 말 그대로 개꿈인 것이다. 레다이에드와 헤어진 지 겨우 1년이다. 아니, 1년도 채 되지 못했다. 그런데 벌써 레다이에드가 성장해 아이를 낳았다니, 그게 말이 되나.

나는 헛웃음을 지었다. 그렇다. 말도 안 된다. 개꿈이다. 개꿈이 틀림없었다. 그러니까 그 시건방진 모습의 어린 드래곤이 록그레이드를 닮았을 것이다. 황금의 드래곤이 검은 머리칼의 드래곤을 낳다니. 그것도 웃기는 일이다. 그 시건방진 표정 하며 날 올려다보는 주제에 드러나는 그 거만한 얼굴이라니. 레다를 닮은 게 아니라 진짜 록그레이드랑 닮아 있었다.

"흐흐……."

난 그 건방진 놈과 레다이에드가 그리워서 그런 꿈을 꾼 것은 아닐까. 게다가 내 아이가 곧 태어날 것이니 더 더욱 그랬을 것이다. 나는 턱을 괴고 앉아서 허허로운 웃음을 내뱉었다.

오르게이드라.

묘하게도 생생한 이름이었다. 어딘가 록그레이드를 닮은 그 어린 드래곤은 실재감이 있긴 있었다. 하지만 성체가 되기도 전에 애를 낳을 수는 없을 게다. 특히 드래곤은 어지간한 힘이 없다면 애를 낳을 수도 없는 것 아닌가. 일생에 단 두 번 아이를 낳을 수 있다고 했으니.

갑자기 에메타이드가 보고 싶었다. 우아한 황금의 드래곤. 나에게 이름을 준 그 드래곤의 황금빛 눈동자가 그리웠다. 그리고 한편으로는 정말 울고도 싶었다. 나는 인간이다. 그런데도 내가 그리워하는 것은 드래곤과 유령뿐이라니.

"스와디……."

스와디의 체온이 그리웠다. 따스하고 부드러운 살결이 그리웠다. 그녀를 꽉 끌어안는다면 이 텅 빈 마음이 채워질 수 있을까. 애초에 그녀를 떠나온 것 자체가 어리석었다.

사막의 달은 차갑다. 온몸이 얼어붙을 것처럼.

나는 깊이 잠든 미흐가르의 곁에서 일어나 새까맣게 시야를 가득 메운 밤하늘을 올려다보았다. 달빛이 차가운 만큼 별빛도 차갑다. 바람이 뺨을 스칠 때마다 섬뜩한 기운에 소름이 끼친다.

"잠이 안 오는 건가요?"

부드러운 목소리로 반마족이 물었다.

나는 뒤돌아보지 않았다. 그녀, 트리니티는 내 옆으로 천천히 걸어오더니 은으로 만든 수통을 내밀었다.

"마셔요."

무심코 받아 들고 보니 향이 짙은 벌꿀술이었다. 어지간히 독했다. 한 모금 마시니 열기가 가슴까지 치밀어 오른다.

"기분이 어때요?"

"뭐가?"

나는 아직 이 여자를 믿을 수가 없었다. 비록 시스테이어스가 보냈다고는 해도 마족이란 누군가의 뒤통수를 후려갈기지 않으면 직성이 풀리지 않는 족속이다. 내가 믿을 수 있는 것은 단 하나 나의 계약자 시스테이어스뿐이었다.

정말? 문득 나는 정말로 내가 시스테이어스를 믿어도 되는가 하고 반문했다. 그가 내 계약자인 것은 분명하고 그가 마왕인 것도 분명하다. 하지만 그렇다고 해서 그를 완전히 믿을 수는 없는 일이다. 왜냐면 그는 마족이니까. 마왕이라도 마족이니까.

갑자기 등줄기가 오싹했다. 가슴이 터질 듯한 고통이 찾아왔다. 심장을 산 채로 쥐어짜는 것만 같았다.

록그레이드의 계약자인 베세레스 아이는 어땠던가. 그녀는 록그레이드를 조롱하고 그의 영혼을 가지기 위해 잔인하게 굴었다. 록그레이드는 그녀를 증오했다. 그런데 나는? 나는 시스테이어스를 증오하기는커녕 그를 의지하고 있었다. 그밖에 없다며 그를 의지하고 절대적으로 신봉하고 있었다.

나는 천천히 앞가슴을 움켜쥐었다. 이건 말이 안 되는 일이었다. 인간인 내가 마왕인 그를 믿고 의지하다니. 마족이란 그저 모든 인간을 쥐새끼나 가축으로 취급하는 존재들이다. 비록 계약해 그 힘을 빌려준다고는 해도 그것은 단지 유희일 뿐 그들이 진정 바라는 것은 인간의 비탄과 고통이었다.

믿다니, 마왕을 믿다니. 하지만 대체 내게 어떤 방법이 있단 말인가. 마왕을 믿는 것 이외에.

그러다가 문득 그 말이 떠올랐다.

"잊고 있구려. 그대의 계약자 고독과 청염의 마왕은 말 그대로 고독의 마왕이오. 그는 오로지 혼자서 오롯이 존재할 뿐, 남의 것을 탐내거나 남의 것을 억지로 취하지 않는다오. 고독의 마왕은 홀로 존재하며, 홀로 붙타오르는 푸른 불꽃. 그 자체로도 강한 마신이오. 약한 드래곤 따위를 염두에 두지는 않는다오."

자칭 레다이에드라 했던 드래곤이 그렇게 말했었다. 꿈속에서.

나는 이를 악물었다. 하지만 그건 개꿈이 아니었나? 혼란이 일었다. 드래곤은 거짓을 말하지 않는다. 그들과 마족은 동등했다. 하지만 정말 그게 레다이에드일 리가 있나? 나는 뭘 믿고 뭘 의심해야 할지 도무지 알 수가 없었다.

"오르게이드를 알아?"

나는 충동적으로 그 단어를 입에 올렸다. 그러자 의외로 반마족이 놀란 듯 나를 쳐다본다. 그 반응에 오히려 내가 더 놀랐다.

"오르게이드를 기억해요?"

나는 한 걸음 물러서서 그녀를 똑바로 보았다. 적금발의 눈부신 미녀는 기묘한 표정으로 날 바라보더니 혀를 찼다.

"당신에게 이름을 지어준 드래곤이지요. 록베더."

나는 눈을 부릅떴다.

"뭐?"

"당신에게 최초로 록베더라고 이름을 지어준 드래곤이라고요."

"아냐. 내가 그 이름을 받은 것은……."

나는 무심결에 부정하다가 에메타이드에게서 들은 이야기를 기억해냈다.

아주 옛날 드래곤과 친분이 있었던 마왕이 자신이 계약한 흑마법사를 드래곤에게 보냈다 했다. 그리하여 그 흑마법사가 드래곤의 아이를 오랫동안 지켜주었다. 그 이후로 드래곤들은 흑마법사를 록베더라 부르게 되었다. 그게 바로 록베더, 드래곤의 파수꾼에 대한 전설.

나는 부들부들 떨었다. 그건 드래곤조차 기억하지 못하는 까마득한 옛날 일이라 했다. 그럼, 방금 내가 꾼 꿈은 무엇이지? 맙소사, 설마 하니 록베더라 불린 흑마법사가 나밖에 없는 것은 아니겠지?

"록베더라 불린 마법사가 또 있었겠지?"

내 질문에 트리니티는 피식 웃었다.

"아뇨. 록베더라 불린 자는 당신뿐이에요. 알고 있을 텐데요. 드래곤의 말은 그 자체로 힘을 가져요. 그 누구도 그 이름을 함부로 쓸 순 없죠. 드래곤의 파수꾼, 드래곤의 록베더는 당신 한 사람뿐이에요."

머리가 터져 나갈 것 같았다.

나는 부들부들 떨리는 몸을 억지로 누르고 트리니티를 바라보았다. 그녀는 처음 보았을 때와는 달리 차분한 표정으로 날 바라보고 있었다.

"하지만, 그건 말이 안 돼. 에메타이드는, 아주 아주 옛날 일이라 했어. 아주 아주 오래된 일로······."

억지로 진정시키려는 내 마음을 아예 무시하고 트리니티는 가볍게 비웃었다.

"당신은 아직도 인간의 시간으로 사물을 재고 있어요. 잊었나요? 당신의 계약자는 마왕이에요. 그것도 마신 급의 마왕이지요. 그분은 시간과 공간을 초월해요. 드래곤들이 세계를 넘나들 듯이. 당신도 알고 있잖아요?"

시간과 공간을 초월한다.

나는 잠시 머리를 짚었다. 머리가 텅 빈 것만 같았다.

말로는 쉽다. 시간과 공간을 초월한다는 그거, 말로는 아주 이해가 잘 간다. 하지만 이렇게나 직접적으로 뚜욱 하고 눈앞에서 일이 벌어지면 대체 누가 이해할 수 있단 말인가.

"그러니까, 나에게 록베더라 부른 것은 에메타이드가 맨 처음이 아니고 오르게이드라는 그 건방진 낯짝의 꼬맹이라 그거지?"

내가 그렇게 묻자 트리니티는 킬킬 웃었다. 그리고는 팔짱을 끼고 인간처럼 놀렸다.

"잘 생각해 봐요. 누가 처음이었는지. 그리고 어떻게 해서 그렇게 되었는지. 인과 관계는 분명히 있어요. 단지 시간과 공간이 뒤엉켜서 그렇지."

그녀는 그렇게만 말하고 가볍게 몸을 돌려 자신의 잠자리로 돌아갔다. 어설프게 만들어놓은 천막으로 들어가는 그녀를 멍하니 보며 나는 내가 꾼 꿈을 되새겨 보았다.

아주 옛날 나는 오르게이드를 만났다. 아니아니, 여기서 헷갈리면 안 되는 게 레다이에드의 존재다. 내가 꿈속에서 본 레다이에드는 완전한 성체의 모습이었다. 그랬으니 오르게이드를 낳았겠지. 하지만 에메타이드는 드래곤들 사이에서 전해왔던 흑마법사의 이야기를 기억해 나에게 록베데라는 이름을 주었다. 그래서 그의 자식인 레다이에드는 나를 록베데라 불렀다. 그런데······.

나는 다시 바닥에 주저앉았다. 머리가 무척이나 복잡했지만 어쨌거나 결론은 나와 레다이에드는 과거에 만났었다는 것이다. 나에게는 까마득한 과거였지만 레다이에드에게는 미래인 그 어느 시기에.

"하아······."

그리고 오르게이드. 나에게 최초의 이름을 지어준 드래곤이 있었다. 레다의 자식인 그 검은 머리의 드래곤은, 눈부신 황금의 레다이에드와 전혀 다른 얼굴을 한 검은 머리의 드래곤은······.

"크, 크하하하하······."

나는 웃음을 참을 수가 없었다. 맙소사.

그놈의 오르게이드는 다름 아닌 나 자신과 록그레이드의 모습을 투영하고 있었던 것이다. 그 건방진 표정과 말투 하며 어깨를 으쓱거리는 인간다운 태도.

그렇다. 레다이에드의 일생 중 가장 중요한 시기에 록그레이드와 내가 있었다. 그리하여 성장한 레다이에드는 록그레이드를 닮은 아이를 낳았다. 그리고 그 아이가 내게 이름을 주었다. 나의 과거에 있었으며 또한 미래에 있을 그 인연이 돌고 돌아 나에게 왔다. 나는 이것을 기뻐해야 할지 전율을 느끼며 공포를 맛보아야 할지 알 수가 없었다.

차가운 사막의 모래 위에서 나는 하늘을 올려다보았다.

이상하게도 끔찍한 느낌은 들지 않았다. 아주 기묘한 기분이긴 했지만 오히려 가슴 한구석이 묘하게도 따스했다.

"레다……."

그 아이는, 나의 드래곤 아이는 앞으로 그렇게나 아름다운 황금의 드래곤으로 성장할 것이다. 꿈속의 나는 그를 처음 보았음에도 불구하고 숨이 막힐 정도로 격한 감정을 느꼈다. 그래, 그가 처음 태어났을 때 내가 맛보았던 그 감동을 대체 뭐라 말할 수 있을까. 세상의 마나가 그의 탄생을 축복하기 위해 폭포수처럼 쏟아져 내리고 세상의 모든 꽃들이 그를 향해 피었었다.

"그래, 그래……."

에메타이드는 이 세계를 떠날 것이라 말했었다. 이미 이 세계는 드래곤과 거리가 있노라고, 이미 이 세계와 드래곤들의 인연은 끝났다고 말했다. 그리하여 레다는 다른 세계, 다른 시간대에서 아름답고 현명한 드래곤이 되어 다시 나를 만나는 것이다. 그리고 아무것도 모르는 나를 향해 애정 어린 눈길을 보내고 나를 신뢰할 것이다. 그리고 나는

1년여 전에 그러했 듯 레다이에드를 에메타이드처럼 우러러 보며 그 건방진 눈매를 한 오르게이드를 사랑하게 될 것이다. 내가 가장 가슴 아프게 생각했던 그 거만한 왕자의 영혼을 닮은 드래곤을.

눈가가 뜨거웠다.

이건, 정말 빌어먹게도 아름다운 동화였다. 이런 이야기는 옛이야기에서도 나오지 않을 것이다. 정체 불명의 음흉한 흑마법사에게는 과분한 동화.

"제기랄. 이 술은 너무나 독해……."

나는 트리니티가 준 벌꿀술을 들이키며 투덜거렸다. 너무 독해 눈물이 다 났다.

"주인님."

미흐가르가 걱정스러운 눈으로 날 바라보았다.

"왜?"

"안색이 안 좋으십니다."

"숙취야."

나는 텅 빈 은제 술병을 들어 보이며 대꾸했다. 얼굴이 퉁퉁 부었으니 변명이 통할 리 없다. 하지만 눈치 빠른 미흐가르는 내게 울었느냐라는 질문 따윈 하지 않았다. 전에도 말했지만 진짜 숙취 해소를 위한 마법쯤 하나 있었으면 좋겠다. 덧붙여 울어 팅팅 부운 눈탱이가 가라앉히는 마법도. 아니, 그건 무리이려나. 마족들은 술에 취하지도 않고 울지도 않으니.

그러나 기분은 나쁘지 않았다. 옆에서 웃고 있는 트리니티가 거슬리긴 했지만. 그나저나 반마족은 눈물이 있을까. 또, 술 마시면 숙취를 느끼기는 하나?

"후우……."

"조금 쉬었다 갈까요? 작은 도시가 곧입니다."

미흐가르가 조용히 물었다.

"아냐."

햇빛이 너무 눈부셔서 미칠 지경이었다. 술을 너무 마신 데다가 밤새도록 머리를 굴린 탓인지 두통도 심했다. 옆에서 미흐가르가 걱정스럽게 보고 있지만 않았다면 당장이라도 자빠져서 눕고 싶다. 안장 위에 앉아 덜렁덜렁 흔들리는 것도 너무 지겹다.

"얼마나 걸릴까?"

내 말에 미흐가르가 눈치 빠르게 대답했다.

"하루면 도착합니다. 그런데……."

그는 슬쩍 트리니티 쪽을 바라보았다. 트리니티는 뜨거운 햇볕 속에서도 생생했다. 지나칠 정도로 말이다.

"내 동생이야, 누이동생."

귀찮아서 아무렇게나 대답하자 미흐가르가 고개를 끄덕였다. 그의 얼굴이 달아올랐다. 흐, 순진한 척하기는. 어젯밤 내가 술에 취해 나자빠져 있는 동안 트리니티는 미흐가르를 잠자리로 불러들였다. 처음에는 거절하던 미흐가르였지만 트리니티가 유혹하자 결국은 응했었다. 아무리 얌전한 얼굴을 하고 있어도 이놈도 사내이긴 한 모양이다.

"그런데, 성질이 나빠. 그렇지?"

"에? 아, 네."

벌겋게 달아오르는 미흐가르의 얼굴.

정말 믿고 있는 걸까. 얼굴은 전혀 안 닮았는 데다가 갑자기 불쑥 나타난 이 여자를?

트리니티가 킥 웃더니 옆에서 끼어든다.

"성질이 나쁘다니. 그거 나에게 한 이야기예요?"

"그럼 순수하고 고운 성품인가?"

내가 비꼬자 그녀는 소리 높여 웃었다. 꼭 인간처럼 웃는 그 모습이 내게는 묘하게 비쳐졌다.

"뭐라 말하든 오랜만에 만나서 너무 기뻐요, 오라버니."

오랜만에? 나는 시큰둥하게 그녀를 바라보았지만 미흐가르는 약간 몽롱한 표정으로 그녀의 요염한 얼굴을 올려다보고 있었다.

"…별로."

미모에 반한 건지 마법에 혹한 것인지.

하기야 미흐가르의 기억을 이미 건드려 놓은 상태이니. 다른 사람은 몰라도 미흐가르는 확실히 믿고 있을 터였다. 하지만 저택의 모든 사람들의 기억을 전부 다 조작해 놓는다는 것은 보통 일이 아니다. 조금이라도 기억이 차이가 나면 더 골치가 아프다. 결국 그냥 마구 우길까. 이 여자는 어릴 때 생이별한 누이동생이라고.

"걱정할 것은 없을 거예요. 게다가 오래 있지도 않을 텐데."

트리니티의 말에 나는 흠칫했다.

"뭐?"

"당신을 왜 보호하는지 말했잖아요. 귀찮은 벌레들이 꼬이지 않도록 하는 게 내 임무지요. 당신은 당신의 여자가 소중할 테니 그녀가 정말 위험한 일에 휘말려 드는 것은 싫겠죠?"

섬뜩해서 그녀를 돌아보니 트리니티는 번쩍거리는 눈빛으로 미소했다.

"마족들이 당신을 죽이려 달려들면, 당신 주변이 무사할 것 같아요?"

나는 아무런 말도 할 수 없었다. 결국 평화로운 시간도 끝이 난 걸까.

미흐가르와 트리니티를 데리고 데카르의 저택에 도착한 것은 이틀 만이었다. 대체 어디에서 트리니티와 만난 것인지 어차피 지리도 잘 모르는 나는 알 수 없었다. 하지만 어쨌거나 데카르에서 먼 곳은 아니었던 모양이다. 그보다 내가 묻고 싶었던 것은 정말로 내가 용권풍을 만났다가 트리니티를 만난 것인가 하는 것이었다. 싱글대며 날 바라보는 트리니티에게서는 진실을 들을 수 없었다. 그녀는 정말이라고 우길 뿐이었으니까.

하지만 나는 그 사이에 뭔가가 더 있었다는 것을 알고 있었다. 시스테이어스가 뭔가를 나에게 말해 주었고, 그와 동시에 내 기억에 또 손을 댔다는 것을. 덕분에 내 기억은 구멍투성이에 시간은 뒤죽박죽이다. 이래서야 내가 의심 많고 고약한 성격이 되는 것은 당연한 일 아니겠는가.

그럼에도 불구하고 나는 시스테이어스를 불러 추궁할 수 없었다. 그가 진실을 말해 줄 거라는 기대도 이제는 하지 않는다. 어차피 기억을 지운 것은 그이니 말해 줄 리가 없다. 아무리 그를 의지한다 해도 결국 그런 것이다. 세상에서 하나밖에 없는 계약자라 하지만 그는 마왕이고 나는 인간이니까.

어쨌거나, 지금 상황은 이런 것이다.

마누라가 임신을 했는데 남편이 도망갔다. 그리고는 난데없이 여자를 데리고 돌아왔다. 그것도 엄청나게 수상한 요염미녀를.

이 경우, 보통 아내들은 어찌 반응하는가.

"……."

스와디는 침묵했다. 그리고 저택의 모든 사람들은 일제히 나에게 비난의 시선을 던졌다.

"주인님, 씻으실 물을 대령하겠습니다."

예의 바른 자세로 문가에 서 있던 쥬이크가 과묵한 표정으로 과묵하게 말했다. 아니, 심각하게 말했다. 그러자, 꾸물대던 노예들이 황급히 물이 담긴 대야를 들고 대령했다. 나는 얼결에 카펫에 앉아 여자 노예들이 발을 씻겨주는 호사를 맛보았다. 먼지투성이인 것은 사실이니까.

"수건입니다."

다 씻은 손과 발을 향유로 매만지는 노예들 사이로 끼어든 쥬이크는 내게 향기 나는 하얀 수건을 내밀었다. 얼결에 그것을 받아 얼굴을 닦았다.

"손님께도."

쥬이크의 명령이 떨어지자 멀뚱하니 서 있던 트리니티에게도 노예들이 달려들어 시중을 들었다. 어색한 표정으로 무표정으로 포장한 노예들은 재빨리 그녀의 손발을 닦아주고는 물러섰다. 어느새인지 나와 트리니티의 앞으로 차게 식힌 향차가 나왔다.

"식사를 올릴까요?"

"아니."

그래도 이 능숙한 집사는 바짝 굳어버린 하인들과 노예들 사이에서 늠름하게 자신의 페이스를 지키고 있었다. 과연 연륜이란 무시할 수 없는 것이다. 아니, 어쩌면 내게 그다지 바라는 게 없었기 때문에 그런 지도.

구와르와 미흐가르의 아비인 텟살조차 은근슬쩍 스와디의 눈치를 보고 있었다. 그들의 얼굴에 서린 실망감을 보면서 나는 대체 뭐라 설명해야 할지 난감했다. 특히 스와디와 알파샤를 둘러싼 시녀들에게서 풍겨 나오는 노골적인 적의는 민망할 지경이었다.

"만나서 반가워요, 여러분."

먼지를 닦아낸 트리니티는 천천히 일어서더니 요염한 눈매를 가늘게 뜨고는 입술을 살짝 벌린 채 뇌쇄적인 금발미녀의 전형적인 모습으로 웃었다. 아무래도 모두에게 일부러 육감적인 매력을 뿜어내고 있는 것 같다. 아까와 달리 가슴을 더 내밀고 엉덩이를 더 치켜 올리고 있으니까. 이봐, 이봐, 구와르. 침 흘리지 마. 저건 독초야. 먹으면 죽는다구.

"여행은 즐거우셨습니까?"

드물게도 미소를 지은 채 텟살이 입을 열었다. 평소에는 쥬이크나 구와르에게 모든 것을 맡기고 거의 입을 열지 않는 편인 그가 일부러 입을 열었다는 건 역시 이 순간이 엄청나게 어색하다는 증거다. 그는 눈가에 주름이 보이긴 하지만 왕년에 날리던 미남자답게 잘생긴 얼굴이었다. 노예만 아니었다면 정말로 이름깨나 날렸으리라.

"그럭저럭. 미흐가르가 참 잘해주었지."

"오, 그렇게 말씀해 주시니 정말로 기쁩니다."

텟살은 기품있는 자세로 이마에 손을 대고 고개를 숙였다. 그 모습에서 나는 미흐가르가 나이 들었을 때 저렇게 변할 거란 생각이 들어 조금 흐뭇해졌다.

"감사드립니다."

기쁜 듯 상기된 얼굴을 들고 미흐가르가 무릎걸음으로 내 앞까지 다가왔다. 정말 투철한 시종이다.

"아니다."

나는 쓴웃음을 머금고 애써 시선을 트리니티에게 두었다. 트리니티는 여전히 방긋방긋 웃고 있었는데 그 태평한 모습에 나는 한 대 후려치고 싶을 지경이었다. 내가 그때 그런 식으로 집을 나오지 않았더라면 좋았을 텐데. 만약 그랬다면 트리니티가 갑자기 나타났어도 무리없이 설명이 가능했을지도 모른다. 이 상황은 정말로 임신한 아내에게 싫증난 사내가 밖에서 여자를 데리고 들어온 것 같은 모양새를 하고 있었다.

"그런데 저분 아씨는 어디로 모시는 게 좋을까요?"

쥬이크가 조용히 끼어들었다.

"글쎄."

적당히 얼버무릴 생각으로 대꾸하자 화살 같은 시선이 일제히 달려들었다. 얼굴이 따가워 미칠 지경이다. 수군대며 내 시선을 피하는 시녀들과 노예들은 그렇다 치고 노골적으로 적의를 보이는 자들이 있는가 하면 그럴 줄 알았다는 듯 의미심장한 미소를 지어 보이는 자들까지 반응들은 다양했다. 한 가지 공통점이 있다면 그 시선이 매우 불쾌하다는 것뿐.

문제는 여전히 스와디가 아무런 말도 하고 있지 않다는 것이었다. 그녀는 빈 담뱃대를 손에 쥔 채 여전히 푹신한 쿠션 속에 앉아 있었다. 그리고 그 바로 밑에 알파샤가 도끼눈을 하고 트리니티를 죽일 듯이 쏘아보고 있었다. 솔직히, 알파샤가 더 무섭다.

"주인님, 안채에 모시면 됩니다."

미흐가르가 그 거북한 분위기를 산뜻하게 깨치며 끼어들었다. 그는 여전히 맑은 얼굴로 활짝 웃으면서 설명했다.

"아씨께서는 주인님의 친인이시니 안채에 모시는 게 옳습니다. 게다가 아직은 미혼이시니 안채 중에서도 별채에 모시는 게 옳습니다."

"아?"

나는 난데없는 설명에 잠시 입을 벌렸다. 나뿐만이 아니다. 주변에 있던 모두가 일제히 미흐가르의 천연덕스러운 얼굴로 시선을 돌렸다. 몇몇은 이해할 수 없다는 표정이었고 몇몇은 불쾌하다는 표정이었다.

"……."

빈 담뱃대를 쥐고 있던 스와디가 나를 물끄러미 보다 말고 내 옆에 선 트리니티에게로 시선을 돌렸다. 임신을 해서 담배를 삼가는 것인가. 어쩐지 펑퍼짐한 옷을 입고 앉아 있는 모습이 무척이나 임신부다워 나는 조금 웃음이 났다.

"크흠!"

엄숙한 얼굴의 쥬이크가 노골적으로 불쾌하다는 얼굴로 헛기침을 했다.

"친인이라고요?"

"그런 셈이네."

아, 가족이라 불러야 할까. 어쨌거나 명목상 누이동생이니까.

내 뒤에서 얌전히 서 있는 미흐가르는 싱글벙글 웃고 있었다. 속 편한 놈.

"갔다 왔어."

가만히 있기도 좀 그래서 한마디 던졌더니 여태껏 침묵하고 있던 스와디가 어깨를 으쓱한다. 예의 그 굵은 팔뚝이 순간 꿈틀하는 것처럼 보여서 조금 주눅이 들었다. 하지만 뭐, 여자를 데리고 왔다고 화를 내지는 않을 것이다. 내게 첩을 권한 것은 오히려 그녀였으니. 질투 좀 해줬으면 나로서도 기쁘겠는데.

나는 조금 심술이 나서 히죽 웃었다.

"이 아이, 예쁘지 않아?"

스와디의 얼굴이 살짝 경련을 일으켰다. 어허라?

"…미인이네."

그녀는 그렇게 말하더니만 내 시선을 슬쩍 피하며 말을 이었다.

"잘 왔어. 어쨌거나 목욕을 먼저 하는 것이 역시 좋겠지."

스와디는 평소와 별로 다른 점이 없어 보였다. 얼핏 봐서는.

그러나 무심해 보이는 얼굴에는 동요가 드러나지 않았지만 예의 그 팔뚝의 힘줄이 돋는 게 살짝살짝 보인다. 아무도 없었다면 나에게 달려들어 주먹을 날렸을지도. 정말 화났나?

"목욕 준비는 다 되었습니다."

여자 노예가 노골적인 비난이 섞인 눈초리로 날 보며 고했다. 말투만 공손하다.

"그럼, 목욕 전에 여기 이 아이부터 소개하는 게 먼저겠지."

나는 은근히 다가오는 시선의 압박을 애써 물리치며 모른 척하고 트리니티를 가리켰다.

그러자 스와디의 옆에 바짝 붙어 있던 내 두 번째 아내 알파샤의 눈꼬리가 바짝 치켜 올라갔다. 표독스러운 독기가 이는 그 표정에 나는 나도 모르게 찔끔했다.

"그렇네요. 누구신가요, 주인님?"

여자는 요물이라더니.

그녀는 평소의 온건한 표정을 완전히 버리고 무표정한 스와디를 보완이라도 하겠다는 건지 노골적인 경멸의 기색을 담은 채 트리니티를 훑어보고 있었다. 아예 불꽃이 튀길 지경이다. 그 시선만으로도 가련한 트리니티는 곧 그 자리에서 녹아버릴 것 같았다.

그러나 오만하다 못해 거만한 적금발의 트리니티는 그런 그녀가 재미있는지 웃는 얼굴 그대로 뻔뻔하게 서 있었다. 몸에 착 달라붙는 사슴 가죽 바지에 여자용 레더 아머를 걸치고, 등에는 쌍검을 매단 그녀는 어디로 보나 고귀한 귀부인과는 거리가 멀었다. 물론 이 저택의 사람들이 생각하고 있는 창부와도 거리가 멀었지만.

"내 누이동생이다."

"네?"

모두의 얼굴에 경악이 떠올랐다. 나는 그 경악 섞인 시선을 무시하며 뻔뻔하게 설명했다.

"며칠 전 갑자기 이 아이의 소식을 듣고 밤길을 도와 달렸지. 그리하여 국경선 근처에서 만난 것이야."

너무 뻔뻔한가?

"아, 그래서 갑자기 나가신 것이로군요."

눈치가 빠른 것인지 텟살이 박수를 치며 맞장구를 쳤다.

"그렇지."

나는 사방에서 쏟아지는 의심의 시선을 완전히 무시하고 고개를 끄덕였다.

"갑자기 소식을 듣는 바람에 다른 사람에게 알릴 새도 없었다. 음식이나 여타 다른 물건을 챙길 새도 없이 그저 나갔지. 다행히 미흐가르가 때맞춰 나타나 살았다."

"오오."

텟살이 미소를 지으며 내 뒤에 서 있는 미흐가르에게 잘했다는 듯 고개를 끄덕였다. 과장된 표정이긴 했지만 적어도 뻣뻣하진 않았다. 쥬이크도 그랬군요 하고 맞장구를 치면서 노예들에게 트리니티를 시중들라고 명령을 내렸다. 몇몇이 좀 꺼림칙한 표정을 짓긴 했지만 그래도 순순히 넘어가 주는 분위기가 되자 나도 조금은 안도했다. 남에게 이렇게 신경 쓰며 사는 것도 꽤 피곤한걸. 게다가 전부 다 내 부하나 내 편이 아닌 스와디의 편이니 말이야.

"그런데, 친누이동생이신가요?"

알파샤가 갑자기 찬물을 끼얹었다.

"뭐?"

"어딘가 닮긴 했지만 친누이는 아닌 듯해서요, 주인님."

알파샤는 예리한 눈빛을 보이며 나를 주시했다.

"물론 친누이는 아니야. 따져 보면 어머니의 사촌 동생의 딸이 되니."

얼결에 그렇게 말했더니 알파샤의 눈초리가 더 더욱 사나워졌다.

"이분은 정말 누구지요?"

"누이동생이라니까."

"첩으로 들이실 건가요?"

"누이동생을 왜 첩으로 둔단 말이야? 어이없는 소리는 관둬!"

내가 잘라 말하자 알파샤는 고개를 내저었다.

"동복누이가 아니라면 결혼할 수 있으니까요."

나는 눈을 크게 떴다.

"리베이드에서는 누이하고도 결혼한다구?"

내가 놀라 되묻자 미심쩍다는 듯 말꼬리를 길게 늘이는 알파샤가 문득 손톱을 아작 깨물었다.

"그게, 아내를 여럿 두니 그중에는 여러 번 결혼해 아이를 가진 사람도 있지요. 동복 남매만 아니면 결혼은 허용되어요. 흔한 것은 아니지만. 게다가 사촌 누이도 아닌 먼 친척이라면서요? 그렇다면 남이나 다름없지 않나요?"

알파샤의 말에 나는 고개를 내저었다.

"내 고향의 방식으로는 아무리 먼 친척이라도 피가 이어져 있다면 절대로 허용되지 않는 이야기다! 결혼은 피가 전혀 이어져 있지 않은 집안끼리만 가능한 거야!"

내가 격분한 음성으로 말하자 알파샤는 고개를 숙였다. 하지만 완전히 납득한 것은 아닌 듯하다. 살짝 스와디를 훔쳐보는 그 눈초리에 담긴 초조함과 분노에 나는 조금 미안해졌다. 이봐요, 공주님. 저기, 그게 아니라니까. 나 바람피우고 온 거 아니야.

"소개해 줘요."

트리니티가 그 어색한 분위기 속에서도 명랑한 어조로 나를 압박했다. 어깨를 가볍게 흔들기만 해도 상당한 위압감을 드러낸다. 확실히 그 당당한 체격은 리베이드의 자그마한 아가씨들과는 다른 박력이 있었다.

"이쪽은 트리니티. 이쪽은 아내인 스와디와 알파샤."

아무렇게나 말하자 있었는지도 몰랐던 알파샤의 시녀가 갑자기 외쳤다.

"주인님! 저의 마님께서는 고귀하신 신분을 가지신 분입니다. 그런데 난데없이……!"

나는 시녀를 노려보았다. 뭐야? 공주라 그건가?

"아, 정말 너무하십니다. 주인마님이 임신을 하신 이 중요한 때에 주인님께서 변심하시다니!"

한탄하는 어조로 갑자기 스와디 옆에 있던 시녀 하나도 소리 높여 외쳤다. 내 뒤에 서 있던 쥬이크가 주의를 주었지만 그 한탄 같은 소리는 여기저기서 터져 나왔다.

"너무하세요!"

"정말 너무하십니다!"

스와디는 가만히 있는데 왜 시녀들이 날뛰는 거지? 막 짜증을 내려는 순간 트리니티가 갑자기 앞으로 튀어나갔다.

"잠깐만! 임시이인?"

나는 그녀가 큰 소리를 터뜨리자 움찔했다.

트리니티는 노골적인 경악의 표정으로 나를 돌아보았다. 이 웃기지도 않는 반쪽 마족은 뺨을 두 손으로 가리며 경탄에 가까운 소리를 내질렀다. 마치 기절이라도 하려는 귀부인처럼.

"믿어지지 않네요! 어쩌면, 어쩌면 오빠가 결혼을 해서 아이까지 갖다니!"

"…이봐."

그러면 내가 고자라도 된 줄 알았던 거냐?

내가 항의하기도 전에 트리니티는 성큼 스와디의 앞으로 나서더니 다짜고짜 그녀의 두 손을 붙잡고 눈을 반짝였다.

"놀랍군요! 대체 어떤 수단을 썼기에 저 인간과 결혼해 애까지 가졌단 말인가요? 이건 그야말로 전대미문의 기적이에요!"

스와디는 담뱃대를 입에 문 채 어정쩡한 표정으로 트리니티와 나를 번갈아 보았다. 제대로 소개를 해주지 않았으니 어찌 대해야 할지 당혹스러운 모양이었다.

"기적?"

"이건, 정말로 대단한 기적이에요. 언니, 당신이 오빠를 바꿨어요!"

트리니티는 스와디의 손을 잡은 채 어깨 너머로 나를 향해 슬쩍 윙크했다.

순간 가슴이 철렁했다. 그녀의 말에 담긴 의미를 스와디가 눈치챈 것일까. 아니, 그 의미야말로 내 자신조차 당황스러웠다. 바꿨다? 대체 뭘?

스와디는 잠시 미간을 찌푸렸지만 의미를 캐지는 않았다. 단지 나를 쏘아보았을 뿐이었다.

하지만 그 덕분에 나를 비난하던 시녀들의 입이 닫혔다. 트리니티는 호들갑을 떨면서 스와디에게 연신 묻기 시작했다.

"언제 임신했어요? 언제 낳는 건가요? 몸은 괜찮은가요?"

"몸은, 괜찮지만……."

떨떠름한 얼굴로 스와디는 트리니티에게 손을 잡힌 채 날 바라보았다. 설명해 보라는 표정이다.

"저기……."

알파샤가 주저하며 나와 트리니티를 번갈아 보며 물었다.

"후훗. 반가워요. 저 돌덩이 같은 인간이 결혼을 했다기에 농담인 줄 알았는데 정말이었군요. 놀랐어요. 거기에 아이까지 갖다니. 축하드려요."

트리니티는 알파샤에게도 윙크를 던졌다.

그 경박한 태도에 당황했는지, 아니면 민망해서 그런지 알파샤가 어쩔 줄을 몰라 하는 동안 그녀는 느긋한 얼굴로 스와디의 어깨를 슬슬 쓰다듬으며 미소 지었다.

"나는 트리니티라고 해요. 정말로 정말로 여기 있는 이 목석같은 인간의 동생이랍니다."

"…그래요?"

믿을 수 없다는 듯 알파샤가 날 바라보았다.

트리니티는 나보다 조금 작을 뿐, 상당히 큰 키였다. 붉은빛이 도는 긴 금발과 보랏빛 눈이라는 조합이었지만 얼굴이 희고 윤곽이 뚜렷하다는 점에서 전형적인 북부 미인의 모습이었다. 사실 나와는 전혀 다른 얼굴을 하고 있었지만 풍기는 기운이 닮았을지도 모른다. 오래 살아온 자에게 달라붙는 전형적인 나른함과 냉혹함이 눈 속에 고스란히 녹아 있다. 그 때문인지 썩 닮은 곳이 없는데도 나와 나란히 서 있으면 남매라고 해도 그다지 이상하지 않은 분위기를 풍기는 모양이다.

"그러고 보니, 닮았군."

스와디가 짧게 감상을 토로했다. 닮아? 정말로? 그건 나름대로 충격이었다.

Chapter 71

그러는 나와 스와디의 모습을 트리니티는 흥미진진한 얼굴로 바라보고 있었다. 그녀는 곧장 알파샤의 옆으로 가더니 궁금한 듯 물었다.

"당신도 오빠의 아내?"

"…정말로 누이동생인가요?"

아직도 미심쩍다는 알파샤의 눈초리에 그녀는 깔깔 웃었다.

"정말이에요. 리베이드에서는 어떤지 모르지만 우리 고향에서는 단 한 명만의 아내를 가지고 사돈의 팔촌까지 피가 한 방울이라도 섞인 사이에서는 결혼이 성립되지 않아요. 만약 내가 오빠하고 무슨 일이라도 한다면 온 집안이 다 들고 일어나서 우리들을 때려죽일 거예요."

그녀의 방자한 말투에도 불구하고 공주님은 안도하는 눈치였다.

"오히려 나는 오빠가 아내를 둘 두었다는 게 더 놀라워요!"

그 말에 알파샤는 상처를 입은 눈치였다. 하지만 내 눈치를 봐서 참는지 작은 입을 꼬옥 다물고 고개 숙여 인사를 했다. 예의 바른 공주님이다.

"그쪽은 알파샤. 국왕의 따님이지."

내 소개 같지 않은 소개에 트리니티는 어깨를 으쓱했다.

"어쩐지 둘이라 했지. 결국은 공주를 아내로 맞이하고야 말았네."

"트리니티!"

나는 짧게 끊었다.

알파샤는 불안한 시선으로 날 돌아보았다. 하지만 내가 가볍게 웃어주자 고개를 숙였다. 방금 전까지만 해도 당장이라도 트리니티를 물어뜯을 것처럼 살기를 내뿜었던 것이 거짓말인 양.

스와디는 트리니티를 날카롭게 관찰하고 있었다. 그 냉정한 눈초리가 슬쩍 무서워지려는 순간, 그녀가 한마디를 던졌다.

"고향이 펜게이드가 아니었나요? 내가 알기로는 펜게이드에서는 친족끼리 결혼이 허용되는데."

"어마나! 새언니! 설마 정말로 내가 오빠와 그렇고 그런 사이라고 생각해요?"

트리니티의 요란스러운 웃음에 나는 어쩐지 배로 지치는 기분이었다.

"정확히 말하면 우리 고향은 펜게이드가 아니에요. 아주 먼 곳이죠. 오빠는 펜게이드에서 잠시 지냈을 뿐이에요."

다시 미심쩍은 시선이 돌아왔다.

그렇다. 잘 생각해 보니 내가 얼결에 말했던 이 풍습은 펜게이드의 것이 아니었다. 이것은 원당이 살던 곳의 풍습이었다. 그곳에서는 말 그대로 피가 한 방울이라도 섞인 남녀 간에는 연애든 결혼이든 있을 수도 없는 일이었다. 알파샤의 근친혼에 대해 굉장히 불쾌해진 것도 그 기억 탓이었나 보다. 원당의 기억이라는 생각이 들자 분노가 가라앉았다. 덕분에 피곤해지기도 했다. 역시 기억이 마구 뒤엉키니 복잡해지기만 한다.

"그만 해. 트리니티, 그만 입을 다물어."

내가 말하자 그녀가 불만을 토했다.

"아니, 새언니를 지금 막 만났는데? 오빠를 만난 것도 정말 오랜만의 일인데 이런 식으로 날 박대하다니. 너무한 거 아니에요?"

"너, 너무 소란스러워."

트리니티를 빼고서도 어수선한 상태였다. 나는 멀거니 서 있는 쥬이크를 돌아보았다.

"저 애에게 적당히 방을 내줘. 요란스럽지 않은 큰 방으로."

"아, 네, 주인님."

안도한 표정이 된 쥬이크는 무릎을 얼른 꿇으며 키가 훤칠하게 큰 트리니티에게 절했다.

"따라오시지요, 아가씨."

"아직 리베이드에 익숙하지 않으니 잘 부탁해요. 당신이 집사죠?"

쾌활한 그녀가 상당히 부담스러웠는지 땀방울까지 매단 쥬이크는 억지 미소를 지었다. 그런 그를 싹 무시하고 트리니티는 알파샤의 팔을 잡아당겨 팔짱을 끼었다. 그리고는 상당히 음흉하다고밖에 표현할 수 없는 얼굴로 속삭였다.

"집안 구경 좀 시켜주지 않겠어요?"

"네에."

그녀들이 나가고 나서 좀 조용해지자 나는 어색한 어조로 스와디에게 말을 걸었다.

"저기, 미안했어."

"괜찮아."

스와디는 무뚝뚝하게 말하고는 트리니티가 간 곳을 잠시 노려보았다.

"그런데 정말로 저 아가씨를 만나기 위해 나간 거야?"

"아니."

나는 솔직히 털어놨다.

"그럼?"

"으흠, 저기……."

"말해."

"그러니까, 사실 아이가 생겼다는 데에 당황했었던 것뿐이야. 아이를 갖는다는 것은 상상도 해본 적이 없었거든."

애써 다정한 척 내가 그녀의 앞에 앉아 조용히 말하자, 나의 애정 어린 시선에도 불구하고 스와디는 무뚝뚝하게 되물었다.

"왜?"

"글쎄, 나 자신이 좀 불안정해서 그랬다고나 할까."

설명하기가 어렵다.

나는 그녀의 눈썹을 손가락으로 쓸면서 중얼거렸다.

"확신이 없었지. 가정을 갖는다는 것도……."

문득 그녀는 내 손가락을 잡았다. 그녀의 손이 주는 뜨거움에 나는 다소 놀랐다. 그녀의 손은 무척이나 따스했다. 아니, 데일 정도로 뜨거웠다.

"당신은 누구도 믿지 않아. 그러니까 자신도 믿지 않고 있겠지."

그 말에 순간 뒤통수를 얻어맞은 듯했다.

"아무도 믿지 않는 자는 자신도 믿지 못하지. 또 자신을 믿지 못하는 자는 남도 믿지 못해."

그녀는 조용히 뇌까리며 내 손가락을 힘주어 잡았다.

그녀는 나를 노려보지도, 화를 내지도 않았지만 나는 그대로 그녀에게 압도당했다. 마치 거대한 산을 마주하고 있는 기분이었다.

'그렇구나……'

나는 새삼 깨달았다. 그녀는 록그레이드와 비슷한 인종이었다. 자신을 믿고 앞으로 나아가며 고통도 고난도 주저없이 해치우는 인간이었다. 그래서 나는 그녀에게 사랑을 느꼈을지도 모른다. 내가 갖지 못한 것을 가지고 있어서. 만약 그녀가 남자였다면 나는 역시 그녀를 질투하고 증오하고 말았겠지.

스와디는 먼 산을 바라보듯 내 어깨 너머 허공을 보고 있었다. 다소 쓸쓸한 듯한 표정이 그녀의 얼굴에 떠올랐다. 그 표정에 가슴이 욱신거렸다.

"당신과 나는 정반대일지도 몰라. 나는 그 전남편과 결혼한 순간부터 오로지 나 자신만을 믿고 살아왔어."

그녀는 독백하듯 조용히 말했다.

"정말로 믿을 것이라곤 나 하나밖에 없었으니까. 가족도, 친지도, 시중을 드는 자들도 아무도 믿을 수 없었어. 그래서 나 자신만을 믿었지."

그녀는 짧은 머리칼을 손바닥으로 천천히 쓸어 올렸다. 거친 사내 같은 행동이었지만 묘하게도 어울렸다. 그녀는 꾸미지 않는 것이 더 어울렸다.

"나는 나를 믿으니까 남도 믿고 있어. 남을 보는 내 자신의 눈을 믿어."

그녀는 갑자기 시선을 돌려 나를 똑바로 바라보았다. 숨이 막힐 것 같이 칼날 같은 시선.

"그래서, 나는 당신을 택한 거야."

"……!"

숨을 쉴 수가 없었다.

가슴을 날카로운 흉기로 도려낸 듯한 감각이 뇌수까지 치달았다. 차가운 칼날이 심장을 들쑤신다. 그래, 그녀는 언제나 올곧은 시선을 던진다. 그 시선이 얼마나 무서운지 나는 오늘에서야 뼈저리게 깨달았다.

"하지만 당신은 남은커녕 당신 자신조차도 믿지 않지. 그러니까, 당신은 나랑 결혼한 거잖아. 어차피 헤어질 것이니 가벼운 인연인데 어떠랴 하고."

그랬다. 하지만 그런 주제에 그녀가 나에게 그리 대하는 것은 싫었다. 나에게 좀 더 집착도 해주고 질투도 해주고 나를 꽉 잡고 놓지 말았으면 했다.

"괜찮아. 그렇게 굳은 얼굴을 하지 마. 나도 당신을 붙잡을 생각은 하지 않아. 그게 우리들의 계약이었고, 또 나는 누군가에게 기대며 사는 것에 익숙하지도 않고."

그녀는 쓴웃음을 머금은 채로 담담히 말하고 있었지만 나는 그 속에 담긴 고통을 느꼈다. 스와디는 나에게 배신당한 셈이었다. 적어도 그녀는 나를 믿고 있었다. 나도 믿지 못하는 나를.

"당신이 떠난다고 하면 챙겨줄 것은 다 챙겨줄 것이니 걱정할 것은 없어. 달아날 필요는 전혀 없어. 그러니까……."

그녀는 한숨을 쉬었다.

"사라질 때는, 말을 하고 가."

그 짧은 말 속에 숨은 상심에 숨이 막혔다. 항상 담대하게만 굴던 그녀의 본심이 그것이었다. 나는 쥐구멍에라도 들어가고 싶었다.

그래, 나는 도망쳤다. 나는 그녀를 배신하고 도망친 것이다. 그녀의 말이 옳았다. 차라리 그녀에게 떠나겠다고 노잣돈 얻어 떠났어야 했다. 말도 않고 야반도주를 했다니. 이 얼마나 치졸한 짓거리인가.

"스와디……."

미안하다고 말하려 했지만 그 말은 쉽게 나오지 않았다. 여기서 미안하다고 해서 될 일이 아니었다. 그녀는 그런 말조차 용납하지 않을 것이다.

"오해하지 말아줘."

그 말에 스와디가 피식 웃는다.

"나는 익숙하지 않았던 것뿐이지 당신을 떠나려고 했던 건 아냐. 그냥 머리를 식히고 싶었어. 증거로 사막만 실컷 헤매다가 금방 돌아왔잖아?"

애써 변명하자 그녀는 쓴웃음을 지었다.

"변명할 거 없어. 어울리지도 않아."

"변명 아냐. 사실이지. 사실 사막을 헤매면서 거의 먹지도 자지도 못했다고."

내가 투정 부리듯 말하자, 그녀는 문득 생각났다는 듯 내 얼굴을 보며 물었다.

"그러고 보니 좀 마른 것도 같네."

"맞아. 먹지도 자지도 못했어."

"왜?"

"당신이 보고 싶어서."

"어울리지도 않게 수작 부리지 마."

스와디는 비웃으며 주먹으로 내 어깨를 쳤다. 하지만 그녀의 표정이 다소 나아진 듯했다.

"스와디."

나는 두 팔을 뻗어 그녀를 끌어안았다. 거짓말이 아니었다. 나는 그녀가 보고 싶었다. 내가 두 발을 땅 위에 디디고 살아 있다는 것을 가장 확실히 보여주는 그녀가 너무나 그리웠었다.

남을 배신한다고 하는 게 얼마나 부끄러운 일인지 뼈저리게 느꼈다. 세상의 배신자들은 대체 어떻게 두 발 뻗고 잠을 자는 걸까. 배신도 아무나 못하는 물건이다.

"실망했지?"

"아니."

"그건 좀 유감이군. 실망도 해야 하는데."

"나는 계약한 사항에 대해서는 군말을 않는 사람이야."

스와디가 잘난 척 말하는 것을 들으며 나는 그녀에게 키스했다. 그녀의 심장 소리가 들려왔다. 마치 커다란 북이 울리는 것 같았다. 내 고막을 터뜨리겠다는 듯이 엄청난 소리를 내며 그녀의 심장이 말하고 있었다. 비웃고 있었다. 살아라. 살아남아라. 살아남지 않으면 결국은 아무것도 아니다. 뭐가 그렇게도 두려운가?

나는 그녀의 몸을 끌어안은 팔에 힘을 주었다.

그래, 대체 뭐가 그렇게도 두려운가? 어차피 세상은 다 불확실하다. 지금 이 순간의 감정만은 아무도 건드릴 수 없다. 내가 마왕의 꼭두각시 인형이라 해도 상관없었다.

내가 누군지, 이제는 별로 궁금하지 않았다. 내 눈앞에 그녀가 있는 것이 더 중요했다. 그녀는 나를 인간으로 받아들였다. 그녀는 아무런 조건도 달지 않고 그저 나를 받아들였다. 살아 있다는 것을 이렇게나 뼈저리게 느낀 것도 처음이었다. 내가 원당이든 유데이스든 이제 아무래도 좋았다. 어쩌면 먼 과거에 나는 그들이었을지도 모르고, 그들의 삶을 거머리처럼 빨아 먹은 괴물일지도 모른다. 하지만 지금의 나는 록베더였다. 드래곤이 이름을 붙여준 록베더라는 남자였다.

그래, 이것이면 충분하다. 괴물이든 흑마법사든 아무래도 좋다. 여기 이렇게 존재하고 있으니까. 나는 괜찮아. 이 여자만 가지면 아무래도 상관없어. 나 대신 그녀가 굳건히 서 있으니까. 그래, 시스테이어스. 나는 안 죽어. 아니, 죽으면 안 돼. 기억을 잃기 전의 내가 어땠는지 잘 모르겠지만 지금은 아냐. 난 지금 죽을 수 없어. 내가 죽으면 이 여자가 슬퍼할 거야.

"정말로 저 트리니티라는 여자는 누이동생이야?"

"친누이는 아니지만 누이동생뻘이야. 그러니까 저 트리니티랑 절대로 나를 엮지 마."

스와디는 작게 웃었다.

"어떻게 된 거야?"

"말 그대로야. 사막으로 뛰쳐나갔다가 우연찮게 만났어. 나로서도 정말로 의외였다고."

그래, 의외였지. 게다가 시스테이어스를 만난 것도, 또 마왕이란 존재를 그런 식으로 바라보는 여자가 나타날 거라고는 상상도 못했지.

"그건 그렇고 아이 이름은 뭐로 할지 생각은 했어?"

갑자기 그녀가 내 팔 안에서 고개를 들고 물었다. 시선이 눈에 띄게 부드러워졌다. 뺨이 조금 붉어진 것도 같다. 애써 화제를 바꾸려는 기색이 귀엽다.

"글쎄."

나는 히죽 웃었다.

"내가 짓거나 아버지에게 지어달라고 말해도 좋긴 하겠지만 역시 애 이름은 당신이 짓는 게 옳아. 생각한 이름은 있어?"

아이가 생길 거라는 상상도 해본 적이 없는데 이름 같은 것을 생각했을 리가 있나. 하지만 나는 문득 떠오르는 이름이 있었다. 내가 삼켜버린 존재. 미래를 통째로 내게 빼앗긴 녀석이 있었다.

록그레이드 팰러스.

만약 그놈이 살아 있었다면 녀석은 사랑하는 소녀와 결혼해 제국의 후계자를 낳았을 것이다. 그놈이 내게 미래를 빼앗기지 않았더라면.

나이가 든 유데이스나 원당에 비해 너무나 잃은 것이 많은 제국의 황태자.

"그래……."

그 건방진 놈이 나에게 살 힘을 주었어. 그래, 그 시건방진 녀석이 나를 짓뭉개며 살게 만들었어.

"록그레이디 아메이 와이슈 가비라라고 짓겠어."

"여자애면 어쩌려고?"

"여자애면 록그레아."

모처럼 순순히 안겨 있던 스와디가 고개를 저으며 물었다.

"록그레이디? 그거 어쩐지 펜게이드의 황태자 이름과 흡사한데?"

"내 이름이 록베더잖아. 아들놈 이름은 록그레이디. 여자애라면 록그레아."

"특별한 의미라도 있는 거야?"

스와디의 물음에 나는 그녀의 머리를 끌어안으며 속삭였다.

"의미가 있고말고. 나의 이름은 록베더. 그건, 파수꾼이라는 의미야. 아이를 지키는 파수꾼."

푸짐하게 안겨드는 그녀의 몸을 안고 나는 멍하니 중얼거렸다.

정작 나는 아이도 없었는데 아이를 지키는 파수꾼이라니. 내 이름이라는 게 얼마나 웃기는 것이었을까. 비록 드래곤의 파수꾼이긴 했어도 말이다. 나는 희미하게 레다이에드의 얼굴과 오르게이드의 얼굴을 떠올렸다. 불행히도 이제 그들의 얼굴은 잘 기억나지 않았다. 그저 무척이나 아름다웠다는 것뿐. 기억은 모호할 뿐이었다. 하지만 그들이 있어 행복했다. 먼 먼 그들의 미래에 나는 그들을 또 만날 것이다. 나의 미래에 그들을 또 만나게 될지는 모르겠지만 어쨌든 그들의 미래에는 반드시 내가 존재하고 있었다.
그나저나 칼레이드라는 이름은 무슨 의미였더라?
칼레이드.
나는 문득 눈을 감고 그녀의 목덜미에 얼굴을 박았다. 갑자기 와락 웃음이 터져 나올 것 같았다. 아니, 실제로도 웃음이 터져 나왔다.
"왜 그래?"
"아니, 별거 아니야."
그렇다. 칼레이드. 그 이름의 의미는 '꿈을 꾸는 자'였다.

"그러니까, 주인님이 갑자기 나가신 것은 당신을 만나려는 것이었단 거지요, 트리니티님?"
"그래요. 날 그냥 트리니티라고 불러줘요."
의외로, 알파샤와 트리니티의 사이에는 훈풍이 불었다.
"그럼, 아가씨께서도 펜게이드 출신이십니까?"
"아? 아니야. 난 펜게이드 출신이 아냐. 사실 우리 남매는 거기 출신이 아니야. 오빠는 그곳에서 활동하긴 했지만 그렇게 긴 시간도 아니었고."
"아? 하지만 주인님께서는 펜게이드 인이라고 말씀하셨는데."
은근슬쩍 나를 쳐다보는 쥬이크를 향해 트리니티가 상큼하게 웃었다.
"그야 귀찮으니까 그런 거지. 게다가 우리 외모는 사실 펜게이드 인과 제일 많이 닮았잖아?"

"그건……."

저녁 만찬을 준비한 쥬이크와 구와르는 호기심을 이기지 못했는지 트리니티와 나와의 사이를 캐보려고 꽤나 노력하고 있었다. 하지만 그들이 알아낼 수 있는 것은 아무것도 없었다. 나와는 달리 트리니티라는 이 반쪽짜리 마족은 그렇게 쉽게 말꼬리를 잡힐 위인이 아니었다. 오히려 그들을 속이는 것이 즐거운지 천연덕스럽게 내 누이를 연기해냈다.

"펜게이드 인들은 다른 나라 사람들에 비해 키도 크고 머리 색도 엷은 자가 많지. 그래서 그렇게 말한 것뿐이에요. 오빠는 여행을 아주 아주 오래 했고."

아주 아주 오래 여행했다는 말에 강조하는 그녀. 나는 쓴웃음을 머금은 채 그녀를 바라보았다. 대체 트리니티는 나에 대해 얼마나 알고 있는 것일까.

트리니티는 정향을 박은 햄 조각을 잘라 입에 넣으며 혓바닥으로 입술을 핥았다. 의미심장한 의미를 머금은 보랏빛 눈이 내게 윙크했다가 결국은 스와디에게로 돌아간다. 정말로 그녀는 스와디에게 지대한 관심을 가지고 있는 듯했다.

"일일이 떠들기도 귀찮군. 둘 다 나가 있어."

그녀가 뭐라 더 떠들기 전에 나는 구와르와 쥬이크를 나가라고 명령했다. 그들은 미련이 남은 얼굴로 뭉기적거렸지만 결국은 자리를 떴다.

"어머. 뭔가 숨길 것이 그렇게 많은 건가요, 오빠?"

트리니티가 꿀술을 단번에 들이키며 빈정거렸다.

"말이 많다."

"어머나."

이 웃기지도 않은 연극을 계속하고 싶은 생각은 없었다. 무엇보다 피곤하다. 내 집에서 내가 안절부절못하는 이 상황이 정말 싫다. 스와디의 집은 나의 유일한 보금자리였다. 이곳에서만은 나는 항상 편안하고 느긋할 수 있었다. 그것을 지금 트리니티가 휘젓고 있는 것이다.

"어쩔 작정이야?"

"어쩌다니?"

나는 침묵했다. 스와디와 알파샤가 있는 자리에서 여러 이야기를 할 수는 없지만 적어도 내가 스와디의 곁을 떠나야 한다는 것은 분명했다. 내가 그녀의 곁에 있으면 분명 그녀도 싸움에 말려든다. 시스테이어스는 후계자 다툼 때문에 내게 문제가 생길 것이라 말했지만 정확히 말해 그게 무슨 의미인지도 난 잘 몰랐다.

"자세한 이야기를 듣고 싶다는 거야. 나는 아직 자세한 사정을 몰라."

나를 노리는 자들이 구체적으로 어떤 자들인가. 트리니티는 대체 얼마나 대단한 실력을 가지고 있는가? 반마족이니 마족만큼은 강하지 않을지도 모른다. 그런 그녀가 날 보호하겠답시고 나선 것도 사실은 별로 믿음직스럽지 않았다. 시스테이어스가 얼결에 밀어붙이지 않았다면 그녀를 받아들이지도 않았을 것이다.

뭐, 시스테이어스가 있으니 이상한 짓을 벌이지는 않겠지만 마족이란 게 워낙 성격 파탄자들이다 보니 믿을 수가 없는 것이다.

잠시 어색한 침묵이 흘렀다.

"트리니티는 어떻게 할 건가요?"

스와디가 갑자기 입을 열었다. 말투가 영 어색했다.

"어떻게라니? 나는 여기서 신세를 질 참인데. 여행은 이제 신물이 나서 오빠를 찾으면 같이 붙어 있을 생각이었어요."

그녀의 말에 스와디는 잠시 생각에 잠겼다.

"당신도 강한 거 같은데 검을 쓰는 건가요?"

"맞아요. 난 검을 쓰지요. 물론 검을 쓰지 않을 때도 있어요. 단검이라던가 표창 같은 것을 쓰기도 하죠."

"나중에 대련을 좀 부탁드려도 될까요?"

알파샤가 갑자기 끼어들었다.

트리니티는 여자 노예들이 준비한 리베이드식의 옷을 근사하게 차려입고 있었다. 풍만한 가슴이 반쯤 드러나는 것을 여러 줄의 황수정 목걸이로 은근슬쩍 막아내고 드러낸 팔뚝에는 황금의 굵직한 팔찌를 끼었다. 다행히도 하반신은 드러내지 않았지만 상체는 거의 벗은 거나 다름없는 차림이었다. 하긴, 그래 봐야 볼 남자는 나밖에 없었지만.

"그나저나 내가 오해했어요. 사실 주인님이 그럴 분이 아니라는 것은 알지만."

알파샤가 부드럽게 웃으며 나를 향해 수줍은 시선을 던졌다.

그녀의 눈에는 나는 스승이자 완벽한 남자로 비추어지고 있을지도 모른다. 비록 스와디에게는 변태 늙은이라 불리고 있지만.

"저도 깜짝 놀랐어요. 급히 제가 찾긴 했지만 난데없이 사막 한가운데에서 오빠를 만나다니 말이죠! 게다가 결혼까지 하고! 거기에 아기라니!"

트리니티는 한숨을 내쉬며 황홀한 표정까지 지어 보았다.

"어머. 그런데 트리니티님은 아직 혼인하지 않으셨나요?"

알파샤가 궁금한 얼굴로 물었다. 두 사람의 수다에 지쳐 조용히 뒤로 물러난 스와디는 그저 먹고만 있었다. 덩치 탓인지 임신한 탓인지 정말 많이 먹는다.

"안 했어요. 사실 오빠도 결혼했을 것이라고는 상상할 수 없었거든요."

"아, 그런데 아까 말한 공주들 이야기는 뭐죠?"

알파샤가 목소리를 낮추어 물었다. 그녀는 슬그머니 나를 외면하면서 트리니티를 재촉했다. 역시 궁금한 게 많기는 많은 모양이다. 트리니티는 의미심장한 미소를 머금은 채로 요염하게 웃었다.

"오호호호호호……. 비밀로 할 것까진 없는 이야기예요. 알다시피 오빠는 무척이나 강하기 때문에 많은 왕들이 오빠를 잡으려 했었죠. 뭐, 그런 이야기지요."

"역시나!"

알파샤가 감탄성을 터뜨렸다.

방 안에는 나와 스와디, 그리고 트리니티와 알파샤가 전부였다. 시중을 드는 노예들도 모두 휘장 밖으로 물러난 뒤였다. 나는 집안의 대소사가 걸핏하면 리베이드 전체에 퍼져 나가는 게 정말 지긋지긋했기 때문에 노예들을 전부 밖으로 내보냈다. 스와디도 나도 별로 노예의 시중까지 들어가며 밥을 먹을 정도는 아니었지만 뿌리부터 공주님인 알파샤는 좀 불편한 기색이었다. 하긴 손을 씻을 그릇을 일일이 챙겨야 하는 것도 귀찮은 일이긴 하다.

푹신한 쿠션에 등을 기댄 트리니티는 노골적인 눈초리로 스와디를 관찰하고 있었다. 스와디 같은 여자가 나와 맺어진 게 희한하다는 눈치였다.

"한 잔 더."

그러면서도 잊지도 않고 그녀는 알파샤에게 부지런히 술을 먹였다. 비록 리베이드 인들이 남녀 불문하고 술에 강한 편이긴 해도 독주 세 병을 연달아 먹게 했으니 온전할 리가 없다.

"마, 많이 마셨어요오."

알파샤는 흐트러진 자세로 쿠션에 몸을 기댔다. 그러더니 나를 향해 희미한 미소를 지어 보였다.

"돌아오셔서 다행이에요……."

가슴이 뜨끔했다. 알파샤는 곧 꾸벅꾸벅 졸기 시작했다. 그나저나 정말 그녀도 술이 어지간히 세다. 혼자 앉아 저 독주를 세 병이나 마시다니.

그녀가 졸기 시작하자 트리니티는 생긋 웃으며 내 옆으로 바짝 다가와 앉았다. 그리고는 은근슬쩍 내 어깨에 머리를 기대며 스와디를 주시했다. 마치, 이렇게 하면 어쩔 거냐라고 노골적으로 묻는 듯했다. 어이, 장난은 그만. 스와디에겐 나와 달리 질투심이라는 게 없다구.

"으음."

그런데, 의외로 스와디가 묘한 신음성을 내더니 먹던 손을 멈추고 바로 앉았다. 나는 그녀의 팔뚝에서 불끈 힘줄이 돋아나는 것을 보았다. 주먹을 쥐고 있는 것이다. 어? 설마?

"여기 있는 이 사람을 정말 많은 여자가 탐을 냈다는 것을 알고 있나요?"

요염한 목소리였다. 나는 문득 트리니티의 목소리에서 베세레스 아이를 떠올렸다. 여자 마족들은 가끔 이렇게 독한 위스키에 꿀을 탄 듯한 목소리를 내는 모양이다. 유혹과 욕망이 뒤섞인 기묘한 음성.

거기다가 트리니티는 내 팔뚝을 쓰다듬기까지 했다. 가느다란 흰 손가락이 맨살이 드러난 팔뚝을 훑으며 지나가자 소름이 오싹 끼쳤다.

스와디의 눈썹 하나가 삐쭉 올라갔다.

"그래서?"

그녀의 음성도 삐딱해진다.

"나는 사실 오빠의 아내라면 아주 대단한 미인에 순진하고 가련한 여자라고 상상했었죠. 그래서 오빠가 도저히 곁을 떠나지 못할 그런 여자 말이에요."

트리니티의 눈이 스와디의 거구를 아래위로 훑어내리며 훗 하고 웃었다.

"정말 뜻밖이에요. 당신 같은 여자라니."

스와디는 눈썹을 치켜 올렸다. 불끈 치솟는 이두박근이 보인다.

"그런 여자?"

"아아, 오해하진 말아요. 그저 놀랍다는 거였어요. 워낙 오빠 주변엔 미녀가 많았기 때문에."

나는 미심쩍은 눈으로 트리니티를 바라보았다. 언제 내 주변에 그렇게 미녀가 많았다는 거야? 록그레이드 시절 이외에도 주변에 여자가 널려 있었단 건가? 하지만 난 기억이 전혀 없는걸.

"그런데, 정말 당신이 자격이 있긴 있는 걸까요?"

트리니티의 말에 스와디의 얼굴이 확 굳었다. 이제 그녀의 눈은 번쩍번쩍 빛나기 시작했다. 번갯불이 이는 그 시퍼런 안광은 거의 살기 수준이다.

"무슨 말을 하고 싶은 거지?"

"뭐, 나는 그저 묻고 있는 거예요. 당신에게 자격이 있는지 아닌지."

트리니티의 목소리는 점점 더 작아졌다. 점점 더 달콤해지는 음성을 내며 그녀는 어느새인가 내 목을 부둥켜안고 있었다. 차가운 것이 등줄기를 스치고 지나갔다. 지금, 지금 이 여자가 뭘 하는 거지?

"자격이라고? 무슨 자격이 필요하다는 거야? 나와 그는 분명히 부부다."

스와디는 그렇게 말하면서 자신의 앞에 놓인 술잔을 집어 들었다. 태도는 담담한 듯하지만 그녀에게서는 당장이라도 트리니티를 갈가리 찢어 죽일 듯한 살기가 넘실거렸다.

"누구든 껍질을 뒤집어쓸 수는 있어요. 그런데 말이죠, 그런 껍질은 진짜 위기가 닥치면 송두리째 벗겨지고 말죠. 자신이 감당할 수 없는 일이 벌어지면 대부분의 인간은 남을 증오하며 도망가 버리거든요."

나는 트리니티가 스와디에게 모든 것을 털어놓을 심산인가 싶어 그녀를 돌아보았다. 하지만 트리니티는 내가 자신을 보든 말든 신경도 쓰지 않는 태도로 스와디를 지켜보고 있었다. 너무나 도발적인 태도라 나라도 한 대 후려치고 싶은 표정이었다.

문득 스와디의 얼굴이 묘하게도 평온을 되찾기 시작했다. 그녀는 들고 있던 술잔의 술을 단숨에 들이키더니 아까와는 달리 기세를 누그러뜨렸다.

"나는 그를 감당할 수 없을 거란 말이야?"

오만한 음성.

나는 픽 웃고 말았다. 스와디가 아까 말한 대로 그녀는 자신을 믿고 있었다. 이 오만함은 거기에서 나온다. 부러워 죽겠다.

"뭐예요?"

쿠션 속에 파묻혀 있던 알파샤가 어리둥절한 얼굴로 이쪽을 바라보았다.

"싸우시는 건가요?"

스와디의 기세에 술이 깬 듯한 눈치였다. 그녀의 얼굴에서 긴장감이 떠오른 것을 보자 트리니티가 달콤한 목소리로 속삭였다.

"별거 아니에요. 푹 자요, 알파샤."

그러자, 알파샤는 푹신한 쿠션에 얼굴을 묻으며 푹 고꾸라졌다.

스와디의 손아귀에 순간, 오러가 일었다. 그녀는 당장이라도 주먹을 휘두를 듯이 자세를 낮추었다.

"너, 뭐야?"

그 순간 트리니티가 손가락을 들고 딱 하고 소리를 냈다.

갑자기 이질적인 마나의 파동이 내 주변으로 휘익 지나갔다. 살짝 저리게 만드는 묘한 느낌이었다.

"에?"

갑자기 주변이 조용해졌다.

"조용해졌지요? 결계를 친 거예요."

그녀는 히죽 웃더니 내 옆의 스와디를 흘긋 보았다. 스와디는 미간을 찌푸린 채 지금 상황을 이해하려고 노력하는 듯했다.
"…마법사?"
"맞아요."
트리니티의 경쾌한 대답에 스와디는 진지하게 날 바라보았다. 설명을 요구하려나 하고 조금 기대하는 순간, 그녀의 시선이 다시 트리니티에게로 돌아갔다.
"진짜 남매가 아니지?"
"맞아요. 하지만 몇 번이나 말했듯이 남매나 다름없죠. 그를 소중하게 여기는 분이 저의 유일한 분이니까."
트리니티의 얼굴이 놀랄 정도로 부드럽게 감정에 물들었다.
나는 아주 묘한 기분이 들었다.
트리니티는 마족이다. 정확히 말하면 반마족이다. 그리고 나는 마족이 정말로 애정이라는 감정을 가지는 것을 본 적이 없었다. 베세레스 아이는 록그레이드에게 집착했다. 하지만 그것은 말 그대로 집착이었지 애정과는 거리가 멀었다. 그녀는 여러 가지 표정을 지어 보였지만 그것은 그저 흉내 내기에 불과했었다. 그런데, 트리니티의 얼굴은 정말로 사랑에 빠진 여자의 얼굴이었다.
반마이기 때문일까. 그녀의 일부가 인간이기 때문일까.
"이건, 혹시 시험?"
스와디가 갑자기 물었다.
트리니티가 픽 웃었다. 그리고는 내 목을 휘감은 채 나를 뒤에서부터 끌어안았다. 나직나직한 음성이 귓가로 파고들었다.
"저 여자, 정말 재미있어요."

"간지러워."

내가 손을 들어 그녀의 얼굴을 밀어내자, 트리니티는 킥킥 웃으면서 내게서 떨어졌다. 나는 그녀를 밀치고 스와디를 향해 손을 내밀었다. 사실은 조금 조마조마했다. 스와디가 내 손을 뿌리치고 정체를 밝혀라 라고 외치면 나는 뭐라 말해야 할까. 설마 하니 나는 나이도 모르고 정 체도 모르는 흑마법사야라고 말해야 하나?

막 초조해지려는 순간, 주저하지도 않고 스와디가 내 손을 잡아당겼 다. 나는 경탄할 만한 그녀의 완력에 휩싸인 채 그녀의 옆에 바짝 다가 앉았다. 얼결에 그녀의 허리를 팔로 감싸 안자 스와디가 눈썹을 여전 히 치켜 올린 채 트리니티에게 선언했다.

"손대지 마."

당혹스러웠다. 그리고 놀라 버렸다.

기분이 아주 기묘했다. 스와디는 질투심이라는 걸 모르는 여자 아니 었던가? 나와는 계약으로 맺어진 사이 아니었던가?

"그와는 계약을 맺었어. 그가 스스로 떠나지 않는 이상 그는, 내 남 편이야."

스와디는 오만하게 말하고는 한 손으로 내 허리를 감싸 안았다. 굵 직한 팔뚝이 이렇게나 사랑스럽게 느껴지긴 처음이었다.

"게다가, 나를 시험한다는 것 자체가 불쾌해. 뭘 말하고 싶은 거지, 마법사 계집아!"

이 말에 트리니티는 두 눈을 크게 떴다. 그리고는 웃음을 터뜨렸다.

"정말 재미있네, 재미있어."

나는 스와디의 얼굴을 내려다보았다. 문득 그녀의 귓불이 붉어져 있는 게 보였다.

설마, 이건 아주 설마지만……. 이 여자, 부끄러워하고 있는 거야?

웃음이 새어 나오려는 것을 참고 있자니 스와디가 불퉁한 음성으로 재촉했다.

"네가 진짜 이 사람의 누이가 아니라면 내가 너에게 잘해줄 이유는 없어! 할 말이 있으면 빨리 해."

킬킬대던 트리니티는 고개를 들고 스와디를 보았다. 그녀의 눈은 아까의 유혹적인 냄새라고는 조금도 없이 청명했다. 막 해가 지기 시작할 무렵의 석양을 닮은 눈동자였다.

"여기 있는 이 남자는, 당신 때문에 살기로 결심했어."

나는 아무런 말도 하지 않았다. 나 자신도 모르는 내 변화를 뭐라 설명해야 좋을지 알 수 없었기 때문이다. 기억을 잃기 전의 내가 죽고 싶어했던 것은 사실인 모양이다. 얼마 전 용권풍에서 느낀 그 충동은 분명히 내 내부에 존재하고 있었으니까.

트리니티와 시스테이어스는 내 과거를 알고 있었다. 그럼에도 불구하고 알려주고 싶진 않은 모양이다. 아니, 어쩌면 알려줘선 안 되는 뭔가가 있는지도 모르지. 애써 속 편하게 그리 생각하기로 했다.

"그래서 당신의 태도를 나는 알고 싶었던 거야, 록베더의 아내여."

트리니티는 푹신한 쿠션에 몸을 기댄 채 속삭이듯 말했다. 그녀가 그렇게 말하는 순간, 허공에 오색찬란한 불꽃이 피어올랐다. 그리고 뒤를 이어 그 불꽃 속에 시커먼 형상을 한 뭔가가 버글버글 들끓고 있는 게 보였다. 그 시커먼 형상은 곧이어 인간처럼 형체를 갖추었다. 그리고 날카로운 이빨을 드러내며 웃었다. 진득한 타액이 입가로부터 뚝뚝 떨어져 내렸다. 노란 눈은 네 개, 코는 구멍만 있었다. 그리고 입은 타원형의 얼굴 중 반을 차지하고 있는 괴이한 몰골이었다. 축 늘어진 사지가 흐느적거렸지만 질감은 거의 느껴지지 않았다. 노란 눈동자가 나를 향했다. 그리고는 타액을 흘리며 웃는다.

찾았다!

"지저분하군."

나는 한숨을 내쉬었다.

순간, 녀석의 몸이 갈가리 찢겨져 허공으로 사라졌다. 대리석 바닥에는 놈이 흘린 타액만이 몇 방울 남았다. 진짜 더럽다.

스와디가 내 허리를 꽉 움켜쥐었다. 어, 아파.

"그게 뭐지?"

그녀의 음성이 침중해졌다. 나도 기분이 가라앉았다.

"하급 마물이야."

트리니티가 느긋하게 말했다. 불러들인 장본인치고는 여유만만이다.

"마족?"

스와디가 미간을 찌푸리며 묻자 트리니티는 고개를 끄덕였다.

"지금 날 위협하는 건가?"

스와디가 이를 갈며 물었다. 왠지 트리니티를 꽤나 싫어하는 눈치다.

"현실을 보여주는 거지. 지금 당신 남편을 노리고 많은 놈들이 꼬이고 있어. 놈들의 목적은 당신 남편을 죽이는 거야."

스와디의 시선이 날 향했다. 하지만 그녀는 나에게 묻지 않았다. 대신 트리니티에게 물었다.

"왜?"

"그야 당신 남편이 소름 끼치게 강하니까 그렇지. 그의 힘을 탐내서 그런 거야."

트리니티의 대답에 스와디는 미간을 찌푸리더니 다시 물었다.

"대체 얼마나 강하기에 마족들이 달려든다는 거지? 그가 그랜드 소드 마스터라는 것은 알고 있지만."

그 말에 트리니티가 박수를 쳤다.

"너무하네, 진짜로 얼마나 강한지 정말 모르나 봐. 뭐, 하기야 나 역시 소문만 들었지 실제로 본 적은 없으니 실감은 안 나. 하지만 록베더의 아내여, 그가 진심으로 힘을 쓴다면 이 지상 위에서 그를 막을 수 있는 존재는 오로지 드래곤뿐이야."

그 말에 스와디의 몸이 굳었다.

나 역시 조금 놀랐다. 내가 그렇게 강한가?

Chapter 72

"드래곤? 정말로 드래곤이라는 게 존재하는 건가?"

스와디가 멍하니 되물었다.

"물론이지. 당신 남편은 그 드래곤의 파수꾼이니까."

나는 한숨을 내쉬었다. 뭐라 말해야 할지 잘 모르겠다. 트리니티가 홀라당 스와디에게 밝히는 것을 막아야 할지 말아야 할지 그것도 잘 알 수가 없었다. 하지만 한편으로는 내 대신 그녀가 밝혀주는 게 다행이라는 생각도 들었다.

그녀가 나를 믿는 만큼 나는 사실 그녀를 속이고 싶지 않았다.

"드래곤의 파수꾼?"

믿어지지 않는다는 듯 그녀가 날 바라보았다.

"드래곤을 위험에서 지켜주는 자를 말하는 거야."

"드래곤을 위험에서 지켜줘?"

스와디는 이해가 안 간다는 듯이 날 바라보았다. 괴물 보듯 보고 있긴 했지만 내 허리를 안은 팔은 풀지 않았다.

"그만큼 강한 존재라는 거지."

그 모습을 트리니티는 흥미진진하게 살피고 있었다.

생각해 보면 스와디가 대단하긴 대단한 여자인지도 모른다. 보통이라면 질겁하고 '네 정체를 밝혀라!' 라고 대드는 것이 정상적인 반응일 텐데.

"그렇게 강한 인간이라는 게 있을 수 있는 거야?"

스와디가 멍하니 중얼거리더니 내 어깨를 잡았다. 손아귀 힘이 아주 세서 좀 아프다.

"있으니까 여기에 있지."

트리니티가 놀리듯 킥킥 웃었다.

"이야기를, 이야기를 좀 정리해 보자고."

스와디는 한숨을 내쉬면서 이마를 짚었다.

"그러니까, 마법사 계집, 너는 내 남편의 보호자에게서 명을 받고 여기에 왔다 그거지?"

"보호자라고 말하면 좀 이상한데."

내가 중얼거리자 트리니티가 킬킬댔다.

"틀린 말은 아니에요."

"시끄러워! 정리 좀 하자구!"

스와디는 사납게 외치고는 술병에서 술을 가득 따라 자신의 잔에 채웠다. 그리고는 그것을 단숨에 마셨다. 애를 밴 여자가 술을 저렇게 마서도 되나? 그것도 독한 걸.

내가 막 말리려는 순간, 눈빛을 퍼렇게 빛내며 스와디가 다시 입을 열었다.

"마족들이, 그 무시무시한 마족들이 록의 힘을 탐내서 그를 노리고 있다. 그래서 그를 지키려 여기에 왔다 그거지?"

"그래."

"그리고 록은 말 그대로 이 세상에 당해낼 자가 없을 정도로 강한 작자고. 맞지?"

"맞아."

"그걸 지금 나보고 믿으라는 거야? 전설의 드래곤과 대적할 정도의 인간이 존재한다고? 그리고 그를 마족이 노란다고?"

그녀는 이를 북북 갈며 외쳤다.

트리니티는 그녀가 이를 갈든 말든 상관없다는 듯 술잔을 빙빙 손끝으로 돌리며 웃었다.

"맞아."

이를 북북 갈던 스와디는 갑자기 손바닥으로 이마를 누르더니 나를 흘긋 보았다. 그리고는 고개를 푹 숙이고 한숨을 내쉬었다.

"내 눈이 너무 높은 탓인가."

그녀는 한탄 같지도 않은 한탄을 하더니 고개를 들고 내게 손가락을 까딱이며 물었다.

"그럼, 그 사실을 이제 와서 나에게 밝히는 이유는 뭐지?"

나는 입을 다문 채 그녀를 빤히 보았다. 나도 모르기 때문이다.

"그가 위험해지면 당신도 위험해지기 때문이야. 상황을 알려주려는 거지."

나를 대신해 트리니티가 끼어들었다.

스와디는 재촉하듯 침묵했다. 그녀는 이제 내 손을 꼭 잡고 있었다. 마치 이 자리에서 손을 놓으면 나를 잃어버리기라도 할까 봐 두려워하는 듯. 나 역시 그녀의 손을 꼭 잡았다. 뜨거운 손을 가진 이 여자는 내게 너무나 소중한 존재였다.

"처음에 나는 당신은 그냥 무시하고 떠날 생각이었어. 그런데 록의 아이를 가졌다면 당신은 정말로 록에게 중요한 사람인 거야. 그래서 이야기해 주는 거지."

스와디는 나를 돌아보았다.

"내가 록에게 중요한 사람이기 때문에?"

"당신이 잘못되면 록은 다시 죽으려 할 테니까."

트리니티는 조용히 말했다.

흠칫한 스와디는 내 손을 다시 꼭 잡았다. 하지만 그녀답게 이유를 묻거나 하지는 않았다.

트리니티는 빙긋 웃으면서 아까와는 달리 부드러운 시선으로 스와디를 바라보았다.

"어쨌든 나는 당신과 당신의 아이가 무사했으면 좋겠어. 그래서 록의 아이를 꼭 보고 싶어."

"그럼 내 아이도 그런 엄청난 힘의 소유자가 되는 거야?"

"그건 아닐걸."

내가 얼결에 대답하자 트리니티가 흥미진진한 얼굴로 끼어들었다.

"아, 그건 모를 일이지요. 록, 당신의 힘은 단순히 육체적인 것만이 아니기 때문에 아이에게 어떤 영향을 미쳤는지는 아무도 몰라요."

"무슨 소릴 하는 거야? 유데이스의 아이들도, 원당의 아이들도 별일 없었어!"

내가 사납게 쏘아붙이자 트리니티는 고개를 저었다.

"기억을 못하나 본데, 유데이스는 이미 그때 아이가 여럿이었어요. 원당은 아이를 갖지 못했고. 게다가 당신은 아이를 낳은 적도 결혼한 적도 없다구요."

나는 눈을 부릅떴다.

"뭐?"

"당신은 실제로 이번이 첫 결혼이에요, 록베더. 여자든 뭐든 아예 관심이 없어서 혼자 절망의 밑바닥을 기어다니곤 했죠. 그래서 그분께서는 정말로 안타까워했었어요. 항상 혼자 땅을 파다가 혼자 죽어 넘어지는 그 멍청함에 나 역시 질릴 지경이었다구요."

나는 잠시 말을 잇지 못했다. 정말로 그 긴 세월 동안 내 스스로 한 결혼은 이번이 처음이란 말인가?

트리니티가 미소 지었다.

"그래서 그분은 이 여자의 존재에 무척 놀라신 거예요. 게다가 아이를 가지다니. 상상도 못했던 일이었죠."

나는 문득 트리니티가 나를 대하는 태도와 스와디를 대하는 태도가 완전히 다르다는 것을 깨달았다. 적어도 나에게는 존대를 하고 있었다.

"너, 나에 대해서 얼마나 알고 있지?"

나는 나도 모르게 트리니티의 어깨를 꽉 눌러 잡았다.

"나의 전생에 대해 알고 있는 거냐? 전부?"

내 동요를 보고도 그녀는 눈 하나 깜짝하지 않았다.

"조금은 알지요. 하지만 여기서 간단히 말하기엔 당신의 과거는 너무 복잡해요."

나는 할 말을 잃었다.

하지만 내가 망연자실하든 말든 스와디는 냉정한 어투로 물었다.

"아이에게 어떤 영향이 오는 거지? 설마 하니 내 아이도 마족들이 노리게 되나?"

"그건 아니죠. 당신 아이는 어떤 힘을 가지게 되긴 하겠지만 그게 어떤 힘이고 어떤 형태로 나타날지는 아무도 몰라요."

트리니티가 대신 답했다. 스와디의 냉정한 태도 때문에 나는 정신을 다시 차렸다. 나는 이제 과거에 대해서는 신경 쓰지 않기로 하지 않았던가. 게다가 지금 중요한 것은 과거가 아니었다. 미래였다. 나는 스와디의 아랫배를 내려다보았다.

아이. 나의 최초의 아이. 마왕의 심장을 가진 내가 만든 최초의 아이.

"아이가 잘못되거나 하는 건 아니겠지?"

스와디가 자신의 배를 감싸며 사납게 물었다. 그녀는, 아이가 잘못될까 봐 그게 가장 두려운 모양이었다. 무리도 아니다. 그 아이는 그녀의 후계자가 될 아이였다. 그녀 자신이 만든 최초의 혈족이 될 아이였다. 그리고 나에게도 역시 그러했다.

"잘못되지는 않아. 오히려 튼튼 그 자체가 될걸."

트리니티가 손을 뻗어 그녀의 아랫배를 가리켰다.

"지금도 마나가 태아를 감싸고 있으니까. 이 애는 태어나기 전부터 마나의 사랑을 받고 있다구."

트리니티의 말에 스와디는 자신의 아랫배를 내려다보았다.

커다란 그녀의 손에 감싸인 배는 아직 홀쭉했지만 얼마 지나지 않아 아이의 성장에 따라 부풀어 오르기 시작할 것이다.

"제 아빠처럼 강하진 않겠지만 어쨌거나 놀라운 신체의 소유자가 될 것임에는 틀림없어. 축하해."

트리니티의 말에 스와디는 차갑게 대꾸했다.

"아직 태어나지도 않았어. 무엇보다 안전이 우선이라고. 마족이 덮치지 않는다는 보장이 필요해."

그녀의 추궁에 나는 뭐라 답할 수가 없었다. 트리니티야 흥미진진하다는 얼굴이었지만 나는 정신이 반쯤 나갈 지경이었다. 보장이라? 그런 게 있을 리가 없지 않은가? 마족이란 원래가 사악하고 잔인하다. 나를 끌어들이기 위해 스와디의 안전을 위협하려 할 것이 분명하다.

갑작스런 불안감이, 공포가 찾아들었다.

만약 스와디가 잘못된다면 어떻게 하지? 그녀가 만약 나 때문에 죽게 된다면 어떻게 하지?

나는 괜찮아. 나는 그렇게 쉽게 죽지는 않는다. 하지만, 보통 인간인 그녀는?

내가 스와디를 안은 팔에 힘을 주자 그녀도 그것을 깨달았는지 입을 꽉 다물었다.

"어쩔 거야?"

갑자기 느릿한 어투로 트리니티가 물었다.

"이런 상황이라는 것을 알게 되었으니 어쩔 거냐고."

스와디는 갑자기 팔짱을 끼었다. 그리고는 나를 똑바로 바라보았다. 여전히 똑바른 시선이었다. 가슴이 떨렸다. 뭐든 다 받아주는 이 여자가 정말 좋았지만, 이런 이야기까지 듣고 그녀가 어떤 반응을 보일 것인지 두렵기도 했다.

"당신이 원하는 게 뭐야?"

그녀의 질문에 나는 아무 말도 하지 못했다. 덕분에 트리니티가 대신 끼어들었다.

"록이 여기에 있으면 당신은 위험해. 다시 말해 그의 곁에 가까이 있으면 위험하단 말이야. 나로서도 록의 아이를 가진 여자를 위험하게 할 순 없어."

"그러니까 나보고 어쩌라는 거야? 이 사람 붙잡고 늘어지지 말라고 경고하는 거야? 결국 록은 떠날 거잖아? 나에게 뭘 묻겠다는 거야? 나는 록을 절대로 잡지 않아. 그렇게 계약했으니까!"

계약. 역시 계약인가.

나는 쓴 물이 올라오는 것 같은 기분이 들었다. 역시 그녀는 나를 사랑하거나 하는 것은 아니다. 그녀는 형편 좋은 남편이 필요했던 것뿐이다. 결국 나만 정에 굶주려 그녀에게 빠져 있는 게다. 하기야 남자를 경멸하고 있는 스와디가 날 사랑할 리는 없었다.

스와디는 갑자기 진지한 얼굴로 손을 뻗어 내 뺨을 감쌌다.

"당신을 곤란하게 할 일은 안 해. 나는 그렇게 계약했어. 당신이 떠나고자 한다면 돈과 함께 보내준다고."

그녀의 얼굴이 살짝 흐려졌다. 여장부의 얼굴이지만 한편으로는 묘하게도 어린 소녀처럼도 보였다. 고집 센 얼굴이다.

나는 조금 가슴이 뛰었다.

"그럼 계약 말고 당신은 어떻게 생각해? 내가 가는 게 좋다고 생각하나?"

내 질문에 그녀는 조금 미간을 찌푸리더니 인정사정없이 내 가슴을 후려쳤다.

"헉!"

너무 아파서 나는 숨도 쉴 수가 없었다.

"당신, 바보야? 가는 걸 좋아할 리가 없잖아? 나는 붙잡지 않겠다고 한 거지 가라고 한 게 아니라구!"

그녀의 눈가에 물기가 번졌다. 눈물? 설마 하니 콰람 스와디가 눈물?

나는 껄껄대면서도 실실 웃었다. 다행이군. 그게 그런 거였어. 계약이란 게 그런 의미였구나.

"그럼 나에게 진짜 반한 거로군?"

내 말에 그녀는 기가 막히다는 듯 허리에 손을 얹더니 고개를 살래살래 저었다.

"난 가끔 당신이 대체 무슨 생각을 하고 사는지 정말 궁금해. 내가 당신을 좋아하지 않았다면 결혼을 할 리가 없잖아?"

"그때 상황이 안 좋았으니 그냥 한 거 아니야?"

그 말에 대꾸할 가치가 없다는 듯 스와디는 무시했다. 그녀는 나를 상대하는 걸 관두고 트리니티를 돌아보며 물었다.

"그래, 어떻게 할 참이야? 당신은 이 바보 같은 남자를 지키기 위해

왔다고 했으니까 확실히 말해 줘. 이 사람을 데리고 어디로 숨어 있을 거야?"

나와 그녀를 보고 웃고 있던 트리니티는 고개를 저었다.

"숨어 있다니. 무슨 말을 들은 거야? 이 사람은 굉장히 강해. 그저 주변에 피해가 가지 않도록 다른 곳에 가 있는 것뿐이야. 여기 있으면 당신을 끌어들이게 되니까 여길 떠난다는 것뿐이지. 그나저나, 당신은 정말로 저 남자가 어떤 존재이든 상관없는 건가?"

요요한 눈빛이 붉게 빛났다.

"상관없다고는 말 못해. 하지만, 적어도 나는 그에 대해 캐묻지 않기로 계약했어. 또 그를 붙잡거나 귀찮게 하지 않겠다고도 했지. 그러니까 안 묻는 것뿐이야."

스와디는 나를 흘긋 돌아보았다. 어깨를 으쓱하는 아주 건방진 자세를 취하긴 했지만 그녀의 눈가는 붉었다.

"게다가 나는 내가 감당할 수 없는 것을 캐묻고 싶지는 않아. 내가 뭔가를 안다고 해서 그게 도움이 안 될 거라면 차라리 모르는 게 나아. 록이 내 남편이니 그냥 그걸로 만족하려고 노력하는 것뿐이지."

"좋았어. 선을 확실히 긋는군."

트리니티는 그렇게 말하고는 벌떡 일어섰다.

"록베더, 사막의 한복판이든 어느 오지의 한복판이든 인적 드문 곳으로 들어가 놈들을 맞이하자고요. 당신도 다른 사람들에게 피해주는 건 싫겠지요?"

나는 고개를 끄덕였다. 역시 이렇게 되는 건가.

하지만 마음은 무겁지 않았다. 스와디는 나를 사랑하고 있었다. 이

목석처럼 뻗대기만 하는 여자가 나를 사랑하고 있는 것이 분명했다. 게다가 내가 무엇이든 상관하지 않겠다고 했다. 내가 어떤 자이든 아내로 남아 있겠다고 했다.

이렇게 기쁠 수가.

나는 그녀를 꽉 끌어안았다. 가슴이 꽉 조여드는 기분이었다. 내가 무엇이든 상관하지 않는다는 그녀가 너무 예뻤다. 이 여자는 어쩌면 이렇게 예쁜 소리만 골라서 하는 걸까.

"스와디."

가만히 눈을 감은 그녀에게 키스했다. 평소와 달리 붉어진 눈가에 떨리는 입술을 한 그녀는 무척이나 낯설었다. 아마도 내가 그랬듯이 그녀도 내가 사라질까 봐 두려워하고 있었는지도 모른다. 그래서 계약 운운하며 붙잡지 않겠다며 기대하지 않겠다며 말끝마다 매정한 태도를 취한 것인지도 모른다.

"날 밀어내지 않는 이상 난 안 떠나."

작게 속삭이자 그녀는 쳇 하고 혀를 찼다. 하지만 얼굴은 붉었다. 귀엽기도 하지. 흐흐흐.

"변태 늙은이같이 웃지 말랬지."

나는 결코 스와디의 곁을 떠나고 싶진 않다.

그렇지만 그녀가 내 옆에 있다가 무슨 일이라도 당하면 어떻게 할까. 나는 얼마 전에도 레다이어드를 지켜주겠답시고 날뛰다가 결국은 상처를 입혔었다. 레다야 드래곤이니 그렇다 치지만 스와디는 인간이다. 어떤 인간이든 마족을 그렇게 쉽게 상대할 수는 없다. 소드 마스터 정도라면 모를까 마족의 싸움 방식은 인간이 당해낼 수 없는 방식으로 전개되는 것이다. 결국, 잠시나마 떠나 있어야 하는 것이다. 아아. 시스테이어스가 그 질긴 후계자 놈을 빨리 끝장내야 할 텐데.

"어?"

트리니티가 결계를 풀다 말고 고개를 돌렸다.

밖이 소란스러웠던 것이다. 방문자가 있는 것인지 집안 노예들이 뭐라 큰 소리로 고함을 지르고 있었다. 나 역시 스와디를 안고 있던 팔을 풀었다.

"무슨 일이냐!"

스와디가 고함을 치자, 밖에 대기하고 있었던 노예 하나가 고개를 내밀고 고했다.

"왕궁에서 사람이 왔습니다. 주인님을 급히 만나뵙겠다고 우기고 있습니다!"

"왕궁에서?"

나는 천천히 일어나다 말고 스와디를 돌아보았다. 스와디는 미간을 찌푸렸다.

"치워라."

그 명령이 내려지자마자 휘장이 젖혀지고 노예들이 들어와 술과 음식을 치웠다. 잠에 빠진 알파샤를 부축해 노예들이 안으로 데려가자마자 구와르와 쥬이크, 그리고 미흐가르가 급히 들어왔다.

"주인님, 사자를 들일까요?"

"누가 왔느냐? 무슨 일로?"

"수도 외곽에서 흉사가 벌어져 주인님을 급히 모셔오라는 명령을 받았다 합니다."

쥬이크는 그렇게 말하고는 잠시 트리니티를 돌아보았다. 트리니티까지 함께 있는데 왕궁의 사자를 들어오게 해도 되는지 망설이는 모양이다. 미혼의 여자는 가족 외의 사람에게 내보이는 게 아니니까.

"흉사? 들여라."

나는 그를 무시하고 명령했다. 잠시 머뭇대던 쥬이크는 고개를 숙이고 노예에게 말을 전했다. 그러자 숨 돌릴 틈도 없이 급한 발걸음으로 노란 두건을 쓴 남자들이 들어섰다. 화려한 금빛 가운을 입은 그들은 나를 보자마자 고개를 숙여 한 번 인사하더니 곧 거만한 자세로 돌아와 입을 열었다.

"위대하신 리베이드의 왕, 756부족의 우두머리이신 피시팀 3세의 이름으로 명하노니 록베더 아메이 와이슈 가비라는 명을 받들어 급히 입궁하라."

"명을 받듭니다."

가만히 앉아 있기만 하는 내 옆구리를 찌르며 스와디가 대신 대답했다.

그러자 사자들의 눈초리가 금방 가늘어졌다. 아니꼬운 모양이다. 하지만 의외로 당장 발자하진 않고 흠흠 헛기침을 하더니 말을 덧붙였다.

"지금 궁에 검공께서도 와 계십니다. 우그르 타므스는 지금 경계 태세를 갖추고 있으며 각 부족에서 전사 삼십 명씩을 각출하여 대기하라는 명이 내려져 있습니다."

"무슨 일이 벌어진 건가?"

내가 묻자 염소수염을 한 사자가 심각한 얼굴로 대답했다.

"오늘 새벽 소라성이 울려 퍼졌습니다. 일곱 개 마을이 몰살당했고 두 개 부족이 멸족 직전까지 가는 흉사를 당했다 합니다. 그것도 수도 데카르에서 멀지 않은 곳이라 합니다."

"뭣이!"

나보다 스와디가 놀라 벌떡 일어섰다.

"적은 누구냐?"

"그것이, 불명입니다."

사자는 여전히 스와디가 나서는 게 불만인 듯 불쾌한 태도로 대꾸했다. 그는 나를 흘긋 보면서 말을 이었다.

"적의 모습은 나타나지 않았습니다. 하지만 흉사를 당한 곳은 말 그대로 초토화되어 살아남은 것은 아무것도 없었다고 합니다. 적어도 오천여 명 이상이 죽임을 당했습니다. 어지간한 대군이 달려들기 전에는 이런 일은 벌어질 수 없을 거라고 말들을 합니다만 적의 종적은 아직 찾지 못하고 있습니다."

나는 갑자기 가슴이 서늘해졌다. 이것은 내가 그날 밤 보았던 다이사 왕녀의 짓일까. 그녀가 무차별로 사람들을 죽이고 있을 가능성이 높다.

여전히 내가 아무런 말도 하지 않자, 스와디가 내 대신 말했다.

"알겠소, 지금 곧 입궁하겠소."

그녀가 대신 답한 게 영 마음에 안 드는지 아니면 빤히 자신들을 바라보고 있는 트리니티가 마음에 안 드는 것인지 잔뜩 불쾌한 얼굴을 한 사자들은 아예 대답도 하지 않았다. 날 향해 경멸의 눈초리를 던졌을 뿐이었다.

"뭔가 아는 것이라도 있는 거야?"

그녀가 다그치듯 물었다.

"아무래도 이건……."

내가 한숨을 삼키며 트리니티를 보자, 그녀는 미간을 찌푸린 채 내 말을 기다리고 있었다. 스와디에게 다이사 왕녀가 반쯤 미쳐서 마족과 계약했다고 말을 전해줄까 말까 망설이고 있는데 트리니티가 먼저 입을 열었다.

"얼마 전 이 근처에서 계약이 하나 발생했다고 하는데 혹시 그자를 알고 있나요?"

"누구 짓인지 알아?"

스와디가 다급히 물었다.

"알 수 있을 것도 같아. 얼마 전 이 근처에서 어떤 마족 하나가 계약을 맺었어. 그런데 이 근처에서 뭔가 일이 벌어졌다면 연관이 없을 리가 없지."

트리니티의 태평한 말에 스와디는 입을 벌렸다.

"그럼, 이게… 마법이라든가 마족이 연관된 일이라는 건가?"

"그래. 왕궁에 가서 자세한 것을 알아보는 게 좋겠지만. 나는 일이 귀찮아지기 전에 얼른 여길 떠났으면 하는데."

"하지만 족장들을 소집했어. 어서 입궁하지 않으면 안 돼."

스와디의 말에 트리니티는 코웃음 쳤다.

"급한 건 그게 아니야. 마족이 근처에 있다면 더 더욱 빨리 이곳을 뜨는 게 유리하다고."

스와디는 잠시 침묵하더니 무뚝뚝한 어조로 말했다.

"당신은 떠나. 내가 대신 입궁할 테니."

"남편이 있는데 네가 들어간다고 해서 왕이 납득할까?"

안 그래도 왕은 내가 소드 마스터라며 잔뜩 기대하고 있을 터였다. 스와디 혼자만이라면 오히려 왕의 분노를 살 수도 있었다. 내가 없는 사이 그녀가 곤란한 일을 겪는다면 그것처럼 안 좋은 일은 없다.

"저 여자의 말처럼 마족이 뛰어들면 더 난장판이 되는 것 아니야? 나는 약하지 않아. 그동안 당신 없이도 난 잘해왔어."

고집 센 스와디의 말에 나는 고개를 저었다.

나는 다이사의 힘을 안다. 그리고 그 마족이 벌이는 끔찍한 일들도 보았다. 검공이 직접 나선다고 해도 간단히 일이 해결될 리가 없었다. 게다가 가비라 가의 왕녀인 다이사가 벌인 그 살육이 밝혀진다고 하면 가비라 일족도 수습이 쉽지는 않을 것이다. 특히 그저 복수심에 불타고 있는 다이사의 손 아래 데카르가 온전할 리가 없다. 게다가, 아이를 가졌다고 해도 스와디가 일족을 버리고 달아날 거라고는 상상도 할 수 없는 일. 어쨌거나 일은 해결하는 게 옳았다.

"상황을 알아보고 가겠어."

"만약 다른 마족이 연관되어 있는 일이라고 한다면 더 골치 아파요. 안 그래도 당신을 노리는 놈들이 한둘이 아닌데!"

트리니티가 짜증을 냈다.

"그래도 가만히 있을 수는 없지, 왕궁으로 출발하자."

"안 그래도 많은 적을 늘릴 참인가요?"

기가 막히다는 듯 트리니티가 외쳤다.

"어차피 어설픈 놈들은 나에게 덤비지도 못해."

나는 짧게 대답했다.

"하지만 성가시다고요. 강한 놈이 문제가 아니라 잔머리 굴리는 놈들이 더 골치 아프니까요. 인간계에 자주 들락거리는 놈들은 남의 약점을 잡는 데 능하기 때문에 일을 복잡하게 만들 수도 있어요."

트리니티가 하는 말을 무시하고 나는 일어섰다.

가만히 앉아 있던 미흐가르가 급히 앞장섰다. 오가는 말들이 불안해서인지 얼굴이 잔뜩 굳어 있었다. 그만이 아니라 구와르나 쥬이크도 잔뜩 굳어 있는 얼굴이다. 그들로서도 마족이니 뭐니 하는 말에 불길하다 생각하는 모양이다.

스와디는 내 뒤를 따르다가 옷소매를 잡아당겼다.

"당신은 그냥 떠나는 게 좋지 않겠어?"

"내가 그냥 떠나면 왕에게 뭐라 말할 건데? 게다가 정말로 마법으로 공격받는다면 쉽게 당해내기 힘들어."

"하지만 리베이드에도 마법사는 있어. 왕궁에도 마법사는 일곱 명이나 있다구."

나는 고개를 끄덕였다.

"그럴 수도 있겠지. 하지만 어떤 마법사냐에 따라 그 능력은 엄청난 차이가 나."

나는 다이사 왕녀가 소드 마스터에 근접한 자였다는 것을 되새기며 대꾸했다. 보통 사람과 마나를 느끼는 사람의 차이는 엄청나다. 또한 그냥 보통의 전사와 소드 마스터와는 또 엄청난 차이가 있는 것이다.

"나도 가겠어."

스와디가 굳은 얼굴로 말하자, 옆에 있던 트리니티도 경쾌한 어조로 덧붙였다.

"나도!"

나나 스와디 대신 쥬이크가 당혹한 표정을 지었다. 구와르조차도 거의 홀딱 벗은 듯한 트리니티의 모습을 바라보며 입을 뻐끔거렸다.

"아가씨! 그것은……!"

"저, 입궁 명령이 내려진 것은 오로지 주인님뿐인데……."

흉사로 인한 입궁에 낯선 여자가 감히 들어서도 되느냐라고 항의할 듯한 그 얼굴을 싹 무시한 채 트리니티를 노려보던 스와디는 짧게 명령했다.

"그럼, 옷 갈아입어."

왕궁에 도착했을 때에는 달이 중천에 떠 있을 때였다.

뺨을 베일 듯한 차가운 바람이 긴 옷자락 사이로 슬금슬금 기어들어 왔다. 해만 지면 정말로 얼음이 얼 정도로 차가운 날씨가 된다.

나는 구와르를 비롯한 전사 열 명과 스와디, 트리니티를 동반하고 입궁했다. 왕궁 문을 통해 지나가는 동안 많은 자들이 멍청한 얼굴로 트리니티와 스와디를 번갈아 보곤 했다. 특히 트리니티는 찬란한 금발을 감추지도 않고 허리까지 치렁하니 늘어뜨린 채 스와디처럼 긴 가운을 입고 있었다. 허리에 찬 그녀의 검도 시미터에 비하면 이질적인지라 이목을 끌었다. 게다가 그녀는 대단한 미인이다. 커다란 보랏빛 눈동자며, 눈처럼 흰 피부에 요염하기까지한 입매를 한 외국 미녀가 난데없이 등장하니 다들 놀란 눈치다.

"아, 늦으셨군요."

복도를 돌아서자, 뚱뚱한 남자 하나가 아는 척을 했다. 솔직히 전혀 기억이 안 나는 얼굴이다. 그런 내 기색을 눈치챘는지 어색한 표정으로 남자는 고개를 숙였다.

"와후람 가비라입니다. 기억을 못하시는 것 같은데 전에 연회에서 뵈었습니다."

스와디가 옆에서 시큰둥하게 설명했다.

"길게 말하자면 끝이 없겠지만 어쨌거나 내 조카뻘 되지."

또 조카냐.

나는 얼결에 고개를 끄덕였다.

"소문에 의하면 이번 흉사에 희생된 숫자는 엄청나다고 합니다. 게다가 거의가 하룻밤 사이에 벌어진 일이라는 말도 있고요. 하여간 끔찍한 일입니다. 제대로 남은 시체가 거의 없었다는군요."

남자는 내가 어떤 얼굴을 하든 말든 어깨를 움츠리며 지껄였다. 그러다가 문득 트리니티를 흘긋 본다.

"하리차에드에서 데려온 미희인가요?"

나는 하리차에드가 어딘가 하고 순간 헷갈렸다. 하지만 내가 헷갈려 하기도 전에 스와디가 낮게 호통을 쳤다.

"무슨 말을 하는 거냐? 이 아가씨는 주인님의 누이 되시는 분이다!"

그 말에 와후람이라는 남자의 얼굴이 새파랗게 질렸다. 그가 급히 고개를 숙이며 사죄하는 것을 나는 모른 척하고 걸음을 서둘렀다.

"급하니, 나중에 이야기하자."

"죄, 죄송합니다!"

남자가 계속해서 고개를 조아리고 있는 것을 내버려 두고 그냥 걸었다. 문득 하리차에드가 뭔가 궁금해져서 스와디를 돌아보자, 스와디는 한숨을 내쉬며 짧게 말했다.

"환락가야."

"아, 그런가."

그는 트리니티가 환락가의 가희라고 생각했던 모양이다. 뭐, 무리도 아닌가. 트리니티는 누가 봐도 요염한 모습이 돋보인다. 지금도 온몸을 다 가리고 있는데도 상당히 유혹적인 자태를 고스란히 유지하고 있었다. 내가 피 끓는 남자였더라면 나도 타올랐겠지.

환락가.

그래, 환락가. 보통 남자들이 들으면 피가 끓을 그 단어에 나는 무덤덤했다. 스와디에 대한 애정이야 그렇다 치더라도 미녀들이 밀집해 있는 환락가 같은 곳에 마음이 설레지 않다니. 그건 그거대로 또 서운하다. 남자는 늙어도 남자라는데 나는 어째 이 모양 이 꼴인지.

남자로서 서글프기 짝이 없다. 벌써 남자로서 끝물이란 말인가…….

"록베더 아메이 와이슈 가비라 공 드십니다!"

쓸데없는 생각을 하고 있는 동안 어느새 왕의 앞까지 도달했다. 왕좌가 있는 홀 안에 들어서자 모두의 시선이 내게로 쏠렸다. 특히 트리니티에게로.

전에 보았던 자들이 모두 있었다. 왕의 옆에 앉아 있는 것은 검공. 그리고 그 옆으로 보리테 가비라, 사라레이 가비라, 바이샤 가비라, 키에디 가비라 등 낯익은 자들을 비롯해 일족의 장이라는 자들은 빠짐없이 배석해 있었다. 원을 그리며 앉았던 평소와 달리 왕좌에 앉은 왕을 두고 두 줄로 앉아 있다는 것이 조금 압박감을 느끼게 한다.

당연한 일이지만 여자는 단 한 사람도 없었다.

"늦어서 죄송합니다."

내가 왕에게 인사를 하자, 왕은 마뜩찮은 얼굴로 스와디와 트리니티를 번갈아 보았다.

"어째서 여자들을 데려왔는가? 게다가 스와디는 임신했다 들었는데?"

"그녀도 얼마 전까지 족장이었으니까요. 전 아직 리베이드의 상황에 무지합니다. 그녀의 조언을 필요로 합니다."

내 말에 갑자기 주변이 시끄러워졌다. 왕은 얼굴을 찌푸렸고 옆에 있던 검공은 헛기침을 했다. 왜 그러나 싶었더니 보리테 가비라가 호통을 치듯 큰 소리로 외쳤다.

"여자에게 조언을 구한다니! 그게 일족의 장으로서 할 말인가!"

또, 그건가. 거참, 질기기도 하네. 구질구질하게 어지간히도 얽매이는군.

나는 다이사 왕녀의 창백한 얼굴을, 그 절망에 빠진 얼굴을 기억해 냈다. 그렇다. 모든 여자들이 다 스와디처럼 강한 것은 아니다.

"얼마 전까지 그녀는 일족의 장으로서 지냈습니다. 이빙인인 내가 아내에게 조언을 받는다는 게 무슨 문제가 됩니까?"

나는 조소하며 되물었다. 왕을 흘긋 보자, 그는 조금 불쾌한 듯한 표정이었지만 그렇다고 해서 나를 빼고 싶진 않은 모양이었다.

"말도 안 되는 소리! 지금 이건 칙명으로 모인 족장회의다. 이런 상황에 여자를 데리고 나타나다니, 이런 상식 이하의 일이 어디 있어?"

보리테가 시뻘게진 얼굴로 막 뭐라 떠들었지만 나는 그를 무시하고 왕이 손짓하는 자리에 가 앉았다. 검공의 바로 아래 자리였다. 덕분에 스와디와 트리니티도 내 옆에 자리를 마련해 앉게 되었지만 보통 따가운 시선이 아니다.

"그런데 스와디는 그렇다 치고 그 옆의 여자는 뭔가?"

왕이 트리니티를 보며 물었다. 그녀의 황홀한 미모가 마음에 들었는지 다소 탐욕스러운 눈초리였다. 몇몇 족장들의 시선도 그러했다. 이 회의에 여자를 데리고 오는 것은 싫지만 미녀를 보는 건 좋은 모양이지.

"동생입니다. 트리니티라고, 며칠 전에 데려왔습니다."

내 말에 왕의 눈이 커졌다.

"오호. 그러한가? 대단한 미모로군."

왕이 그런 소리를 하자, 옆에 있던 검공이 헛기침을 했다. 그는 심기가 불편한 듯 나를 쏘아보고 있었다.

"지금, 보고를 듣는 게 좋겠다."

검공의 몇 번에 걸친 경고를 무시하지 못하고 왕이 입을 열었다. 그러자, 한구석에 서 있던 전사 차림의 남자 한 명이 일어나 큰 소리로 고했다.

"삼 일 전 알 다이사 마크후, 『진주의 도시』의 모든 인원이 실종되었습니다. 즉, 도시 하나가 초토화되어 그 영광의 흔적은 남아 있지 않습니다. 가축들의 시체는 발견되었습니다만 사람은 한 명도 찾을 수가 없었습니다. 그 흉사 후 가까이 있던 마을, 케이자, 알 후드라, 아노리 파사, 진 기우르 다캄 등 일곱 개 마을이 멸망했습니다. 살아남은 자들은 아무도 없었으며 갈가리 찢긴 사지만이 이리저리 남아 있었을 뿐,

온전한 시체조차도 찾을 수가 없었습니다. 사망자의 수는 어림잡아도 삼천여 명에 달할 것으로 기록자들은 보고 있습니다."

"허억!"

"삼천?"

"세상에!"

그 처참한 소식에 모두 경악을 금치 못했다.

"가장 큰 문제 중 하나는 적을 알 수 없다는 것입니다. 알 다이사 마크후의 경우, 갑작스런 용권풍 때문에 사람들이 대피했기에 실종자가 많을 거라고 처음 추측을 했습니다만 그렇다고는 해도 도시 광장에 쌓여 있는 가축의 시체는 설명되지 않습니다. 게다가 그 이후로도 알 다이사 마크후의 시체들은 발견되지 않았습니다. 도시민의 수는 천오백여 명이나 되니 그들이 살았어도 그 흔적은 남았을 것이며 죽었다 해도 그 사체만도 어마어마한 양이 됩니다. 그런데 그들이 살았는지 죽었는지 밝혀진 바도 없고 그 흔적도 찾을 수가 없습니다."

전사는 침착하게 설명하고는 이글거리는 눈으로 왕에게 진언했다.

"그 후에 벌어진 흉사 역시 보통 일은 아닙니다. 일곱 개의 마을, 칠백여 명이 넘는 인원이 몰살을 당한 것입니다. 그것도 하룻밤 새에 벌어진 일입니다. 도움을 청할 수도, 받을 수도 없었는지 생존자는 단 한 명도 없었습니다. 말 그대로 쥐새끼 하나 빠져나오지 못했습니다. 남은 흔적은 갈가리 찢긴 사지와 살점뿐, 역시 제대로 된 시체는 발견할 수 없었습니다."

"그렇다면 그들이 죽었다는 증거도 없는 것 아닌가?"

누군가가 물었다.

"어찌 보면 그렇습니다. 하지만, 남아 있던 찢겨진 사지를 모았더니 그 숫자만 해도 이백여 명분이 넘었습니다. 온 마을이 피로 젖어 그 흉한 모습은 차마 입에 올리기 민망할 지경이었나이다. 벽과 문은 죽음의 공포로 물들어 살점과 피로 뒤범벅이 되어 있었으며 마을의 우물 속에는 달아나려다 죽은 어린애의 시체가 쌓여 있었습니다. 손가락만 몇 개 남긴 자, 팔이나 다리 하나만을 남긴 자 등 그 참혹함이 필설로 형용할 수 없을진대 어찌 그들이 무사하다고 말할 수 있겠습니까!"

남자의 눈가가 붉어졌다. 그는 울분을 참을 수 없다는 듯 주먹을 쥐고 왕에게 고개를 숙였다.

"청컨대, 영명하시고 위대하신 왕이시여, 이 끔찍한 일을 저지른 천인공노할 자에게 철퇴를 내려주소서!"

그의 눈에서 눈물이 뚝뚝 떨어졌다. 아마도 이 일을 당한 일족의 족장인 듯싶다. 그 외에도 눈가를 붉히고 있는 자들이 두어 명 더 있었다. 그들 역시 분노를 참지 못하는지 이를 악물고 있는 눈치였다.

"하룻밤 새에 벌어진 일이라……."

왕이 심각한 얼굴로 검공을 돌아보았다.

"네. 국경선에서 아무런 보고가 없는 것으로 미루어보아 이는 외국의 군대가 들어온 것은 아니라 생각됩니다."

검공은 그렇게 말하고는 손을 들었다.

그러자 한구석에서 대기하고 있었던 검은 옷을 걸친 세 명의 사내가 왕의 앞으로 다가왔다. 검은 두건에 검은 가운, 리베이드에는 전혀 어울리지 않는 창백한 얼굴을 한 남자들이다.

"마법사들."

왕의 말에 나는 그들을 찬찬히 뜯어보았다.

예전에 본, 키에디와 함께 있었던 마법사와 별로 다르지 않았다. 얼굴이 얼마나 창백한지 매부리코에 리베이드 인다운 호리호리한 체구를 빼면 꼭 북부 펜게이드 인처럼 보였다. 검은 옷, 우울하다 못해 침울한 듯한 표정, 창백한 얼굴에 보랏빛 입술, 전형적인 마법사의 얼굴이었다.

그들은 왕 앞에 공손히 인사를 하더니 낮고 가느다란 음성으로 고하기 시작했다.

"비정상적인 마나의 흐름이 감지되었습니다. 저희 마법사들이 조사한 바에 따르면 발생지는 역시 『진주의 도시』입니다. 그곳에서 마법이 행해졌습니다."

"으으으음."

불길한 모습의 마법사들이 싫었는지 몇몇 족장들은 아예 고개를 돌렸다.

"어떤 마법인가? 그럼 이 사태가 마법사가 벌인 일이라 생각하나?"

왕의 질문에 마법사가 대답했다.

"마법사가 벌인 것은 분명합니다만 그 수가 얼마나 되는지는 잘 모르겠습니다. 희생자의 수가 어마어마하고 도시 하나를 초토화시킨 것으로 짐작해 적어도 마법사는 열 명 이상이 되는 게 아닌가 하고 생각합니다."

"열 명? 그 정도의 숫자라면 어떤 자의 사주가 아닐까?"

왕이 중얼거리자, 마법사는 여전히 낮은 목소리로 설명했다.

"그렇게 사료됩니다. 그렇지 않고서야 그런 엄청난 일을 벌일 수는 없을 것입니다. 저희 다섯 명이 모두 모여도 그런 살육은 할 수 없습니다. 그런 대규모의 마법을 쓸 수 있는 자들이니 배후가 있을 것입니다."

나는 침음했다.

무리도 아니다. 다이시는 소드 마스터에 가까운 마나의 소유자였다. 마나의 사랑을 받는 자였다. 나이 열일곱 살에 소드 마스터에 근접했다는 것은 보통의 재질 가지고는 불가능한 일. 이들이 경악하는 것도 무리는 아니었다. 마법사의 능력은 마족의 능력에 비례하지만 항상 그런 것은 아니다. 마법사 자신의 육체나 능력이 마법을 펼치는 데 얼마나 적합한가에 따라 마력이 결정된다. 그러니 보통 마법사와 그녀와의 차이는 엄청난 것이다.

"마법사를 막으려면 어떤 방법이 좋은가?"

왕의 말에 마법사의 시선이 나와 검공 사이를 슬쩍 훑었다.

"마법사를 상대하는 것은 보통 사람으로서는 할 수 없는 일입니다. 물론 대단한 전사라 하면 마법사를 해치울 수 있겠지만 이번 일을 일으킨 마법사들은 보통이 아닙니다. 그런 자들을 상대하려면 적어도……."

그 말에 답하듯 보리테 가비라가 끼어들었다.

"적어도 소드 마스터는 되어야 한다는 말이지?"

마법사는 조금 머뭇거리다가 대답했다.

"그렇습니다."

웅성거림이 커졌다. 마법사가 얼마나 대단하다고 소드 마스터가 나서느냐고 빈정거리는 자들도 있었고 대체 마법사의 능력이라는 게 어떤 것이냐고 묻는 자들도 있었다.

"어떻게 생각하나?"

왕이 검공을 돌아보았다. 검공은 팔짱을 낀 채로 조용히 대답했다.

"그 말이 옳을지도 모릅니다. 마법사 중에는 엄청난 능력을 가진 자들도 있으니까요. 그런데 문제는 대체 그 괴물 같은 자들이 누구냐 하는 것입니다."

"그렇지. 그 정도의 마법사들이 등장해 리베이드를 공격하는 것은 배후가 있을 것이다. 그렇다면 그 배후는 대체 어디일까?"

"펜게이드나 파르아딘이 아니겠습니까? 그 정도의 능력을 가진 나라가 흔치는 않을 테니까요."

시선이 슬쩍 내게로 쏠렸다. 펜게이드 출신이라 했으니 미심쩍은 모양이다.

"어쩌면 펠잔이나 시그린일 수도 있습니다."

"아니, 어쩌면 리베이드 내부의 반역일지도!"

반역이라는 두 글자에 갑자기 주변이 싸늘해졌다. 다른 건 몰라도 반역이라는 것은 보통 일이 아니다. 게다가 이 자리에는 족장들이 모두 모인 자리였다. 이 자리에서 반역이라는 말이 오간다는 것 자체가 살얼음판이다.

"그건 아닐 겁니다."

그 얼음판을 가르며 한 남자가 나섰다. 바이샤 왕자였다.

"도시를 하룻밤 사이에 멸망시키고 또 곧이어 마을 일곱 개를 초토화시켰습니다. 그런 힘을 가진 자라면 데카르에 숨어들어 와 왕궁을 공격해 올 능력이 된다는 이야깁니다."

"으으으음."

왕은 상상만으로도 끔찍한지 입을 다물었다.

"그런데 그런 능력을 가진 자가 데카르를 공격하기는커녕 시시하게 자잘한 마을을 공격하고 있습니다. 『진주의 도시』야 재화와 전사를 갖춘 곳이었지만 다른 마을은 작은 유목 마을일 뿐입니다. 그렇다면 반역보다는 뭔가 다른 이유가 있을 겁니다."

"다른 이유?"

"원한이라든가 리베이드의 국력을 떨어뜨리기 위한 음모."

바이샤의 말에 왕의 얼굴이 진지해졌다.

"음모?"

"또 한 가지. 지금 마법사들을 보고 생각난 것인데 이 끔찍한 일이 마법사의 제물일 수도 있는 겁니다."

바이샤의 눈이 차갑게 빛났다.

"제물?"

왕이 마법사들을 흘긋 보았다.

마법사들은 그 말에 몸을 떨고 있었다. 그들도 바이샤가 무슨 이야기를 하는지 아는 눈치였다. 창백한 얼굴의 마법사가 한숨을 내쉬며 동의했다.

"가능한 이야기입니다."

"무슨 의미인가? 설마 하니 마족에게 혼을 판 흑마법사가 수천이나 되는 사람들을 제물로 바쳤다는 건가?"

벌떡 일어난 사라레이가 외쳤다. 그 뒤를 이어 희생된 마을의 수장들이 펄펄 뛰며 주먹을 휘둘렀다.

"차라리 싸우다 희생되었다면 모를까 단지 사악한 마법 때문에 죽었다면 더 기가 막힌 일 아닌가!"

"마법사가 제물을 바친다는 건 또 무슨 소린가?"

무지한 자들과 뭘 아는 자들이 동시에 시끄럽게 떠들기 시작했다. 그에 따라 왕 앞에 모여 있는 마법사들이 눈에 보일 정도로 동요하고 있었다. 어차피 흑마법사의 이미지라는 게 그렇다. 마족에게 제물을 바쳐 마법을 얻는 사악한 자들이다. 영혼을 판 자들인 것이다. 그런 자들이 일을 벌였다는데 보는 눈이 고울 수가 없다.

"잠깐 기다려라!"

왕이 마침내 소리를 질렀다.

주변이 조용해졌다. 모두 서로의 얼굴을 보며 심각한 표정으로 웅성거리고만 있다. 왕은 턱을 괸 자세로 말했다.

"제물이라는 그 말을 다시 해봐라. 그러니까 마족을 부르는 데 그런 끔찍한 일을 자행한다는 것이냐?"

질문을 받은 마법사는 황급히 무릎을 꿇고 고했다.

"아닙니다! 모두가 다 그런 것은 아닙니다!"

"그럼 뭐냐? 어차피 마법사들이 마족을 부를 때 사악한 짓을 하는 것쯤은 나들 알고 있다. 그러나 한두 명도 아닌 수천 명의 무고한 자들을 희생시켜 얻는 마력이라면 정말 사악하기 그지없는 끔찍한 악도로다. 설명해 보아라. 진정 이게 흑마법사들의 제물에 관련된 흉사인가?"

마법사는 잠시 동안 말을 찾지 못했다. 덜덜 떨고 있는 그 모습을 보건대 아마도 여기서 자신들이 살아남을 수 있을까를 걱정하는 모양이었다.

"대답하라!"

사납게 사라레이가 외쳤다. 쩌렁하게 울리는 그 목소리에 마법사들은 부르르 떨었다. 안 그래도 바짝 말라 해골 모양인 그들은 음침한 얼굴을 바닥에 박으며 입을 열었다.

"가능한 일이긴 합니다."

"뭣이?"

"하지만, 이런 엄청난 흉사를 일으킬 정도의 힘을 가진 자는 극히 드뭅니다. 아니, 거의 없을 것입니다. 마족과 계약을 하는 방법에 대해서는 여러 가지 책자와 전설로 인해 글줄깨나 읽을 줄 아는 사람은 알고 있습니다. 하지만, 정말로 그런 끔찍한 일을 저지를 수 있는 자가 몇이나 되겠는지요."

마법사는 한탄하듯 말했다.

"마법사가 마족과 계약하는 방법에 대해 설명해 보라."

바이샤가 차가운 목소리로 명령했다.

마법사는 조금 목청을 가다듬으며 조용히 입을 열었다.

"마나를 느낄 수 있는 자가 온 힘을 기울여 마법진을 그리고 마족을 부릅니다. 그리고 자신이 가장 소중하게 여기는 것을 마족에게 바칩니다. 그것이 합당하면 마족은 마력을 빌려주고 계약이 성립됩니다."

"가장 소중한 것?"

문득 바이샤의 안색이 조금 변했다.

"가장 소중한 것이라는 건 무엇이지?"

"사람일 수도, 능력일 수도, 물건일 수도 있습니다. 그것은 사람마다 다르기에 뭐라 말씀드릴 수는 없습니다. 하나, 분명한 것은 이런 끔찍한 일을 단지 계약의 제물로서 바친다는 것은 거의 불가능하다는 것입니다."

"어째서?"

"인간이 가진 마나가 마족을 부르는 것입니다. 그 정도의 제물을 쓸 정도라면 보통의 마족이 아닐 겁니다. 그렇다면 상위 마족일 터인데 그런 마나를 가진 자가 몇이나 있겠습니까?"

바이샤의 얼굴은 침중해졌다.

그는 사라레이를 슬쩍 바라보았다. 뭔가 눈치챈 것일까? 하지만 사라레이는 심각한 얼굴로 마법사가 하는 이야기를 듣고 있을 뿐이었다.

"그러니까 아마도 제물은 아닐 겁니다. 게다가 연속해서 흉사가 벌어지고 있지 않습니까? 제물은 단 한 번만으로도 족한 법. 이렇게 연속해서 살육을 저지를 리가 없는 것입니다."

말은 일단 정연했다.

하지만 항상 예외라는 것이 존재하는 법이다. 나는 한탄하고 싶었다.

"여러 가지 가정을 세워볼 수는 있겠지. 하나, 당면 과제는 그 살육자들이 움직이는 방향이다. 그리고 그들을 어떻게 말살하는가."

사라레이가 바이샤의 앞을 가로막으며 한마디 던졌다. 이글대는 두 눈에 투지가 엿보였다.

"적의 공격 방향은 분명 데카르다. 그리고 그들은 생존자를 남기지 않는다. 물론 데카르는 철벽의 도시이니 무사할 테지만 데카르 주변 마을이나 소도시들은 그 흉사를 벗어나기 어려울 것이 분명하다."

"그들은 북쪽에서 옵니다."

마법사가 말했다. 그는 바이샤가 추궁을 멈추자 한숨 돌린 기색이었다.

"진행 방향은 데카르. 북쪽『진주의 도시』에서부터 데카르를 향해 곧장 내려오고 있는 형국입니다."

"그럼 그들을 잡을 수도 있지 않겠나?"

왕이 노예들이 펼쳐 든 지도를 바라보며 물었다. 그러나 바이샤가 고개를 내저었다.

"그게 문제입니다. 사막은 넓습니다. 정말로 몇 명의 마법사가 은밀하게 공격해 오는 거라면 리베이드를 여행하는 모든 여행객을 전부 다 잡아들이지 않고서야 방법이 없습니다만 사막을 지나는 자들을 무슨 수로 모두 잡아들일 수 있단 말입니까?"

바이샤의 말에 왕은 미간을 찌푸렸다. 그러나 그것도 잠시 얌전히 서 있는 마법사들을 향해 질문을 던졌다.

"그런데 마법사는 마법사들을 알아볼 수가 있는가?"

"있습니다. 하지만, 그건 저희들보다 약한 마법사일 경우만 가능합니다."

마법사는 순순히 대답했다.

"만약 저희들보다 고위의 능력을 가진 자들이라면 저희들로서는 알아차릴 수가 없습니다."

"음?"

마법사는 진지한 음성으로 자신의 동료를 돌아보며 말했다.

"저희들은 모두 마법사로서 마족과 계약을 한 자들입니다만 그 능력은 천차만별입니다. 만약 아주 강한 마법사가 있어 저희들을 따돌리려 한다면 저희들로서는 방법이 없습니다."

"그러니까, 그대의 말은 일을 벌인 이 저주받을 마법사가 아주 강한 자라서 그대들로서는 판별이 불가능하다 그건가?"

왕이 불쾌하다는 듯 묻자 마법사는 고개를 더 더욱 수그리며 대답했다. 진땀을 흘리는 게 여기서도 잘 보였다.

"황공합니다만, 그렇습니다."

그 말이 끝나자 왕은 한숨을 푸욱 쉬었다. 하지만 굴하지 않는 자들은 어디에나 있는 법이다. 일족이 희생당했다는 족장이 앞으로 나서며 외쳤다.

"그렇다고 두 손 놓고 있을 수는 없습니다. 전사들을 동원하여 북쪽 사막과 초원을 훑어보겠습니다!"

"그렇습니다. 전사들을 모아 철저히 수색한다면 반드시 성과가 있을 겁니다!"

여기저기서 동조의 음성이 터져 나왔다. 흥분한 몇몇은 당장이라도 뛰쳐나갈 기세였다. 하지만 왕은 침착하게 지도를 바라보고 있을 뿐이다.

"아무리 마법사라 해도 찌르면 피가 나오지 않겠습니까?"

사라레이가 호탕한 어조로 외쳤다.

"옳소!"

"악마라 해도 베면 그만!"

"마족이든 마법사든 죽여 버립시다!"

"그 살귀들을 죽여 없애야 하오!"

흥분한 자들이 저마다 소리를 높였다. 안 그래도 리베이드 인들은 금세 흥분하는 성격이다. 이대로 놔두면 시미터를 휘두르며 모두들 사막을 향해 돌진이라도 할 것 같았다. 나는 검공을 잠시 바라보았다. 만약 다이사의 얼굴을 검공이 보게 된다면, 사라레이가 다이사를 보게 된다면 무슨 일이 벌어질까.

내 시선을 느꼈는지 문득 검공이 나를 향해 물었다.

"록베더 아메이 공, 그대는 뭔가 의견이 있는가?"

갑작스런 질문에 시선이 또 이리로 확 쏠린다. 나는 팔짱을 낀 채 마법사들을 묵묵히 바라보았다. 사실 할 말은 없었다. 이미 살육으로 미쳐 버린 듯한 다이사를 제어할 수 있는 자들은 이 중에는 없다. 검공이 죽을 각오로 달려들어 그녀를 벤다 해도 가능할지 알 수 없다.

그 당시 다이사 왕녀를 만났을 때 그냥 놔둔 것이 후회되었다. 스와디 하나야 지켜주는 게 별거 아니라 생각해서 내버려 두었는데 내가 이곳을 떠나야 하니 그냥 방치할 수는 없다. 결국 쓸데없는 동정심이 발을 붙잡은 셈이다.

문득 스와디가 내 옆구리를 찔렀다.

그녀는 희생자가 삼천에 가깝다는 말을 듣고 잔뜩 굳어 있었다. 게다가 데카르 서북부는 그녀의 영지와도 밀접한 관련이 있었다. 그녀의 일족들이 그쪽 초원에 목장을 가지고 있는 것이다. 그녀의 일족이라면 결국 나의 일족도 된다. 그리고 내 아이의 일족이기도 했다.

"후……."

별수없다.

나는 시선을 트리니티에게로 돌렸다. 그녀는 불만스러운 표정을 노골적으로 짓더니 나를 노려보았다. 이 일에 끼어들지 말라는 의미가 분명하다.

"전하."

나는 왕을 향해 입을 열었다.

"제 누이는 마법사로서 이름이 높습니다."

내 말에 왕의 눈이 커졌다. 왕만이 아니고 모든 자들이 경악성을 내질렀다.

"여자가?"

"여자가 마법사라구?"

여자가 마법사라는 게 그렇게 놀라운가. 일일이 여자라며 놀라는 것도 이젠 지겹다. 그들과는 달리 마법사들은 두 눈을 크게 뜬 채 트리니티를 뚫어져라 바라보았다. 트리니티는 그 시선을 받으며 이젠 드러내 놓고 화를 내고 있었다.

"대체! 왜 이렇게……!"

"별수없지. 여기 일을 빨리 정리하자구."

"일을 어렵게 만드는군요!"

트리니티가 토라진 얼굴로 투덜거리는 동안 마법사들의 얼굴은 점점 더 창백해지고 있었다. 그들로서는 그녀의 정체를 알지 못했다는 것이 당혹스러운 모양이다. 아니, 그것 자체가 트리니티의 힘을 알려주는 일이니 더욱 두려울 것이다.

왕은 미간을 찌푸린 얼굴로 꺼림칙하다는 듯 물었다.

"그대의 누이가 정말로 마법사인가? 그럼, 그대는 소드 마스터이고 누이는 마법사라는 이야기? 허! 거참, 대단하군."

비꼬는 말투로 봐선 아무래도 나와 트리니티가 남매라는 걸 안 믿는 눈치다.

"전하, 저는 진짜 마법사랍니다."

트리니티가 갑자기 화사한 미소를 머금으며 손가락을 튕겼다.

순간, 왕의 주변으로 형형색색의 불꽃이 피어올랐다. 손바닥만한 불꽃은 마치 살아 있는 듯 허공을 헤엄치며 화려하게 수놓았다.

"허, 허억!"

놀란 왕이 뒤로 물러서려 한 순간, 불꽃들은 나와 내 주변으로 몰려오더니 춤을 추듯 넘실거리며 빛을 뿌렸다. 뭘 모르는 자들이 본다면 정말 아름답기 짝이 없는 풍경이었다. 물론, 나는 그게 그녀가 소환한 마수 중 하나라는 것을 알고 있었다. 그것도 불꽃의 마수다. 보기엔 예쁘지만 마음만 먹으면 이 주먹만한 것이 왕궁 전체를 홀라당 태워먹고도 남을 것이다.

"아름답군!"

"와아!"

여기저기서 탄성이 터졌다.

하긴 황금빛으로 빛나는 그녀의 긴 금발과 형형색색의 불꽃덩어리들이 허공을 수놓으며 뿌리는 광채는 실로 아름다웠다. 요염하고도 매혹적인 미소를 지은 채 불꽃 속에 서 있는 그녀는 꼭 불의 여왕처럼 보였다.

"서, 설마 소환술인가?"

"마수 소환?"

그래도 뭘 아는 마법사들은 경악성을 터뜨리며 우왕좌왕했다. 그들은 소환술을 쓰지 못하는 것인지 트리니티의 곁에 다가가지도 못한 채 존경과 경악, 그리고 공포의 시선을 함께 보내고 있었다.

"저, 전하. 이것은 엄청난 마력입니다."

마법사 중 하나가 왕에게 고했지만 왕은 건성으로 듣는 듯 여전히 트리니티의 모습에 넋을 잃고 있었다. 트리니티의 마력이야 어쨌든 왕은 그녀의 미모가 더 마음에 드는 모양이다. 그건 왕만이 아니었다. 좌중에 앉아 있는 자들 중 태반은 트리니티의 미모에 그저 넋을 잃고 있었다. 무리도 아니다. 스와디를 뺀다면 전부 다 남자들이니까. 아아, 난 남자가 아닌 게야.

문득 스와디가 내 손을 꽉 잡았다. 나 역시 그녀의 손을 잡은 채 미소를 보냈다. 새삼 트리니티의 힘에 놀란 건지 아님 그 미모에 질투라도 하는지 트리니티를 보는 눈이 매서웠다.

"록."

"아?"

"저 여자, 정말로 관심없어?"

"뭐?"

"저렇게 예쁜데 당신은 관심이 없느냐고 묻는 거야."

그 말에 나는 하마터면 그 자리에서 웃음을 터뜨릴 뻔했다.

트리니티도 그 말을 들었는지 고개를 획 돌렸다. 스와디는 상당히 불쾌한 듯한 얼굴로 내 손을 잡고 힘을 주었다.

"그녀는 미인이야. 게다가 강하기도 하지. 그런데도 관심이 없어?"

나는 웃음을 억누르며 진지하게 말했다.

"없어. 그녀도 나에겐 전혀 관심이 없을걸."

"설마."

"진짜야. 그녀는 엄청나게 눈이 높거든."

내 말에 트리니티가 쓴웃음을 머금었다.

"그 말이 맞아, 록베더의 아내. 내가 사랑하는 분은 나로서는 감히 쳐다보지도 못할 엄청난 분이지. 록베더와는 비교도 할 수 없어."

그렇지. 누가 마왕과 비교될 수 있단 말인가. 그것도 고위 마왕과. 나로서도 시스테이어스와 경쟁할 생각은 전혀 없다. 문제는 시스테이어스가 정말로 이 반마족에게 마음을 두느냐겠지만.

이런 저런 생각을 하고 있는 동안 트리니티가 불꽃의 마수를 불러들였다. 마법사들은 잔뜩 군은 채 자기들끼리 모여 쑥덕거리고 있었고, 왕은 여전히 트리니티에게 시선을 떼지 못하고 있었다. 그뿐만이 아니라 다른 족장들조차 방금 전 있었던 회의 내용을 싸그리 잊은 듯 트리니티의 아름다움에 대해 떠들어대고 있었다. 어쩐지 분위기가 학살자를 잡아내자는 것에서 트리니티의 미모를 찬양하는 쪽으로 급선회한 것 같다.

그 미모 찬양대에 속하지 않고 있던 검공이 조용히 일어서서 나에게 다가왔다. 그는 진지한 얼굴로 나와 트리니티를 번갈아 보더니 물었다.

"자넨 이 일이 정말 마법사가 벌인 일이라고 생각하는가?"

"네."

"그럼 이 일을 자네가 맡아 처리하겠나?"

나는 다이사 왕녀의 이야기를 그에게 할까 하고 잠시 망설였다. 하지만 대체 이 상황에 그에게 그 말을 한다고 해서 뭐가 달라진단 말인가.

나는 침묵했다.

Chapter 73

"그래서 말인데, 한번 움직여 보시지 않겠소?"

사라레이가 자기 키만한 시미터를 끌어안은 채 물었다.

순간, 연회장 안이 조용해졌다. 왕조차 술잔을 멈추고 이쪽을 바라본다.

한참 저녁 식사를 하고 미희들이 한바탕 춤을 추고 난 뒤였다. 난데없이 사라레이가 내 앞으로 다가왔다. 나는 그가 그냥 인사를 하려고 그런 줄 알았다.

"한번 가르쳐 주시지요. 퓨션의 마스터만큼은 아니더라도 저는 약한 놈이 아닙니다."

그는 웃으며 말했다. 때문에 이쪽을 바라보는 시선도 웃음기가 서려있다. 만약 여기서 내가 싫다 말하며 그의 목을 단번에 베어버리면 어떻게 될까? 검공도 왕도 격노해 내게 달려들까?

나는 사실 사라레이가 싫은 것은 아니다.

객관적으로 보면 나름대로 호탕하고 직선적이며 정이 깊은 사내다. 전형적인 리베이드의 전사로 바이샤의 뱀처럼 차가운 눈초리보다야 호감이 가는 것도 사실이다. 그러나 다이사의 남편이라는 점에서 나는 그를 좋아할 수 없었다. 다이사는 강간을 당했다고 했다. 원치도 않는 사내에게 강제로 결혼을 당하게 되었다고 말했었다. 어디나 여자에게 불리한 것이 세상 이치지만 리베이드는 확실히 유별나다. 야심에 미친 것도 아니고 자기 딸에게 약을 먹여 강제로 결혼을 시킨다니.

결국 다이사가 그렇게 된 것에는 그의 잘못도 있긴 하지만 리베이드의 풍습 자체가 문제인 거다. 그녀가 마족과의 계약을 결심할 정도로 절망했던 것은 단순히 강제 결혼이 아니라 자기 부모에 대한 절망감일 거라 나는 생각한다.

여러 명의 아내를 두고 재산을 늘리고, 아이를 많이 낳아 일족의 수를 늘린다. 그게 리베이드의 풍습이었다. 사막과 초원이라는 척박한 땅덩이 위에서 사람이 살아가려면 여러 가지 편법이 있을 수밖에 없을 것이다. 하지만 그것도 내 알 바는 아니었다. 일이 꼬이려면 무슨 일인들 안 일어나겠는가.

"정말 겨루겠는가?"

놀란 듯 왕이 물었다. 그는 슬쩍 검공을 바라보았다. 검공 역시 모호한 표정을 지은 채 나와 사라레이를 번갈아 보고 있었다.

"그렇습니다! 전에 술에 취해 그만 마신과 퓨션의 소드 마스터의 대결을 놓치고 말았지요. 얼마나 땅을 치고 통곡을 했는지."

그의 말에 왕도 미소를 머금었다.

"거참. 어떤가, 사라레이에게 한 번 기회를 주는 건?"

왕의 말에 나는 천천히 일어섰다.

"참, 퓨션의 마스터가 며칠 전 떠나가면서 무척이나 아쉬워했었다네. 자네를 보고 싶어했었거든."

왕이 생각났다는 듯이 말했다. 그리고 보니 그 발랄하다 못해 귀찮은 타이레논이 안 보인다 했더니 떠난 모양이었다.

"언제 떠났습니까?"

내 질문에 검공이 대신 답했다.

"삼 일 전이네. 꼭 한 번 퓨션에 오라고 하더군. 곧 그의 결혼식이 있을 예정이네."

"결혼?"

뜻밖이었다. 그렇게나 싸돌아다니더니 결국은 결혼하는 건가?

"퓨션의 왕녀와 결혼한다고 하더군. 그의 동생인 마제이턴 레즐러 후작도 결혼식을 올린다고 해. 결국 퓨션은 두 소드 마스터를 다 고스란히 붙잡은 셈이지."

"퓨션으로서도 외유하는 소드 마스터는 불안했겠죠."

허허 웃으며 검공이 왕의 말에 동의했다. 왕은 입맛을 쩍쩍 다시면서 나를 향해 빙긋 웃어 보였다.

"그런 점에서 우리도 횡재하긴 했지 않나. 난데없이 나타난 소드 마스터를 잡았으니."

"아니지요. 우리 리베이드의 마신은 그랜드 소드 마스터입니다."

옆에서 끼어든 것은 바이샤였다.

왕이 눈을 크게 뜨자 바이샤는 얇은 입가에 미소를 띤 채 말했다.

"생각해 보십시오. 퓨전의 마스터를 그토록이나 가볍게 해치우셨는데 간단히 소드 마스터라 부르기엔 어폐가 있지 않습니까?"

"하하하하핫! 옳은 말이로다!"

왕이 웃음을 터뜨리는 동안 사라레이는 눈을 반짝이며 나를 재촉했다.

"자, 자, 고모부님. 하자구요. 이 조카를 좀 두들겨 주십쇼."

나는 슬쩍 스와디를 보았다. 그녀의 얼굴이 살짝 상기된 것이 보였다. 흥분이 엿보이는 눈을 보고 나는 피식 웃었다.

"스와디?"

"아아. 사라레이가 강하다는 것은 알지만 나도 한 번쯤 몸을 풀고 싶어."

스와디의 말이 조금 컸다.

그 순간 사라레이의 얼굴이 확 일그러졌다.

"고모님! 제가 여자와 겨룰 거라 생각하십니까?"

"그러니까 너는 안 되는 게다! 나와 정식으로 싸울 정도로 용기도 없는 게냐?"

스와디가 냉정하게 쏘아붙이자 사라레이의 얼굴이 새빨갛게 달아올랐다. 옆에서 보고 있던 왕이 피식 웃으며 끼어들었다.

"자자, 이런 데서 여자와 다투는 것은 좋은 일이 아니지. 게다가 우린 출정을 앞두고 있는 것이 아닌가. 소리 높이지 마라, 스와디. 네 주인도 있는데 그럼 못쓴다."

스와디의 얼굴이 굳었다. 그녀는 모욕감을 느낀 건지 분한 건지 기묘한 무표정을 만들며 검공을 흘긋 보았다. 검공은 평온한 얼굴로 가만히 앉아 있었다. 나는 문득 그 단정한 태도가 무척이나 거슬리기 시작했다. 이 모든 일의 근원을 어쩌면 검공만은 막을 수 있었을지도 모른다.

"자, 어서 하십시다, 고모부님!"

사라레이가 큰 소리로 말하는 순간 나는 스와디의 손을 잡으며 한 걸음 앞으로 나섰다.

"전하."

"음?"

"제가 스와디를 가르치고 있다는 것은 아마 아실 것입니다."

"그건……."

왕은 잠시 검공의 얼굴을 보았다. 검공은 여전히 무덤덤한 표정이었다.

"전에도 말했다시피 더없이 사랑스런 아내랍니다."

"오호?"

내 말에 스와디의 얼굴이 붉어지고 왕의 얼굴에는 웃음이 떠올랐다. 그뿐만이 아니라 주변에 있던 족장들도, 다 같이 웃음을 터뜨렸다. 그들에게 스와디의 태도는 썩 사랑스럽게 보이지 않는 모양이다.

"그래서 말인데 저는 그녀가 사라레이를 이길 수 있을 거라 확신하고 있답니다."

그 말에 사라레이가 당장이라도 시미터를 뽑을 듯 살기를 내뿜었다. 그뿐만이 아니다. 왕도, 검공마저도 얼굴을 굳혔다. 다른 족장들은 일제히 두 눈을 부릅뜨며 불만을 토했다.

"그 무슨!"

"말도 안 돼!"

나는 스와디의 손을 잡아당겨 그 손에 키스하면서 방긋 웃어주었다.

"사라레이는 강하고 또 호탕한 성품이니 여자에게 졌다고 수줍어하거나 구차스러운 짓거리를 하지는 않을 터이니 저는 여기서 스와디의 실력을 왕께 자랑하고 싶은 마음이 가득합니다."

스와디의 얼굴이 붉어졌다. 그녀는 당황하는 듯 나와 왕의 얼굴을 번갈아 보고 있었다.

"……."

이제 연회장 안은 완전히 침묵에 휩싸였다.

나중에 알았지만 왕궁에서 여자가 당당히 이름 높은 전사와 겨룬다는 것은 전대미문의 일이라 했다. 아니, 여자가 시미터를 휘두른다는 것 자체가 불가능하다. 물론 스와디야 맨손으로 싸우는 것이니 상관은 없지만.

"지금 날 모욕하는 겁니까?"

사라레이가 상처받은 야수처럼 소리쳤다. 그는 이글대는 두 눈을 부릅뜬 채 나를 향해 살기를 쏟아냈다.

"여자랑 겨루라구요? 고모가 날 이길 거라구요? 그게 지금 날 모욕하는 게 아니고 뭐요!"

그는 이미 시미터를 뽑아 들고 있었다. 당장이라도 날 내려칠 기세였다.

그뿐만이 아니었다. 그 자리에 있던 모두가 불쾌해서 견딜 수가 없다는 듯 욕설을 뱉어내기 시작했다. 여자가 나서다니 망조라는 둥, 여자를 앞에 내세우려 하다니 추악하다는 둥 별의별 말이 다 터져 나왔다. 이 자리에 있는 모든 남자들이 전부 다 스와디를 욕하고 있었다. 버릇이 없다는 소리서부터 시작해서 주제를 모른다는 둥, 여자로서 몸가짐이 잘못되어 있다는 둥 거기에 덧붙여 아비를 믿고 방자하게 굴더니 결국은 이방인에게 다리를 벌렸다라는 소리까지 터져 나왔다. 스와디의 몸이 움찔했다. 그녀는 처음 당혹해하는 것 같더니 점점 화가 나는지 옅은 기세를 뿜어내기 시작했다. 이글거리는 하얀 오러가 그녀의 주변에 어리기 시작하는 게 내게는 분명히 보였다.

"정말 시끄럽군!"

나도 한 번 기세를 흘렸다. 이 떠들기만 하는 자들을 일제히 다 짓이겨 버리고 싶은 충동이 일어나자 나도 모르게 살기가 터져 나왔다.

"우웃!"

"억!"

다른 사람도 아닌 스와디였다. 그녀를 모욕하는 자라면 당장 이 자리에서 그 사지를 쭉쭉 찢고 싶은 충동이 꽉꽉 일어났다. 몸 안에서 살기를 풀기만을 호시탐탐 노리는 야수가 때는 이때다 하고 튀어나올 준비를 했다. 조금만 기다려. 곧 나가게 해주지.

삽시간에 연회장 안이 침묵으로 물들었다. 아니, 얼어붙었다. 약한 자들은 뒤로 물러나 떨기 시작했고 강한 자들은 시미터를 당장이라도 뽑기 위해 몸을 구부렸다. 왕의 얼굴도 파리하게 굳어버렸다. 사라레이는 뽑은 시미터를 나에게 들이대고 있었다.

바로 그때였다.

"그럼, 천천히 이야기를 들어볼까요?"

여자의 미모는, 때로는 칼보다도 무섭고 방패보다도 견고하다.

스와디가 몇 년 동안이나 갈등하던 문제를 트리니티는 아주 간단히 해결했다. 화사한 미소와 요염한 눈매로 그녀가 입을 열자 꽁꽁 얼어붙었던 연회장 안이 부드러워졌다.

트리니티는 생긋 웃더니 스와디의 옆으로 다가와 그녀의 손등을 위로하듯 톡톡 두들겼다. 그리고는 왕을 향해 매혹적인 시선을 던졌다.

"전하, 우리 고향에서는 싸우는 여자들이 많답니다. 여전사라 부르며 모두들 양보해 주지요. 여기서의 풍습이 다른 것은 알고 있지만 정말 당황스럽네요."

그녀는 속눈썹을 깜빡이며 사라레이를 바라보며 물었다.

"거기 계신 젊은 가비라 공, 설마 하니 정말로 그것을 내려치실 것은 아니시겠죠?"

그 말에 사라레이는 엉거주춤 시미터를 도로 칼집에 넣었다. 그리고는 나를 흘긋거렸다.

"허, 허참!"

왕이 헛기침을 했다.

"저도 새언니의 솜씨를 보고 싶답니다. 저는 쌍검을 쓰는데 새언니는 놀랍게도 맨손으로 싸운다는군요. 그 수법이 놀라워 보는 사람마다 감탄을 터뜨린다고 하고 이처럼 오빠가 새언니의 실력을 자랑하니 꼭 구경하고 싶어요."

트리니티는 말뚝같이 굳어 선 사라레이의 옆으로 다가서더니 두 눈을 반짝이며 물었다.

"부탁이니 새언니의 실력을 볼 수 있게 해주지 않으시겠어요? 젊은 가비라 공께서는 아주 강한 분이라 들었어요."

"그……."

눈을 동그랗게 뜨고 애원하듯 바라보며 터질 듯 봉긋한 입술을 움직이는 미녀를 냉혹하게 내칠 남자는 아마 없으리라. 사라레이는 원래부터 여자에게 약했던 건지 트리니티의 눈을 가까이서 보고는 얼굴이 시뻘겋게 달아올랐다. 호흡까지 거칠어진다.

"아, 아가씨께서 원하신다면."

사라레이가 더듬기까지 하며 대답하자 트리니티는 두 손을 맞잡고 기뻐했다.

"어머나! 감사해요! 저는 리베이드의 검을 한 번도 제대로 보지 못했었거든요. 이번에야 비로소 자세히 볼 수 있게 되었네요!"

호들갑을 떠는 트리니티를 보는 스와디의 얼굴은 일그러져 있었다.

"…요물."

그녀가 상대를 한 번 바라봐 주면 대부분의 남자들은 웃음을 머금으며 양보했다. 물론 마족 특유의 매혹의 힘이라는 것을 나는 알고 있지만 스와디는 아주 기분 나쁜 눈치였다.

"허허. 거참."

왕도 웃음을 머금었다. 트리니티는 이번에는 왕을 바라보며 부탁한다며 미소 지었다. 날아갈 듯 사뿐사뿐 걷는 모습이 나비처럼 경쾌했다. 나는 문득 그녀가 입은 하얀 가운이 나비의 날개처럼 느껴져 쓴웃음을 지었다.

"이렇게까지 미녀가 원하는데 하지 않는 것도 옳은 일은 아니지."

왕은 호탕한 웃음을 짓더니 사라레이를 흘긋 보았다. 사라레이는 당장이라도 트리니티를 위해서라면 뭐든 할 태세를 갖추고 있었다. 아아, 가련한 자여, 그대도 수컷이로다.

그리하여 모든 남자들이 다 스와디와 사라레이의 대결을 위해 자리를 마련했다. 음식물이 잔뜩 쌓인 연회장 안이 순식간에 치워지고 공간이 생겨났다.

"어때? 기쁘지?"

트리니티가 스와디를 향해 윙크를 던졌다. 그 모습에 스와디의 얼굴이 뭐 씹은 사람처럼 구겨졌다.

"하나도 안 기뻐."

시미터는 화려하다.

동작이 크고 궤적이 아름답다. 그러면서도 일격에 베어버리는 치명적인 위력이 있는 무기. 어쩌면 살상력만으로 말한다면 최고일지도 모른다.

"여자랑 싸우다니."

투덜거리면서도 사라레이의 눈은 흐트러지지 않았다. 스와디가 약한 자가 아니라는 것은 이미 알고 있을 터였다. 하지만 선공은 하지 않았다. 무엇보다 스와디는 맨손인 것이다.

"먼저 오시구려."

사라레이가 잘난 척 그렇게 말하는 순간이었다.

스와디의 몸이 그 자리에서 사라졌다. 여기저기서 헉 하는 소리가 들려왔다.

사라레이는 눈을 부릅떴다. 아무리 소문에 스와디가 강하다는 말을 들었어도 진짜 싸워본 자는 스와디의 일족뿐이다. 그는 당황했다. 그러면서도 그의 시미터는 우아한 궤적을 그리며 빛을 뿌리고 있었다. 사라레이는 약하지 않다. 그는 무수히 싸우고 또 싸워왔다. 아무나 우그르 타므스의 수장이 되는 게 아니다.

사라진 스와디의 기척을 잡기 위해 그의 시미터는 사방팔방으로 빛을 뿌리며 움직였다. 거대한 시미터에 어울리지 않는 속도였다. 공기가 찢어지는 듯한 소리가 귀를 울렸다.

스와디는 공중에 있었다. 그녀는 빛 속에, 햇빛 속에 녹아든 것처럼 그의 시미터를 피하며 움직였다. 어느새인지 그녀의 주먹에는 백색 오러가 일렁이고 있었다. 사라레이의 시미터가 그녀의 팔뚝을 스치고 지나갔다.

"으음."

검공이 신음을 흘렸다.

나는 검공을 흘긋 보았다. 무엇보다도 그가 긴장하고 있음을 깨닫자 조금 우습기도 했다. 검공이 좀 더 대범하게 재능있는 여자들을 감싸 안았다면 일이 이렇게까지 꼬이지는 않았을 것이다. 고리타분한 노인네가 잘난 척 코를 세우다가 일을 망친 거다. 나는 갑작스레 검공에 대한 맹렬한 적의가 치솟는 것을 느꼈지만 억지로 내리눌렀다.

스와디는 팔뚝에 상처를 입긴 했지만 아주 얕았다. 그녀의 주먹이 시미터의 궤적을 따라가며 흩어졌다. 말 그대로 흩어진다는 것이 어울릴 정도로 빠른 속도였다.

타앙— 타앙—

기묘한 소리가 났다. 손과 칼이 부딪쳤는데 금속성이 터진다. 나는 희미하게 웃었다. 주변에 모인 자들은 거의 다 전사였다. 그들은 경악

하고 있었다. 맨손으로 시미터를 후려갈기며 시미터의 빛 못지않은 오러를 뿜어내는 주먹.

"제기랄!"

탕탕 소리와 함께 계속 밀리자 사라레이가 이를 갈며 두 손을 모았다. 그의 시미터에서 희미하게 오러가 피어올랐다. 녹색에 가까운 빛깔이었다.

"여자에게 이렇게까지 하고 싶지 않았소!"

그의 외침과 함께 그의 시미터가 일직선으로 그대로 날아 스와디의 어깨를 찔러왔다. 검공처럼 우아한 초승달을 그리지 못하는 대신 그는 찔렀다. 시미터가 아니라 꼭 레이피어를 쓰는 것처럼. 엄청난 속도였다. 당장이라도 스와디의 상체를 꿰뚫을 듯했다. 나는 스와디의 눈이 냉정하게 빛나고 있는 것을 보며 다시 웃었다. 사라레이의 찔러오는 시미터를 맞이해서 그녀의 몸은 회전했다. 그녀의 어깨 어림을 그의 오러가 스치고 지나가며 핏방울을 뿌렸다. 하지만 그건 그뿐이었다. 그녀의 손바닥이 시미터의 넓은 부위를 후려갈겼다. 순간 쩌엉 소리와 함께 불꽃이 피어올랐다.

"허억! 오러가 휘감긴 무기를 맨손으로 후려치다니!"

"저럴 수가!"

보던 자들이 일제히 비명을 질러댔다.

불꽃이 피어오르는 것과 동시에 스와디의 손바닥이 연타했다. 사라레이의 상체가 흔들렸다. 그리고 동시에 스와디의 주먹이 그의 복부에 작렬했다.

"크어어억!"

그의 거구가 그대로 허공으로 치솟아올랐다. 그리고는 그대로 바닥에 처박혀 움직이지 않았다.

"……."

장내는 조용했다.

스와디는 땀 한 방울도 흘리지 않았다. 단지 팔뚝과 어깨가 조금 찢어졌을 뿐이었다. 그녀는 바닥에 널브러진 사라레이를 쳐다보지도 않은 채 느긋한 걸음으로 내게 돌아왔다. 내가 상처를 살피자 그녀는 살짝 미간을 찌푸렸다.

"싱거워."

작은 목소리이긴 했지만 그 자리에 있던 자들은 모두 들었을 것이다.

싱겁긴 싱거웠겠지. 항상 그녀의 상대를 했던 것은 나였으니까. 구와르조차도 그녀의 실력을 알고 몸을 움츠리건만 사라레이는 실력도 모르면서 그냥 덤벼들었으니. 게다가 아무리 봐도 스와디를 얕보고 있던 사라레이는 공격이 너무 단조로웠다.

상처는 크지 않았다. 생채기 정도였을까. 어깨 쪽은 출혈이 좀 있었다. 그래도 오러가 담긴 칼날 아래서 이 정도라는 건 그녀의 몸에 충실하게 오러가 담겨져 있다는 증거였다.

"멋져요."

트리니티가 미소 지으며 박수를 쳤지만 아무도 환호하지 않았다. 사라레이를 재빨리 왕의 노예들이 실어 내갔다. 아예 혼절한 모양이었다. 내장이 상했을지도 모른다.

"……."

왕의 표정은 그렇다 쳐도 검공은 몹시 당혹스러운 표정을 고스란히 내보이고 있었다. 뭐라 말하기 어려운 모양이다. 나 역시 그의 얼굴을 그다지 보고 싶은 생각이 없었기에 몸을 돌렸다.
그 자리에 있던 족장들은 아무런 말도 하지 못했다. 여자 운운하는 소리는 쏙 들어가 나오지도 않았다. 하지만 그래도 역시 환호하거나 순순히 감탄하는 자는 단 한 명도 없었다. 바이샤가 그럴 줄 알았다는 표정을 짓고 있었을 뿐이었다.

분위기는 완전히 엉망이었다.
나와 스와디는 왕궁에 마련된 별실에서 머물렀다. 연회가 금방 끝나지 않는다고 그녀가 설명해 주긴 했지만 그래도 영 마땅찮았다. 모든 일을 어서 해결하고 끝냈으면 좋겠건만 지지부진한 회의와 방탕한 연회가 계속되고 있었다. 벌써 사흘째다. 사라레이는 지금 드러누워 있다고 들었다. 덕분에 다른 족장들은 스와디와 시선을 마주치지 않으려고 피해 다니는 기색이다. 정작 그녀는 흥이 완전히 깨진 얼굴이었다.
그 와중에 빛나는 것은 트리니티였다. 그녀는 화사한 웃음으로 무장한 채 그 자리에 있는 모든 남자들을 다 홀리기라도 한 듯 나풀나풀 날아다녔다.
"어머나, 그래서요?"
"그러니까 나는 그 사악한 자들을 물리치기 위해서 일족의 전사를 이끌고 나아갔던 것이오. 바다에서의 싸움은 물론 익숙하지는 않았지만……."
누군가 해적과 싸웠던 이야기를 자랑 삼아 떠들어대고 있었다. 듣자

하니 족장들이 떠드는 소리의 반 이상이 싸움 이야기였다. 그 외에는 말 이야기다. 정말 재미없다.

"멋져요! 그랬군요!"

질리지도 않는지 그 과장과 자랑이 뒤범벅된 이야기를 잘도 듣고 앉아 있다.

저마다 자신을 돋보이고 싶은지 온갖 이야기를 다 지껄이고 있었다. 어떻게든 그녀의 마음에 들고 싶어하는 수컷들의 형상이다.

나는 트리니티가 손가락 하나로 유연하게 남자들을 요리하는 광경을 지켜보았다. 미소 짓고, 감탄하고, 놀란 척한다. 그리고는 흥미진진한 듯 상대의 눈을 직시한다. 저것도 일종의 테크닉일까. 나는 묘한 기분이 들었다.

얼마 전부터 그녀의 움직이는 모습이 뇌리에 자꾸만 남았다. 정확히 말하면 그녀가 하얀 가운을 입었을 때부터다. 혹시 잃어버린 과거 속에서 그녀 역시 나와 연관이 있었던 것이 아닐까. 나와 뭔가 관련이 있으니까 그녀가 나에게 온 것은 아닐까 하는 생각이 자꾸만 들었다. 우연인 것 같았던 에메타이드와의 만남을 생각해 보면 생뚱맞게 트리니타라는 저 여자가 내 눈앞에 나타났을 리가 없었다. 시스테이어스는 그녀보고 날 지키라고 했었다. 왜 하필 그녀였을까.

"왜?"

"아무것도 아냐. 그런데 사라레이를 그렇게 때려눕히고 뭐가 마음에 안 들어?"

"아니, 그저 허무해졌을 뿐이야. 나는 내가 이렇게 강해진 줄 몰랐거든."

스와디의 말에 피식 웃자 그녀는 내 옆구리를 쿡 찔렀다.

"사라레이는 약하지 않아. 그런데 그와 싸울 때 나는 그가 너무나 느린 것처럼 느껴졌단 말이야. 공격은 단조롭고 틈은 너무나 많고. 처음에는 그가 날 봐주는 줄 알았어. 여자라고 비웃었으니까 말이야. 그런데 그게 아니더라고."

그녀는 짧은 머리를 손바닥으로 다시 쓸어 올렸다.

"내가 진짜 강해진 거였어."

약간 어색한 듯한 그 표정이 너무 예뻐서 나는 또 웃고 말았다. 그러자 스와디가 다시 내 옆구리를 찌른다. 귀엽기도 해라.

어느새 트리니티와 족장들의 화제는 그 흉사에 대한 이야기로 옮아갔다. 아무리 다양하고 자세한 이야기가 나와도 결국 요약하자면 내가 그녀를 만난 사흘 이래로 수천 명의 사람들이 죽었다는 이야기였다. 그것도 갈가리 찢긴 시체들이 조금 남았을 뿐 시체가 증발해 버렸다는 것.

"어머나, 그렇군요. 그렇게나 많은 사람들이 죽었다니. 정말로 비극이에요."

"그렇소이다, 트리니티 아가씨. 무엇보다 생명은 소중한 것이오. 우리 일족은 130여 년간 내려 이어온 혈통으로 리베이드 북부에서도 유수의……."

"우리 일족도 혈통으로 말하면 무엇에도 지지 않지. 무엇보다 전마(戰馬)를 키워내는 데에 우리만한 자들이 없었다오. 그래서 말인데 만약 우리 일족의 이 혈채를 갚아준다면 내, 트리니티 아가씨에게 심심치 않은 보상을 하겠소이다."

"어머나, 호탕도 하셔라."

긴 속눈썹을 자랑하는 트리니티. 물론 도톰한 입술도 상당히 잘 드러내고 있었다.

"호탕? 으하하하하… 사내 하면 리베이드의 사내인 게야!"

"물론이지!"

그녀는 돕겠다는 명목 하에 그들에게서 선물을 받아내고 있었다. 특히 비극적인 일을 당한 부족의 우두머리는 흥분한 얼굴로 그녀에게 모든 편의를 다 봐주겠다고 선언했다. 그들만이 아니라 보고 있던 자들도 은근히 부유함을 자랑하면서 그녀가 일만 잘 도와준다면 내게—그러니까 트리니티가 아닌 오라비인 나에게—명마 스무 필과 우수한 종마를 내주겠다는 둥, 비단이며 가축을 주겠다는 둥, 심지어는 목초지를 떼어주겠다는 족장들도 있었다. 내게도 은근슬쩍 말을 붙이는 모습이 어떻게든 그녀를 손에 넣고 싶은 기색이다. 귀한 마법사인 데다가 대단한 미인인 트리니티를 가지고 싶어 죽을 지경인지 침을 줄줄 흘리고 있었다.

그렇지만 평소와 달리 노골적인 추태는 보이지 않는다. 아마도 그녀가 외국인인 데다가 마법사라는 기이한 신분이었기 때문에 저 뻔뻔한 리베이드의 남자들도 함부로 대하지 못하고 있는 듯하다.

남자들만 우글대는 연회장에서 트리니티는 거의 독보적인 존재였다. 마법사라는 것도 특이하지만 그 미모 탓에 시선이 쏠리다 못해 터질 지경이었다. 왕궁 연회장 안의 모든 시선이 그녀를 중심으로 돌아가고 있었다. 그녀가 웃으면 다들 바보처럼 웃고, 그녀가 찡그리면 다들 찡그린다. 시커먼 옷을 입은 마법사들은 트리니티에게 뭐라 한마디라도 더 붙이고 싶어 안절부절못하고, 왕조차 그녀에게 연신 추파를 던졌다. 나름대로 자신있는 족장들은 나에게 트리니티를 아내로 삼고 싶다는 언질을 주며 지참금은 안 줘도 된다는 소리까지 지껄인다.

지참금을 내가 주긴 왜 줘? 받으면 받았지 절대 줄 수는 없다. 어쨌거나 반마를 아내로 삼는 비극적인 사태는 피해야 옳다.

"지루하군."

"왕은 되도록 많은 전사들을 모으기 위해 분위기를 고조시키고 있는 거야."

스와디가 시큰둥한 어조로 말했다. 그녀는 모든 남자들의 시선이 트리니티에게 쏠려 있는 게 유쾌하지 않은 기색이다.

"그래도 사태는 급하다는데 연회는 좀 그만 좀 하지. 벌써 이틀째 시간을 허비하며 연회와 만찬을 되풀이하고 있잖아?"

"이래 뵈도 뒤에서는 계속 전사들을 모집하고 있는 거야. 왕의 앞에 서야 족장들도 느긋한 척 부유한 척 즐기고 있는 것처럼 보이지만 사실은 조금이라도 차출될 전사나 물자를 줄이기 위해 교섭하고 있는 거든. 말 한마디 실수로 덥석 덜미를 잡히면 소중한 일족의 재산을 잃게 되니까."

"그런가……."

결국 지금 보여주는 장면은 겉보기일 뿐이라는 건가.

"그래. 연회가 끝나면 말 그대로 출진이야. 출발할 전사의 수와 돈과 무기, 진로와 퇴로, 심지어는 전사들이 먹을 음식까지도 다 준비가 되어 있을 거야."

물밑 협상이란 말이지.

"……."

하지만 아무래도 반라의 무희들을 끌어안은 채 헤롱거리고 있는 자들의 얼굴은 반드시 꼭 그렇지만은 않아 보였다. 족장들은 여기서 흐드러지게 놀고, 실무자들은 머리 빠지게 뛰어다니고 있는 게 아닐까.

그들이야 어쨌든 펜게이드라면 황제의 '진압하라' 한마디 명령으로 해결되었을 문제다. 그 한마디라면 제국의 귀족들과 기사들이 앞장서서 앞으로 뛰어나갈 것이니. 전쟁이란 사실 병사들에게는 기회의 장을 제공하는 것이니까. 열심히 싸워 공을 세운 자들은 황제의 총애를 다투게 된다. 그리고 총애를 받게 된 자가 정국을 장악한다. 뭐, 어쨌든 펜게이드 식은 이렇다고 볼 수 있겠다.

하지만 혈연으로 뒤엉킨 족장들이 난립한 리베이드의 정책 절차는 의외로 상당히 귀찮다. 작은 일이라면 오히려 족장들이 알아서 간단히 해결하는데 이처럼 여러 부족이 얽혀 있을 경우는 왕이 개입해도 간단히 일이 끝나지 않는다. 게다가 왕국이라고는 해도 왕의 힘은 사막 벌판의 부족에게까지 간섭할 능력은 없으니 결국 최종적인 힘은 족장들이 가지고 있는 셈이었다. 열심히 관찰해 보니 트리니티와 반라의 무희들을 가운데 놓고 눈싸움을 벌인 자들 중에서는 놀라울 정도로 냉철한 눈매를 하고 있는 자들도 다수 있었다. 물론 대다수는 거의 정염에 휩싸여 있었지만.

"나도 가고 싶어."

갑자기 터져 나온 말에 나는 스와디를 물끄러미 보았다. 설마 하니 이 여자가 트리니티와 나를 단둘이 보내기 싫다는 달착지근한 생각을 하는 것으로는 보이지 않는다. 필시 피 끓는 모험을 하고 싶다는 의미겠지.

"너를 위해 나서는 거야. 너 본인이 앞으로 나서 버리면 나보고 어쩌라고?"

나도 모르게 퉁명스럽게 말이 튀어나가자 스와디는 어깨를 으쓱했다.

"알고는 있지만 마법사끼리의 싸움이라는 게 어떤 건지 보고 싶어. 좀이 쑤시다구. 게다가 우리 일족의 영지와 너무 가까워."

"정확하게 어디지? 텟살에게 설명은 들었지만 지도를 외우지 않아 잘 모르겠어."

"이번 일이 벌어진 지역은 메사리에 투샤 가(家)와 유에 파시에르 가(家)의 영지야. 그곳은 데카르의 북부에 위치해 있지. 가비라 가의 도시였던 『진주의 도시』와 잇닿아 있는 곳이지."

"『진주의 도시』는 누구의 도시였어?"

내 질문에 스와디는 고개를 돌려 술을 마시고 있는 바이샤 쪽을 돌아보았다. 바이샤는 뭔가 보리테 가비라와 심각한 이야기를 나누고 있었다.

"사라레이야. 사라레이가 반, 바이샤가 반을 소유하고 있지. 원래는 사라레이의 소유였는데 얼마 전에 바이샤에게 반을 양도했다고 하더군."

"도시를 그런 식으로 나눌 수도 있나?"

"동복(同腹) 형제니까 가능한 거야. 보통이라면 불가능하겠지만 저래 뵈도 저들은 굉장히 사이가 좋아."

나는 냉정한 얼굴을 유지하고 있는 바이샤를 보았다. 정말 닮지 않았다.

"그렇다면 결국 이 자리에서 가장 큰 손해를 본 것이 저들 형제인가?"

내 질문에 스와디가 고개를 끄덕였다.

"그런 셈이지. 나도 생각 외로 사라레이가 흥분을 참고 있어 놀랐어."

"그건 그렇고 이번에 무슨 일이 있어도 앞으로 나서지 마."

"그럴 수는 없어. 난 족장이야. 일족에게 무슨 일이 있으면 가장 앞서 싸워야 하는 존재라고."

스와디의 항변에 나는 고개를 저었다.

"지금은 내가 너의 남편이야. 내가 일족의 장이라고. 비록 아무도 인정해 주지는 않지만."

"하지만."

스와디는 머쓱한 표정을 지었다. 임신한 탓일까. 눈매도, 턱 선도 부드럽게 변해가고 있었다. 나는 풍만한 느낌을 주는 몸을 가볍게 끌어안으며 속삭였다.

"되도록 빨리 해결할게."

"나도 같이 가고 싶은데."

"절대 안 돼."

나는 이를 드러내며 웃었다. 나름대로의 위협이라 생각했는데 스와디는 내 표정을 싹 무시하고는 심각한 얼굴로 물었다.

"그렇게나 위험한 거야?"

나는 다이사 왕녀에게 붙어 있던 마족과 그 마족이 벌이던 살육을 떠올리고는 고개를 끄덕었다. 시체가 왜 없어졌냐고? 차마 입에 올리기 끔찍스런 그렇고 그런 일이 있어서지. 그런 걸 보통 사람에게 보여줘선 곤란하다. 특히 내 애 배고 있는 여자에겐 절대로 보여주고 싶지 않다.

"그렇게나 끔찍해?"

내 표정을 보고 그녀가 물었다.

"어마나, 뭐가 끔찍하다고. 그저 평범할 뿐이야."

어느새인지 트리니티가 바로 뒤까지 다가와 있었다. 추종자들을 다 뿌리친 것인지 그녀는 혼자였다. 뒤에서 그녀의 뒷모습을 핥듯 바라보고 있는 남자들이 보였다. 가련한 짐승들 같으니. 스와디는 트리니티를 싸늘하게 바라보며 대꾸도 하지 않았다.

"재미있나 보군."

"별로. 하지만 보석은 꽤 많이 얻었어요."

트리니티가 이를 드러내며 웃었다. 그럴 때면 소녀처럼 보이기도 했다.

"……"

나는 문득 그녀를 물끄러미 바라보았다. 요염한 모습을 하지 않을 때면, 특히 하얀 옷을 입을 때면 뭔가 기묘한 감정이 가슴속에서 일어났다. 이 반마족에게 절대로 호의를 품고 있는 것은 아닌데도 머리 속, 아니, 가슴 한구석이 묘하게 동요하는 것이다.

나는 그녀를 알고 있었던 걸까. 적금발에 보랏빛 눈동자를 한 이 여자를?

갑자기 어디선가 묘한 소리가 들려왔다. 뿌우우 하는 것인지 뚜

우우 하는 것인지 뭐라 말은 못하겠지만 아주 묘하게 울리는 소리였다. 커다란 짐승이 울부짖는 소리처럼 들린다.

"뭐야?"

"소라성이야."

스와디가 말했다. 그녀는 침착한 어조로 설명했다.

"이제야 다 끝난 모양이군."

"어?"

아닌 게 아니라 여태껏 떠들며 술만 마시던 자들이 일제히 술잔을 내려놓고 춤추던 미희들은 연회장을 떠났다. 악사들은 악기를 거두고 노예들은 급히 술상을 치우기 시작했다.

"모두 모이시오!"

갑자기 검공이 외쳤다. 연회장 안이 쩌렁쩌렁 울리도록 큰 소리였다.

스와디의 말대로였다.

연회가 끝난 것도 정말 갑작스러웠다. 뒤늦게 나타난 왕이 불쑥 선언한 것이다. 이미 인원 조정은 다 되었으니 즉시 출발하라는 것이었다.

마법사들을 찾아내기 위해 북부의 사막 지대와 초원 지대에 전사들이 깔렸다. 지역에 사는 주민들에게도 명령을 내려놓았다. 수상쩍은 마법사들이 보이면 그 즉시 보고하라는 명령이었다. 희생이 워낙에 컸는지라 전사들은 모두 눈을 부릅뜨고 복수심에 불타고 있는 듯했다. 뭐, 정확히 말한다면 대부분은 전사들이 아니라 우그르 타므스의 예비 전사들이었다. 능숙한 전사들은 그만큼 소중한 존재다. 그들은 자신들의 족장 명령 이외에는 듣지 않는다. 따라서 왕이 명령으로 고스란히 차출할 수 있는 대량의 병력은 예비 전사들인 우그르 타므스의 소년들이었다. 그리하여 사라레이 가비라와 바이샤 가비라가 그들 3백여 명을 이끌고 나섰던 것이다. 그 외에도 30여 개 주요 부족들이 각각 전사들을 내놓아서 직계로 이루어진 전사들이 오백여 명에 달했다. 왕에게 고한 전사의 이름은 5백여 개 였지만 실제의 수는 이천여 명이 넘었다. 그들이 수도 데카르를 지키기 위해 데카르 외곽에 진을 칠 것이다. 그 외에도 왕궁에 있었던 마법사들 중 두 사람이 따라붙었다. 마법이나 저주라는 것 자체가 생소한 전사들은 허여멀건한 마법사들을 경멸의 눈초리로 바라보고 있었다.

스와디의 전사들은 모두 오십여 명 정도 나와 있었다. 물론 전사들이 오십 명이라고 해서 정말로 전 인원이 오십 명인 것은 아니다. 보통 전사 한 명당 세 명 내지는 다섯 명 정도의 어린 전사가 붙기 때문이다. 말이 어린 전사지 실제로는 보통 전사나 다름이 없다. 우그르 타므스에서 갓 나온 젊은이들인 것이다.

어쨌거나 왕과 족장들은 나와 트리니티가 그 살인마 마법사를 찾아 떠난다는 데에 열광적인 찬성을 보냈다. 물론, 내게 도움이 되기 위해서 각 부족별로 전사를 보내주겠다고도 했지만 정중하게 거절하고 나는 스와디의 전사들과 왕의 노예 전사 삼십 명만 받기로 했다. 말이야 그렇지만 그들은 사실 나나 트리니티가 벌이는 일을 보고하는 일을 맡은 자들일 것이다.

"…준비는?"

"다 끝났습니다."

구와르와 카셀이 전사들을 거느리고 보고해 왔다.

나는 트리니티와 나란히 서서 전사들을 바라보았다. 기분이 묘하다. 나를 위해 충성심을 드러내는 그들, 그들은 록그레이드의 부하들이 아니라 나의 것이었다.

"…주인님?"

옆에서 안장을 확인하고 있던 미흐가르가 재촉했다.

"아아."

나는 말에 올라탄 채로 뒤를 돌아보았다. 스와디가 무뚝뚝한 얼굴로 서 있었다.

"갓다 올테니 몸 조심해."

내 말에 그녀는 고개를 끄덕였다. 무표정했지만 나는 그 속에 담긴 염려를 금방 느꼈다. 전과는 달리 그녀가 내보이는 감정의 자락을 금세 눈치채게 된 것이다.

"잘 지켜줄 테니 걱정 마."

트리니티가 얄미운 목소리로 약을 올렸다. 하지만 스와디는 화를 내지 않았다.

"잘 지켜야 해."

그녀는 고저없이 그렇게 말하고는 내 손을 가볍게 잡았다. 뜨거운 손이었다.

Chapter 74

"정말 미인이군요."

바로 내 뒤에 있던 사라레이가 말을 걸어왔다. 이렇게나 빨리 달리고 있는데 천연덕스럽게 말을 걸어오다니. 다른 것은 몰라도 확실히 마술(馬術) 하나만은 대단하다.

"그런가?"

내 시큰둥한 반응에 그는 어정쩡한 웃음을 머금었다. 스와디에게 얻어맞고 사흘을 정양한 그는 아직도 얼굴이 창백하다. 그런데도 나에게 여전히 사근사근하게 말을 걸어오는 게 사실은 의외였다. 스와디에게 져서 체면을 구겼다고 생각하고 있을 줄 알았는데 생각 외로 뒤끝이 없는 듯했다. 그의 관심사는 온통 트리니티뿐이었다.

사막으로 가는 길은 의외로 편안했다.

연회를 연다 어쩐다 하면서 시간을 질질 끌더니 그만큼 준비도 잘된 듯했다. 튼튼하고 잘 정비된 천막이며 목을 축일 음료와 음식은 거의 연회에서 먹고 마셨던 수준이었다. 말들은 윤기가 흐르고 생동감이 넘쳤으며 행군 속도도 무척이나 빨랐다. 하긴 처음 키에디의 일행과 내달렸을 때를 생각하면 이들의 움직이는 속도는 놀라울 정도였다. 게다가 이백여 명이나 되는 전사들은 전부 다 스와디의 일족, 즉 나의 전사들이었다. 모두 말과 한 덩어리가 된 기마들이 조금의 거침도 없이 달린다. 하루 온종일을 달리고도 그들은 거의 지치지 않는 듯했다. 그들이 뿜어내는 기운을 느끼는 것만으로도 나는 꽤나 흡족한 기분이었다. 이래서 사람들이 부하들을 키우려고 하는 모양이다.

이백여 명의 스와디 일족의 전사들에 왕의 노예 전사 삼십여 명, 그리고 나와 동행하기로 한 사라레이와 바이샤의 전사들 삼백여 명을 합하여 모두 오백여 명이 넘는 대부대였다. 사막의 부족들이 이합집산을 하는 것을 예로 들 때 이 정도의 전사들이 한꺼번에 움직이는 것은 보통 대단한 일이 아니다. 먼지가 구름처럼 일어났지만 그 먼지를 먹지는 않았다. 나는 맨 앞에서 검은 에르차를 두르고 있었으니 먼지 먹을 일은 없었던 것이다.

"다음 마을에 곧 도착합니다!"

내 옆으로 능숙하게 말 머리를 갖다 댄 카셀이 고했다.

"아아, 잘되었네요. 조금 지쳤어요."

그 말에 대답한 것은 내가 아니라 내 옆에서 나란히 말을 달리고 있는 트리니티였다.

사실 검은 에르차를 두르고 있는 그녀는 조금도 지친 상태가 아니었다. 능숙한 승마 솜씨에 리베이드 사내들이 모두 다 감탄할 정도로 그녀는 여유만만했던 것이다. 뒤에서 마차로 뒤를 따르고 있는 창백한 마법사들에 비한다면 그녀는 가히 기적에 가까운 체력의 소유자였다. 교태로운 트리니티의 대답에도 불구하고 카셀은 썩 마땅치 않다는 표정을 지으며 못 들은 척 말 머리를 돌렸다.

사실 왕과 족장들은 물론이고 내 가솔들까지도 트리니티가 내 정부라고 생각하고 있는 듯하다. 무리도 아니다. 트리니티는 내게 요염을 떨고 쉴 새 없이 내 몸을 매만졌다. 그 모습을 보고 평범한 오누이라고 믿어주길 바란다는 게 무리였다. 게다가 리베이드에서는 동복 남매만 아니라면 누구든 첩으로 삼을 수 있다고 하지 않던가. 하지만 다들 남자이기에 이해할 수 있다는 표정으로 의미심장한 미소만을 짓고 있는 작자들을 보자니 더 짜증이 났다.

"정말 뜨겁네요."

잘도 트리니티가 옆에서 달리고 있는 사라레이에게 말을 거는 것을 들으며 나는 이글대는 지평선에 시선을 던졌다. 그녀는 오늘도 하얀 가운을 걸치고 있었다. 온몸을 푹 감싸는 풍성한 디자인의 그 가운은 그녀를 청순한 처녀처럼 보이게 했다. 그 때문인지 나는 자꾸만 묘한 영상을 떠올렸다.

하얀 나비처럼 나풀나풀 춤을 추며 웃고 있는 여자. 사랑스러운 미소를 가진 작은 체구의 여자.

그 여자는 누굴까. 아니, 나는 그 여자가 누군지 알고 있었다. 그러나 정확히 얼굴도 목소리도 기억이 나지 않았다. 그저 그녀를 생각할 때마다 가슴이 아렸다. 따지고 보면 트리니티와 그 여자는 전혀 안 닮

있다. 닮지 않은 정도가 아니라 정반대의 모습을 하고 있었다. 그럼에도 불구하고 트리니티를 보고 있자면 그녀가 자꾸만 떠올랐다.
'이상하다. 대체 그건 누구지?'
역시 트리니티는 나의 과거와 연관된 인물일 가능성이 컸다. 그녀는 내가 기억하지 못하는 나의 과거를 잘 알고 있었으니 분명 뭔가 깊은 관계가 있었을 것이다.
하지만 지금은 그것을 떠올리고 싶지는 않았다. 이미 스와디가 있고 지나간 과거는 되돌아올 수 없을 테니까.
갑자기 앞쪽에서 달리고 있던 1조의 전사들이 허둥대기 시작했다. 척후로 나갔던 전사들이 먼지를 뽀얗게 일으키며 돌아온 것이다.
"주인님!"
척후로 나섰던 전사는 고함을 지르며 내 앞으로 달려왔다. 그의 얼굴이 새파랗게 질려 있었다.
"지옥입니다!"

열신의 계절이라는 것을 알려주기라도 하려는 듯 햇빛은 너무도 강했다. 너무나 강렬한 열기 탓에 땅이고 하늘이고 온통 이글이글 아지랑이가 피어올라 시야가 휘어지고 만다. 그리고 그 바람 한 점 없는 열기 속에서 시체가 익어가고 있었다.
부서진 채 가냘픈 뼈대만이 남아 있는 천막의 수만도 무려 5백여 채는 되는 듯했다. 사지를 하늘로 뻗은 말과 내장을 줄줄 흘려내고 있는 가축들의 시체는 거친 목초지를 온통 다 뒤덮고 있었다. 너무나 고요하다.

말 그대로 살아 있는 것은 아무것도 없다. 사내든 여자든, 아이든 노인이든 사람이라 불릴 존재들, 아니, 살아 있는 존재는 모두 갈가리 찢겼다. 온전히 남아 있는 시체라고는 단 한 구도 없었다. 곳곳에 쓰러져 썩어가는 그들의 시체는 이글거리는 태양 아래서 반쯤은 바싹 마른 육포가 되고 있었다.

"……."

고기 익는 냄새가 난다. 잘 말린 육포 냄새가 난다.

"우에에엑!"

"우억!"

아직 소년티를 벗지 못한 우그르 타므스의 어린 전사들이 토악질을 시작했다. 그들만이 아니라 노련한 전사들도 역시 잔뜩 미간을 찌푸리며 구토하기도 했다.

대체 무슨 일이 있었을까. 시체의 상태로 보아 간밤에 있었던 일 같기도 하다. 이들을 덮친 사신(死神)의 그림자는 모든 생명체를 갈가리 찢었다. 사신이 닿은 마을은 죽음에 오염된 거대한 그릇 같았다.

"어떤 놈인지 알겠어?"

내 질문에 트리니티는 조금은 묘한 표정을 짓고 날 바라보았다.

"곤란한데요."

"왜?"

"하위 마족이라고 했었죠? 전에 본 적 있다고."

낮게 속삭이는 그녀의 목소리는 조금 긴장하고 있었다.

나는 거미처럼 가느다란 사지를 가지고 있던 하얀 얼굴의 마족을 떠올렸다. 자줏빛 머리카락에 초록색 눈동자를 하고 있던 마누엘라.

"맞아."

"혹시 눈이 세 개 아니었나요?"

"맞아. 눈이 세 개였어. 자줏빛 머리카락에……."

"외모는 큰 상관없어요."

트리니티는 잘라 말했다.

"어차피 외모는 항상 그들이 바꾸니까요. 내키는 대로 바꿀 뿐이에요. 게다가 인간의 눈으로는 그 본질의 외모는 볼 수 없어요."

"본질의 외모?"

"보이는 것과 다른 거예요. 마족은."

트리니티는 차갑게 웃더니 바닥에 널린 시체 조각을 밟지 않고 조심스럽게 말에서 내렸다. 그녀가 내리자 전사들 사이에서 묘한 웅성거림이 커지기 시작했다.

"아는 자야?"

"삼색안(三色眼) 마누엘라. 알고 있어요. 그는 하위 마족이 아니에요."

트리니티는 바닥에 떨어진 어린애의 손을 보았다. 거인이 두 조각을 낸 듯 어린 꼬마의 몸은 사지가 잘려진 상태였다. 한 팔과 한 다리는 이미 보이지 않는다.

"그는 마족 중에서도 강한 자예요. 그가 진심으로 나오면 그를 막아설 길은 별로 없어요. 특히 인간 세상에선."

"설마. 그렇게 강한 자라고는 느끼지 못했는데."

"인간 세상에서는이라고 말했죠? 여러 가지 모습으로 그는 인간들과 계약을 맺었어요. 그가 인간과 계약한 것은 한두 번이 아니에요. 그는 서열을 낮춰서라도 인간과 계약을 맺어 인간계로 오니까요."

"서열을 낮춰서까지라구?"

"실제로 고위 마족과 계약할 수 있는 인간은 몇 되지 않아요. 그래서 인간계에 나오는 마족들은 대개 하위 마족이죠."

그녀의 눈길이 검은 로브로 몸을 둘러싸고 있는 마법사들을 향했다. 그들은 이 참상을 심각한 태도로 살피고 있는 중이었다. 파리한 얼굴에 흐느적거리듯 움직이는 그들은 백주대낮의 유령처럼 음침했다. 같은 마법사라 해도 정말 음침해 보인다.

"그런데?"

"그런데 그는 인간계에 자주 나와요. 이유는 자신의 마법을 써보고 살육하고 싶기 때문이에요. 그는 정말로 살갗을 찢고 피를 뿌리고 목숨을 끊어버리는 것을 즐기는 마족이죠."

그녀의 목소리에 희미한 분노가 서려 있었다.

"마족들은 다 그런 거 아니야?"

내 질문에 그녀는 고개를 저었다.

"인간이 다 똑같지 않듯 마족 역시 똑같지 않아요. 모두 힘을 숭상하고 강함을 추구하는 것은 같지만 그 방면이 어디냐는 또 다른 문제죠."

그녀는 흐트러진 머리칼을 쓸어 올리며 나를 바라보았다.

"마누엘라 같은 살육마는 의외로 그다지 많지 않아요. 인간의 절망이 뿜어내는 음의 마나를 즐기기 때문에 인간계에서 잔인한 짓을 저지르긴 하지만 이런 살육은 즐기지 않거든요. 어떤 자는 말 그대로 강함만을 추구하며 투사로 살아가고, 어떤 자는 음욕을 충족시키기 위해 음탕한 짓거리를 즐기고, 어떤 자는 새로운 것을 만들어내기 위해 뭔가를 끊임없이 만들죠. 또 어떤 자는……."

그녀는 잠시 숨을 들이켰다.

"홀로 있기 위해 주변의 모든 것을 파괴시켜요. 주변의 모두를 굴복시키지요."

시스테이어스. 고독과 청염의 마왕.

그녀는 나를 잠시 돌아보았다. 기묘한 감정이 일렁이는 눈동자. 이 여자는 정말로 지극히 인간적이었다. 마족으로는 도저히 보이지 않는 표정이다.

"하여간, 그래요. 어쨌든 인간들은 결국 자신의 파장에 맞는 마족과 계약하게 되는 거죠. 그녀는, 모두를 다 죽여 버리고 싶었던 모양이죠. 마누엘라를 불러낸 걸 보면."

그랬던가. 차라리 모두 다 죽여 버리고 싶었다구?

"보이지 않는 실로 날 공격해 왔어. 시체를 움직이고 인형술을 쓰더군."

내 말에 트리니티는 고개를 끄덕였다.

"그의 특기죠. 만약 그와 단둘이 텅 빈 공간에서 만난다면 사실 그렇게 위험하지 않을지도 모르지만 인간들 사이에서 그를 만난다면 그만큼 골치 아픈 자도 없어요."

트리니티는 잠시 동안 초토화가 된 마을을 말끄러미 바라보았다. 뒤에서 통곡하는 소리와 함께 전사들이 시체를 수습하기 위해 움직이는 것이 보였다. 몇몇은 여전히 토하고 있지만 몇몇은 마을을 수색하고 있다. 피에 젖은 천막을 뒤지고 토막난 시체들을 확인한다.

"어흐흐흐흐흐!"

"어어헝!"

울고 있는 전사들은 땅을 치고 통곡했다. 이 마을 출신인 자가 끼어 있는 모양이다. 나는 그 순간 퍼뜩 정신을 차렸다.

"주인님!"

전사 중 한 명이 눈물로 젖은 얼굴을 한 채 무릎걸음으로 내게 다가왔다.

"이런 짓을 저지른 자를 죽여주십쇼! 씹어 먹어도 시원치 않을 이 사악한 놈을 죽여주십쇼! 아니, 산 채로 잡아 그놈의 내장을 뽑아내고 머리통을 짓이기게 해주십시오! 커흐흐으으윽!"

그의 손 안에는 어린애의 머리통이 쥐어져 있었다. 아직 4,5세밖에는 안 되어 보이는 어린애의 얼굴은 본래의 표정은 알 수도 없을 정도로 변색되어 있었다. 눈은 뒤집히고 혀를 반쯤 빼문 그 머리통은 정말로 사람인지 믿을 수 없을 정도로 참혹했다.

두근.

갑자기 격렬한 뭔가가 가슴을 치고 올라왔다. 무릎을 꿇은 자들이 통곡하며 내게 호소했다.

복수해 주세요. 살려주세요. 어떻게든 해주세요. 이 끓어오르는 분노를 어떻게 해주세요.

무력한 자들이 죽었다. 어린애와 여자들이 죽었다. 시체들은 너무나 참혹했다.

"으아아아! 라우라! 라우라!"

누군가가 또다시 이름을 부르며 비통한 울음을 터뜨렸다.

"왜 여기에 있었던 거야! 왜 집에 있지 않고 이런 곳에 있었던 거야!"

나는 넋을 놓은 채 이 참혹한 주변을 둘러보았다.

흐릿하게 떠오르는 기억.

그 기억의 조각들이 울부짖는 얼굴들로 화했다. 분노와 공포와 뭐라 말할 수 없는 격렬한 감정이 검붉은 색채를 띠고 뭉클뭉클 솟아올랐다.

그렇다. 나는 이런 광경을 전에도 몇 번이나 본 적이 있었다. 무력한 어린애들과 여자들이 죽어가며 토해내는 비명을 들은 적이 있었다. 왜 이렇게 죽어야 하냐고 나에게 항의하며 도움을 요청하는 소리를 들은 적이 있었다. 펜게이드에서 보았다. 불에 타버린 시체들과 무력한 사람들을. 그들이 학살당한 모습을 보았다.

어린애. 어린애의 손과 발을 한 시체.

기억해 내. 아니, 기억하지 않아도 좋아.

누군가가 귓가에 대고 속삭였다. 머리가 아프다.

〈오빠.〉

누군가가 다정하게 속삭였다. 달콤한 여운이 남는 그리운 목소리였다.

〈영주님, 살려주세요.〉

서글픈 비명 소리가 들려왔다. 가장 구슬픈 어린애의 비명. 무력한 자들은 분노조차 품지 못한다.

〈죽여 버리고 말 테다. 복수할 테다. 어째서 죄없는 자들까지 죽여 버리는 거야? 어째서 이런 일이 벌어져야 하는 거지? 어째서 내 영지에서 이런 일이 벌어져야 해? 저 죽어가는 어린애가, 소녀가 대체 무슨

죄가 있어? 단지 내 영지에서 살고 있다는 것만으로 이런 일을 당하다니.〉

온몸이 비명을 질렀다. 온몸이 절규했다.

이건 불공평해! 이건 말이 안 돼! 어째서, 어째서 이런 무력한 자들을 학살하는 거지? 대체 이들이 무슨 잘못을 했어? 잘못을 한 것은 나다. 내가 그들의 주인이야. 그런데 왜 이들이 죽어야 하나! 내 누이는 어디 있어? 내 누이동생은 어디에 있어? 착하고 사랑스러운 그 아이는 대체 어디에 있는 거야? 왜 이런 일을 당해야 해? 대체 무슨 잘못을 저질렀기에 이런 일을 당해야 하는 거야?

눈앞이 시뻘겋게 변했다. 시커멓고 끈적한 그 무엇이 가슴속에서 으르렁거렸다. 불길이 솟아났다. 가라앉아 있었던 모든 것들이 일제히 용권풍처럼 솟아오른다. 더 이상 못 참아. 이건 못 참아. 온 세상을 모조리 다 태우고 모조리 다 부숴 버리겠어!

포효했다. 울부짖었다.

어디에 숨어 있었는지도 몰랐던 전신의 시커먼 마나들이 일제히 달려나왔다. 나에게 동조하며 울부짖는다. 으르렁거리는 야수의 숨결이 노도처럼 밀려와 전신을 덮었다. 그 야수의 포효에 기뻐하며 심장이 웃는다. 살의. 타오르는 살의가 전신을 뒤덮고 마침내는 온 세상을 다 뒤덮어 버린다. 모조리 다, 모조리 다 죽여 버려!

록베더!

갑자기 천둥 소리가 내 이름을 담으며 전신을 두드렸다.

"마음을 가라앉히세요!"

날카로운 송곳 같은 목소리였다.

나는 타오르는 것 같은 심장을 움켜쥐며 고개를 옆으로 돌렸다. 으르렁거리는 야수가 토해내지 못한 분노를 아쉬워하며 바닥을 긁었다. 나는 시뻘건 야수와 용광로처럼 끓어오르는 감정이 한데 뒤엉키고 있었다. 당장이라도 터질 듯 팽팽해진 감각.

조금 창백해진 트리니티가 내 앞에 꼿꼿이 서 있었다.

"마음을 가라앉히세요. 여기서 분노를 토하시면 안 돼요."

그녀는 차가운 음성으로 말했다. 하지만, 얼굴은 파리했다.

심호흡하며 주변을 돌아보자, 바닥에 납작하게 엎드린 자들이 보였다. 눈앞이 시뻘겋게 변해서 아무것도 안 보였는데 한 겹 벗겨진 기분이었다.

스와디.

스와디가 내게 준 내 전사들이었다. 그들이 전부 바짝 땅에 엎드린 채 떨고 있었다. 피를 토하거나 오줌을 지린 자들도 있었다. 몇백 명이나 되는 자들이 나를 중심으로 원을 그리며 바닥에 엎드려 있었다.

"하아……"

덜덜 떨고 있는 그들을 보니 내 자신이 무엇을 하고 있었는지 깨달았다.

분노에 겨워 힘을 개방했나 보다. 바로 내 앞에 있던 자는 작은 어린애의 목을 끌어안은 채 바닥에 아예 머리를 처박고 떨고 있었다. 이마를 짓찧었는지 머리에서 피가 흐른다.

"죄송, 죄송……"

연신 뭔가 중얼거리고 있기에 무슨 소릴 하는가 들어봤더니 나에게 사죄를 하고 있었다. 머리가 식고 보니 무안해졌다. 이 많은 사람들을 전부 억눌러 버린 것이다.

"네가 사죄할 필요는 없다. 나에게 사죄할 자는 따로 있으니."

잔뜩 쉰 듯한 목소리가 굴러 나왔다. 나는 바닥에 구르고 있는 자들을 바라보며 명령했다.

"일어나라."

명령은 했지만 제대로 일어나는 자들은 거의 없었다. 비틀비틀 일어나다 토하는 자, 반쯤은 몽롱한 채 공포에 질려 떨고만 있는 자, 아예 기절한 자도 있었다.

나는 머리를 짚었다. 방금 전까지 내가 떠올렸던 기억과 맞물리자 제어가 불가능할 정도로 격분했다. 이건 확실히 좋지 않다.

나 역시 조금 비틀거리는 걸음으로 그들을 놔두고 폐허가 된 마을 한구석으로 걸어갔다. 머리를 식혀야 한다. 감정을 가라앉히고 냉정해져야 한다. 이대로 두면 마나가 폭주해 미쳐 버릴지도 모르겠다.

시스테이어스.

나는 작게 그의 이름을 불렀다. 그러자 마음이 가라앉는다. 아니, 내 가슴속에 있는 심장이 요동치는 것을 멈췄다. 마치 자기 이름을 불렀다는 양.

심호흡을 몇 번 하자 몸이 차가워지기 시작했다. 나는 한 손으로 심장을 눌러보았다. 차분하게 뛰고 있는 심장 박동을 느끼자 머리가 식었다. 정말로 식었다.

다시 마을을 둘러보니 정말로 참혹하고 또 한편으로는 공포스러웠다. 이렇게나 조금의 생기도 느껴지지 않다니. 악취가 진동하고 있는데도 벌레는 단 한 마리도 찾아오지 않았다.

"후우……."

언젠가 양의 도살 장면을 본 적이 있다.

파리와 날벌레들은 양이 죽을 것을 짐작이라도 하듯 양의 주변을 맴돌더니 마침내 도끼에 머리가 깨진 양의 시체로 돌진해 왔다. 그리고는 아주 잠깐 사이에 양의 시체는 아예 벌레로 뒤덮여 버렸었다. 워낙에 건조한 리베이드이기에 약초를 태우지 않으면 벌레는 엄청나게 들끓을 수밖에 없다.

그런데.

온통 마을을 뒤덮고 있는 시체 더미 사이로 벌레는 단 한 마리도 눈에 띄지 않는다. 결국 이 시체들은 온통 사기로 뒤덮여 먹이가 될 수도 없는 것들이라는 이야기가 되는 것이다. 그 점이 더 더욱 끔찍하다.

나는 상상할 수 있었다. 그 사악한 마족과 계약한 그녀가, 보이지 않는 은사를 휘두르며 마을 곳곳을 누볐을 것이다. 그녀의 뒤를 따르는 창백한 시체들이 사악한 숨결을 토하며 공포에 질린 사람들을 덮치고 사지를 찢었을 터였다. 목초지를 가득 메운 시체와 시체들.

그리고 마족이 뿌리는 그 사기(死氣).

"이제 진정되었나요?"

트리니티가 다가왔다.

그녀의 얼굴은 여전히 창백했고 웃음기는 보이지도 않았다. 그녀도 나름대로 타격을 받은 듯했다.

"흥분하면 안 돼요. 최소한 저들 앞에서는."

"……."

"가끔은 오빠가 얼마나 강한지 잊고 있는 거 같아요."

그녀는 피식 웃더니 팔짱을 끼고 주변을 돌아보았다. 문득 그녀의 얼굴 바로 앞으로 하얗고 둥근 원이 생겨났다. 허공에 생긴 거울처럼 생긴 원형은 휘익 하고 허공을 찢더니 점차 투명해지기 시작했다. 그리고 아주 천천히 어떤 장면을 그려냈다.

밤이었다.

하얀 얼굴을 한 여자가 사구를 건너 마을로 들어왔다. 그녀의 등에 진 창백한 달빛이 유별나게 하얀 그녀의 얼굴에 음산한 그늘을 드리웠다. 이목구비는 앳된 편인데도 눈빛은 염세적인 소녀. 마을 사람들이 환영을 표했다. 이런 밤에 홀로 길을 가는 가련한 소녀를 위해 자리를 내주겠다며 천막을 내주었다.

그리고.

창백한 소녀의 얼굴에 한줄기 선이 그어졌다. 웃음.

그녀의 손이 허공을 향해 움직였다. 그 순간 모래를 헤치며 뭔가가 나타났다.

괴물이었다. 허여멀건한 피부와 부패한 고깃덩어리로 뒤범벅된 괴물. 마치 여기저기에서 조금씩 고기를 얻어다 붙인 것 같은 기묘한 괴물. 어떤 것은 다리가 세 개. 어떤 것은 팔이 여섯, 다섯 개인 것도 있었다. 머리가 둘인 것도 있다. 모두 다 인간의 형상은 결코 아니었다. 마을 사람들이 비명을 올렸다. 고함을 치고 무기를 들었다.

하나, 괴물은 강했다. 창으로 쑤셔도 창날은 박히지 않고 칼로 후려쳐도 살점이 조금 떨어질 뿐이다. 오러를 휘감은 칼날조차도 그 괴물을 반 정도 겨우 벨 수 있을 뿐이었다. 살점이 잘려지고 사지가 잘려진 괴물은 기괴한 팔을 뻗어 자신이 죽인 사람들의 사지를 잘라 붙인다.

그리고 끊임없이 포효하며 굶주린 짐승마냥 사람들에게 달려들었다.

어린아이와 가냘픈 여자들에게 가장 냉혹한 괴물. 그들의 몸이 그다지 도움이 되지 않았던 걸까. 그대로 갈가리 찢어버리기도 하고 덥석 물어 씹어 먹기도 했다. 강해 보이는 전사를 발견하면 괴물 여럿이 한꺼번에 달려들어 사지를 찢어낸다. 그리고 각자 잘라낸 사지를 자기 몸에 붙이는 것이다.

지옥이었다. 소리를 전달하지 못하기 때문에 이 기억 마법은 더 더욱 참혹했다. 비명을 질러대는 여자들은 아이를 지키려고 미친 듯이 달려가고 사내들은 막아서기 위해 목숨을 던진다. 괴물은, 말 그대로 괴물이었다.

창백한 얼굴을 한 여마법사, 다이사는 그 광경을 허허로운 눈빛으로 보고 있을 뿐이었다. 그리고 가끔 손을 휘저으며 자신을 향해 달려드는 전사들을 죽였다. 그녀의 손가락에 엉킨 투명한 실들이 빨갛게 물들었다. 죽어가는 전사들의 저주 어린 눈빛을 받으면서 그녀는 웃었다. 요요로운 웃음, 광기가 서려 있는 웃음이었다.

"며칠이라 했죠?"

갑자기 트리니티가 물었다.

"뭐?"

"이런 일이 벌어진 게 며칠째라고 했나요?"

그녀의 말에 나는 잠시 그 끔찍한 장면에서 시선을 떼어냈다.

"거의 일주일 아닐까. 내가 너랑 만난 날이 그녀가 막 마족과 계약한 다음날이었으니. 그리고 연속해서 일곱 개의 마을이 희생당했고 또 지금 여기에서……."

나는 잠시 말을 멈췄다.

트리니티는 쓴웃음을 지은 채 손을 휘저었다. 그러자 눈앞에 떠올랐던 영상이 사라졌다.

"그렇다면 열흘 정도군요."

나는 잠시 기억을 되살려 보았다. 그러나 아무래도 날짜를 잘 알 수가 없었다. 중간에 시스테이어스를 만나면서 사라진 기억이 있기 때문인가.

"그리고 죽은 자의 수가 벌써 삼천 내지는 사천이라."

그녀의 말에 나는 뒤를 돌아보았다.

정신을 차렸는지 전사들은 저마다 시체를 치우는 데 열성이었다. 그리고 그들은 천막들도 모아 정리를 했다. 울고 있던 자들은 머리를 풀어헤치고 얼굴에 검은 줄을 그었다. 아마도 저게 상복 대신인지도 모른다.

시라레이와 바이샤는 전사들을 지휘하며 내 쪽을 흘긋거렸다. 그러자 그들과 이야기하고 있던 카셀과 구와르가 날 보고 다가왔다.

"주인님."

고개를 숙인 그들의 얼굴도 창백했다.

"시체는 전부 다 태워라. 이미 사기가 너무 강해."

내 말에 구와르가 공손히 고개를 숙였다. 그의 손가락이 가늘게 떨리고 있었다.

"나는 내 전사들에게 화를 낸 것이 아니다. 이 일을 저지른 놈에게 분노를 일으킨 거지. 놀라거나 두려워할 것은 없다."

내 말에 카셀이 깊게 한숨을 내쉬었다. 그리고는 그렇게 한 자신이 부끄러웠는지 고개를 푹 숙이고 이마에 손을 대었다.

"네. 알고 있습니다, 주인님."

"우리 일족이 얼마나 되나?"

내 질문에 구와르가 침중한 얼굴로 대답했다.

"이곳은 일족의 영지는 아닙니다만 여행 왔거나 잠시 머물던 자들이 몇 있었던 모양입니다. 게다가 아까 그 녀석은 동생이 이리로 시집을 와서……."

나는 침통한 얼굴로 울부짖던 전사를 기억했다. 그는 어린애의 머리통을 잡고 울부짖었다.

"몇 명이나 되는지 알겠나?"

"확인된 건 세 명뿐입니다만 역시 영지와 가까우니까 더 있을지도 모릅니다."

시체 확인이 쉬울 리가 없다. 머리가 온전히 남아 있어도 모자란 판국에. 사지가 갈가리 찢겨진 시체 더미에서 뭘 찾을 수 있겠는가. 게다가 그 괴물은 자기가 죽인 자의 몸을 자기 몸에 붙이고 사라졌다.

"서둘러야 해요."

트리니티가 입을 열었다. 그녀는 침중한 얼굴로 구와르에게 물었다.

"이 마을 주변 마을을 전부 다 소개시킬 수 있겠어요?"

"마을을 전부?"

놀란 듯 그가 말하자 트리니티는 고개를 끄덕였다.

"희생자가 늘수록 흉수도 더 늘어나요. 흉수는 마법으로 만든 괴물이에요. 그리고 그 괴물은 시체를 이용해서 만드는 거죠."

이 황당한 이야기에 놀란 자들이 일제히 눈을 부릅떴다.

"마을을 전부 다 피난시키고 데카르로 물리도록 해요. 그래야만 합니다."

"하지만 우리 일족은 몰라도 다른 일족은 쉽게 터전을 벗어나려 하지 않을 겁니다. 영지란 일족의 긍지니까요."

구와르의 설명에 트리니티가 날 바라보았다.

"다른 일족은 몰라. 어쨌든 이 일대에서 살고 있는 나의 일족은 단 한 사람도 남지 말고 전부 다 데카르로 집결시켜."

나는 팔짱을 낀 채 멀리서 날 바라보고 있는 사라레이와 바이샤를 노려보았다.

그렇다. 다른 자들은 내 알 바 아니다. 하지만 나의 일족은 움직여야 한다. 스와디가 족장의 말을 듣지 않는 자들을 그대로 베어버렸듯 나 역시 그렇게 할 생각이었다.

"만약 움직이지 않겠다면 내 손으로 베어버리겠다고 전하라. 이제부터 내 일족은, 아메이 와이슈 가비라라는 이름을 가진 자들은 전부 다 남하하는 거다. 하나도 남김없이."

구와르와 카셀이 부르르 떨었다.

"명심하겠습니다!"

소식을 알리기 위해 미친 듯이 전사들이 사방으로 달렸다. 반 이상의 전사들이 전령으로 출발한 것이다. 그들이 일으키는 모래먼지가 뿌옇게 일어나 사람들의 코와 눈에 와 박혔지만 아무도 불평을 토하지는 않았다.

다행히 우리 일족들은 비교적 도시에 몰려 있는 데다가 마을도 크다고 한다. 스와디가 목축과 교역을 중시했기 때문에 데카르에 몰려 사는 경향도 있었다. 내가 직접 베어버리겠다고 말하자마자 화급히 구와르는 전사들을 끌어 모아 마을로 소식을 전하게 했다.

머리를 풀어헤치고 있던 전사들 중 몇은 나에게 항의의 시선을 던지긴 했지만 감히 말도 걸지 못했다. 아까 내가 한 번 힘을 보인 것만으로도 질려 버린 모양이다.

"어쩌실 겁니까?"

바이샤가 창백한 얼굴을 에르차로 가리고 물었다. 그도 눈가가 붉었다.

"뭘?"

연기로 눈이 아릴 정도였다.

하얀 재가 흩날린다. 시체가 타는 냄새는 끔찍했다. 마을 전체를 태워 버리는 것이니 연기만으로 주변이 어둑어둑할 정도였다. 전령으로 떠난 전사들을 제외한 자들은 모두 마을을 소각하는 데 바빴다. 몇몇이 소각하지 말고 물건을 챙기자고 말하다가 카셀의 냉혹한 시선을 받기도 했다.

"복수해야지요. 놈들을 잡아야지요."

분노에 찬 그 음성에 나는 냉담하게 대꾸했다.

"내 일족들은 전부 다 피난시킬 생각이다."

"그건 복수를 포기하고 영지를 버리고 달아나란 겁니까? 그런 명령은······."

"족장의 명령을 거부하는 자는 다 죽는다."

그 말에 바이샤가 움찔했다.

사라레이의 얼굴도 확실히 굳었다.

"고모부님, 그건 사람들에게 자신의 삶을 포기하라는 말과 같습니다. 어떻게 사람이 그럴 수가 있겠습니까? 자신이 키우던 가축이나 집을 그대로 포기하라니요. 다른 건 몰라도 집은 그럴 수가 없어요. 아마 이방인이시니 잘 모르시는 모양인데 리베이드에서는······."

사라레이의 항의를 무시하고 나는 시체를 태우고 있는 전사에게 다가갔다. 사라레이가 울컥했는지 나를 따라오려다가 바이샤의 눈짓을 받고 머뭇거렸다.

"너."

시체를 태우고 있던 전사는 흠칫 놀라 나를 보더니 납작 고개를 숙이고 엎드렸다. 머리를 풀고 얼굴에 검은 줄을 그은 것을 보아 가족이 죽은 모양이었다.

"주인님."

"누가 죽었나?"

"제 동생입니다. 행상을 다니고 있었습니다."

그의 눈가에 눈물이 번졌다. 아직 젊은 남자였다.

"불구가 되어 전사가 되지 못했습니다. 그리고 여기서, 겨우 머리와 몸통만을 남겼습니다."

"가족은?"

"딸과 아내가 있습니다. 지금 막 피난하라고 편지를 보냈습니다."

눈물을 닦아낸 전사는 공손히 머리를 조아렸다.

"한 명도 죽으면 안 된다. 알겠나? 절대 안 되는 거다."

나는 무뚝뚝하게 말했다. 아니, 뭐라 말을 해야 할지 알 수 없었다. 머리가 텅 빈 것처럼 시야가 흔들렸다.

"절대 안 돼."

전사가 나를 올려다보았다. 그의 눈가와 코가 벌겋다.

"네 동생을 죽인 건 괴물이다. 그리고 난 그 괴물을 없애 버릴 거다."

"믿습니다!"

그가 처절하게 외치며 손바닥을 내게 들어 보이며 절했다. 이렇게까지 극에 달한 절은 받아본 적이 없었다. 머리를 산발한 전사는 무릎으로 걸어와 내 발등에 입을 맞췄다.

"그 사악한 자에게 천벌을 내려주십시오. 이 고통을 그자에게 그대로 내려주십시오. 피 값을 갚아주십시오!"

"내 일족은 아무도 못 건드린다."

나는 그의 뒤통수를 내려다보며 말했다. 그의 손은 크고 투박했다. 문득 그 큰 손이 작은 손으로 변했다. 그래, 작은 손들이 보였다. 하얗고 작은 손들. 무력하고 가녀린 손들이 나를 향해 애원했었다.

〈살려주세요, 영주님. 저희들을 살려주세요. 지켜주세요. 무서워요. 도와주세요. 도와주세요. 왜 저희를 죽이는 거지요? 살려주세요. 죽고 싶지 않아요. 도와주세요. 우리를 지켜주실 거죠?〉

"내 일족을 건드리는 자라면, 일족의 어린애와 여자를 해치는 자라면 죽인다. 죽여 그 피를 마시고 심장을 뽑아낼 거다. 한 명을 해치면 백 명을 죽인다. 백 명을 해친다면 천 명을 죽여준다."

이글거리는 태양. 시야가 흔들렸다. 눈가가 뜨겁다.

내 앞에서 머리를 조아린 자들. 울고 있는 자들. 서글픈 시체.

아주 옛날에 나는 이렇게 말하고 싶었다. 아주 아주 옛날에 이렇게 말하며 나에게 손을 내미는 내 부하들을, 내 일족들을 지켜주고 싶었다. 아무것도 제대로 기억해 내지는 못하지만 분명히 그랬다.

나는, 누군가를 지켜주기 위해 힘이 필요했었다.

"분위기가 너무 어둡군요."

트리니티가 부드럽게 말했다. 재주도 좋다. 그녀는 흔들리는 말 위에서도 여유작작 미소를 머금는다. 하지만 아무도 그녀의 말에 대꾸하는 이는 없었다. 사라레이가 뭔가 말하려다가 다시 입을 닫았다.

어느새 해가 지고 있었다. 멀리 이글거리던 태양이 작별을 고하며 지평선으로 얼굴을 묻는다. 시뻘겋게 달아올랐던 사막은 이제 보랏빛으로 물든 하늘을 바라보며 식어가고 있었다.

아무도 말은 하지 않았다. 짙은 살기와 분노가 사내들의 머리 위에 또아리를 틀었다. 명랑하던 전사들은 이제 완전히 살기를 내뿜으며 내달리고 있었다. 모두들 시체를 묻고 마을을 태우기만 했을 뿐 쉬지도 못했다. 하지만 아무도 쉬자고 입을 여는 자들은 없었다. 그저 다음 마을을 향해 달리고 있을 뿐이었다. 다음 마을은 반나절 거리에 있다 했으니 이렇게 달리면 달이 뜨기 전에 도착할 수 있을 터였다.

"서둘러!"

누군가가 그렇게 외쳤다.

나 역시 초조했다. 하루 사이에 모두 다 데카르로 피난을 할 수 있을 거라는 생각은 나도 하지 않았다. 하지만 말을 타고 밤낮을 미친 듯이 달릴 수 있는 리베이드 인이라면 그래도 피난은 빠르지 않을까.

"북부 사막으로 넓게 포진한 전사들은 어떻게 된 걸까요?"

바이샤가 심각하게 물었다.

"아까 그 마을이 당했을 정도니 흉수는 이미 그들의 포위망을 뚫었다는 이야기 아닐까요? 그럼 데카르로 곧장 가는 게 맞을지도."

"아냐."

나는 잘라 말했다. 허무와 광기에 휩싸인 다이사의 얼굴이 떠올랐다.

"그녀의 목표는 되도록 많은 자들을 죽이는 거다. 전사들이 북부로 포진했다면 그녀 역시 북부로 방향을 틀었을 거야."

"그녀?"

내 말에 바이샤는 물론이고 주변의 모두가 일제히 고개를 돌렸다. 말을 달리면서도 조금도 흐트러지지 않는 그들의 솜씨는 놀라울 정도다.

"그녀? 흉수가 여자란 말입니까?"

바이샤가 트리니티를 흘끔 바라보며 물었다.

"여자다."

"그럴 수가! 여자가 이런 참혹한 짓을 저질렀다구요?"

사라레이가 목청 높여 외쳤다.

나는 그에게 설명해 줄 필요성은 이제 전혀 느끼지 못했다. 마누라의 실종을 알기나 하고 있을까.

"정말인가요?"

"어떻게 여자가······!"

"어떻게 이런 끔찍한 짓을!"

모두가 일제히 같은 소리를 지껄이는 것을 나는 무시했다.

"찾을 수 있겠어?"

트리니티를 돌아보며 묻자 그녀는 미간을 조금 찡그렸다.

"찾을 수는 있지요. 북상하고 있는 건 맞아요."

그 말에 사라레이가 탄성을 내질렀다.

"다행이군요! 곧 그년을 잡겠군!"

"대체 수가 몇이나 되기에 천여 명이 깔린 포위망으로 스스로 들어간다는 겁니까? 그녀, 그자의 목적이라는 게 정말 무차별 학살인가요? 대체 왜 이런 짓을 저지르는 겁니까?"

바이샤가 질문다운 질문을 던졌다. 하지만 나는 그 역시 무시했다.

"얼마나 걸릴까?"

"이들을 이끌고 간다면 하루 거리겠지요."

텔레포트한다면 금방이라는 뜻인가. 솔직히 말해 나는 잘 잡아낼 수 없었다. 마법을 쓰는 마법사의 기척을 잡아내는 그런 기술은 기억이 나지 않는다. 공격 방법 같은 것은 무의식 중에 쓸 수 있는데 교묘한 마법은 잘 모르겠다.

"대체 왜 그녀는 이런 짓을 저지르는 겁니까?"

바이샤가 다시 물어왔다.

"낸들 아나."

내 무심한 대답에 바이샤가 한숨을 토하며 말했다.

"처음에는 어떤 목적이 있는 거라 생각했는데, 아까 그 광경을 보니 이건 도대체 제정신이라면 할 수 없는 짓거리 같습니다. 그녀는 미친 겁니까? 우리는 미치광이 마법사를 상대로 싸우는 겁니까?"

그가 토해내는 말을 들으며 나는 사라레이를 흘긋 보았다. 사라레이는 여전히 아무것도 모른다. 오히려 바이샤가 뭔가 눈치챘을지도 모른다.

"그렇게 생각해. 미치광이와 싸운다고 생각하라고."

"고모부님!"

내 대답이 성의없게 들려서 불쾌했는지 바이샤는 말고삐를 당겨 아예 내 옆으로 바짝 와 붙었다.

"알아내신 게 있으면 알려주세요! 그 여자의 정체를 이미 알고 계신 거죠?"

바이샤의 외침에 사라레이도 끼어들었다. 그뿐만이 아니라 다른 전사들도 일제히 내 쪽으로 시선을 맞췄다. 만약 내가 선두에서 달리고 있지 않았다면 일행은 멈췄을 것이다. 하지만 나는 맨 앞에서 달리고 있었다.

내가 대답도 하지 않자, 바이샤는 이번에는 트리니티에게 달라붙었다.

"트리니티 아가씨!"

"오빠가 말하지 않는다면 저도 말 안 해요."

그녀는 냉담하게 대답했다.

"하지만!"

"어차피 보통 사람은 감당할 수 없는 존재예요. 오빠에게 맡기는 게 좋아요."

"그래도!"

말을 더 하려는 바이샤를 트리니티는 똑바로 바라보았다. 흔들리는 말 위에서도 그녀는 흔들리지 않았다. 그 똑바른 시선에 압도당했는지 바이샤는 입을 다물었다. 사라레이 역시 바이샤가 물러나자 침묵했다.

"트리니티."

나는 그들을 무시하고 다시 그녀를 불렀다.

트리니티의 시선은 데카르에서와 달리 아주 고요하고 침착했다. 어젯밤에도 교태를 뿌리며 요부처럼 굴었는데 지금의 시선은 너무나 차분했다. 하얀 가운으로 몸을 휘감은 그녀는 전설에 나오는 여현자처럼 보였다.

"너와 나, 둘만 가는 게 좋을 거 같은데."

여기 있는 전사들이 그 괴물을 이겨낼 가능성은 거의 없었다. 오히려 이들과 함께 간다면 시체의 수를 늘리는 꼴이 된다. 그러면 괴물도 늘어날 게다. 어떻게 다이사는 그런 걸 만들어낸 거지? 시체의 조종이나 실을 이용한 학살 정도는 생각하고 있었지만 그 괴물들의 위력은 소름이 끼칠 지경이다.

"정말 그자와 부딪치실 건가요?"

갑자기 트리니티가 조용히 물었다. 그녀가 말하는 것은 다이사가 아닌 마족 마누엘라를 말하는 것 같다.

"물론."

내 대답에 그녀는 한숨을 내쉬고는 고개를 절레절레 저었다.

"그자는 제가 상대할 테니 절대 힘을 보이지 마세요."

"뭐?"

"오빠가 힘을 보이는 것 자체가 그들에게는 꿀단지를 흔들어 보이는 효과랍니다."

나는 쓴웃음을 지었다.

"이미 늦었어. 그놈은 날 알아."

"하지만 내가 있다는 건 몰라요. 그리고… 마법은 절대 쓰지 마세요. 내가 쓰겠어요."

그녀의 말에 돌아보니 트리니티는 진지했다.

"내가 마법을 쓰면 마족이 꼬일 거라는 거야?"

"네, 마법을 쓰지 않아도 그 자체로도 충분히 강해요. 그러니 굳이 마법을 쓸 필요는 없어요."

"하지만 마법을 쓴다면 단번에 끝낼 수 있을지도 몰라."

"상대도 마법을 써요. 그리고 나도 쓰죠. 그런데 굳이 오빠가 마법을 쓸 필요가 있을까요?"

그녀의 심각한 어조에 나는 되물었다.

"뭘 주저하고 있는 거지?"

"……."

트리니티는 정면을 보았.

옆과 뒤에서 달리고 있던 바이샤나 사라레이, 심지어는 구와르나 카셀도 우리들의 대화를 듣지 못한다. 그녀가 소리를 차단한 것이다. 그들의 귀에는 오로지 말발굽 소리만 가득하겠지.

"그녀는, 가만히 내버려 두어도 곧 끝나요."

"뭐?"

"가만히 내버려 두어도 곧 사라질 거라고요."

나는 무슨 의미인지 잘 알 수가 없어 침묵했다.

"마법을 남용하고 있어요. 그녀가 아무리 마나의 사랑을 받는 자라 해도 이 정도의 마력을 일주일 이상 계속해서 뿜어내고 있다면 보름

이내에 몸이 무너져요."

그렇다.

생각해 보니 그랬다. 다이사는 이미 파리한 낯빛을 하고 있었다. 그냥 시체를 끌고 다니는 것과 달리 그 괴물을 만들어내는 데에는 상당한 힘을 썼을 터였다. 어떤 마법인지 잘은 몰라도 가벼운 마법은 결코 아니었다.

"연속해서 저런 마법을 계속해서 쓸 수 있다는 게 대단하긴 하죠. 하나, 그녀는 반미치광이인 상태로 자기 몸이 어떻게 붕괴하고 있는지도 모를 거예요."

"그녀는 소드 마스터 직전이었어."

"그래도 별수없어요."

트리니티는 냉소했다.

"나도 연속해서 커다란 마법을 쓴 적이 있었어."

"오빠와는 차원이 달라요. 오빠의 신체는 보통 단련된 몸이 아니에요. 게다가 며칠 내내 큰 마법을 유지한 적은 없겠죠?"

"음."

에메타이드의 레어에서 마법을 난무한 것이 가장 많은 마법을 썼던 때였다. 하긴 그 이전도 그 이후도 나는 마법을 거의 쓰지 않았다. 사실 쓸 필요도 없었지만.

"하지만 그녀는, 그 괴물들은 마법으로 만들어내고 또 그 마법으로 유지하고 있는 거예요. 보통의 생물이 죽은 뒤에도 움직일 수 있다고 생각해요? 아주 잠깐 스켈레톤이나 구울 등을 소환해 사용하는 것과는 달라요. 그녀는 그 괴물들을 자기 마법으로 계속해서 움직이고 증식시키고 있는 거지요."

"그럼?"

나는 놀라서 그녀를 바라보았다. 만약 그 괴물들을 계속 유지하고 있는 거라 하면 다이사는 일주일 동안, 혹은 십 일간 한 번도 쉬지 않고 계속해서 마법을 쓰고 있다는 이야기였다.

"게다가 괴물은 계속해서 늘고 있어요. 그건 다시 말해 그녀가 점점 더 많은 마법력을 소모하고 있다는 이야기죠. 미친 짓이에요."

트리니티는 나를 향해 미소했다. 묘하게도 친근하다.

"오빠는 소드 마스터예요. 그리고 이미 인간으로서는 최정상의 힘을 가지고 있잖아요? 그런 오빠이기에 큰 마법을 연속으로 써도 아무렇지도 않은 거예요."

왠지 진짜 남매가 된 기분이었다.

트리니티는 차분한 어조로 그렇게 말하고는 피식 웃었다.

"게다가 오빠는 스스로 마법을 자제하고 있어요. 아주 현명한 행동이에요."

그동안 마법을 안 쓴 것은 마법을 쓰는 게 좀 두려웠기 때문이다. 내가 누구인지 누구와 계약을 한 건지도 모르는데 함부로 쓸 수 있겠는가.

"마족의 마나는 근본적으로 인간의 육체와는 어울리지 않는 거예요. 붕괴는 자연스러운 거죠. 그 괴물들은 그녀가 만든 거예요. 정확히 말하면 그녀의 계약자인 마누엘라가 만들었겠죠. 그러나 그걸 유지하는 것은 그녀의 마나예요."

"고갈되는 게 당연하겠군."

나는 고개를 끄덕였다.

"그녀가 빌어 쓰고 있는 힘은 서열 145위지요."

"145위?"

사실은 의외였다. 다이사 정도의 마나량을 가진 사람이라면 더 고위 마족을 끌어내는 것이 맞지 않을까. 나는 그가 소환 마수를 보고 놀라던 것을 기억하고 대수롭지 않게 여겼다. 그 기색을 알아챘는지 트리니티는 미간을 살짝 찌푸렸다.

"이곳 대륙에서 검을 쓰는 자는 몇이나 될 거라 생각해요?"

"글쎄."

나는 휙휙 내달리고 있는 부하들과 대체 무슨 이야기를 하는지 궁금해서 미치겠다는 얼굴을 하고 있는 사라레이를 돌아보았다. 아까부터 입만 뻐금대며 사라레이가 뭐라 외치고 있었다. 물론, 소리는 전혀 들리지 않지만.

"수도 없이 많겠죠. 아니, 엄청 많을 거예요. 어림잡아 오러를 사용하는 그럭저럭 쓸 만한 전사라 할 수 있는 자들을 8천 명 정도라고 잡는다면 그중 145위를 하는 자의 실력은 얼마나 될 거라 생각해요?"

그녀는 입술을 축였다.

"마족들은 항상 서로 싸워요. 비슷한 자들끼리. 그리고 서로 서열을 정하는 거예요. 그 서열은 절대적이에요. 서열 다툼은 백 년에 걸쳐 계속되는 거예요."

"그럼 서열은 거의 뒤바뀌지 않는 건가?"

"아뇨. 그것도 항상 바뀌지요. 인간 시간으로 따져 백 년에 한 번 있는 서열 결정 시기라고는 해도 바로 위에 있거나 자신의 서열과 비슷한 자에게는 도전을 하는 게 허용되는 거죠. 그리고 이기면 서열이 다시 조정되는 거지요. 다시 말해 마족들은 항상 자신들끼리 싸우고 있는 거예요. 목숨을 걸고."

마족들 사이에서 145위라 한다면 못 되도 인간 세상에서는 소국의 기사단장 수준은 넘는다는 이야기다. 그럼 결코 약자라 할 수 없겠지. 200위 안에만 들어도 고위 마족이라 할 수 있으니까.

"하지만 마왕의 자리를 노리기에는 무리가 아닐까."

내 말에 그녀는 고개를 저었다.

"걱정하는 건 당신이에요. 그의 실력으로 확실히 당신을 해칠 수는 없어요. 하지만, 그가 만약 시체로 만든 그 괴물들을 앞세우고 당신의 일족들을 방패 삼아 공격해 온다면 이길 수 있겠어요? 뿐만 아니라 그는 교활해요. 절대로 자신의 능력을 드러내지 않지요."

"……."

나는 침묵했다. 뭐라 그녀에게 물어보고 싶은 것이 분명 있긴 있었다. 하지만 여기서 그것을 물어보면 뭔가 곤란하게 될지도 모른다는 자각은 분명 있었다.

마법을 쓰면 육체가 무너진다. 다시 말해 마법을 계속 쓰면 죽는다는 이야기다. 그것을 유보하거나 피하려면 최대한 몸을 단련하고 마법의 효율성을 생각해 내지 않으면 안 된다.

나는 너와 심장을 나누었어. 너의 심장은 나의 심장의 일부야.

알고 싶다. 지금의 나는 시스테이어스의 여벌의 심장인가. 단지 그의 생명을 지키기 위한 도구인 건가. 내가 있다면 시스는 몇 번이고 부활한다. 그의 힘을 먹으려면 그를 완전히 죽이거나 그에게 물려받아야 한다. 그런데…….

행복한가, 즐거운가?

그는, 고독과 청염의 마왕은 항상 그렇게 물었다.

Chapter 75

"준비는 다 끝났나?"

내 질문에 늙은 장로들은 고개를 숙였다. 촌장의 얼굴은 침통함으로 가득 차 있었다.

적을 앞에 두고 부녀자도 아닌 전사들까지 피난을 간다는 것은 리베이드에서는 더없는 치욕이었다. 유목 민족인 그들에겐 피난이라던가 도망이라는 단어 자체가 익숙하지 않았던 것이다.

"거의 다 된 줄 압니다."

반나절 만에 홀쭉해진 촌장이 고개를 떨구며 말했다.

겨우 도착한 마을이었지만 전사들은 쉬지도 못하고 마을 사람들을 재촉하기에 바빴다. 혈기가 넘치는 젊은 자들이 항의하고 달려들고 난리를 쳤지만 괴물은 사람을 먹고 더욱 증식한다고 음침한 마법사들이 경고하자 반항은 수그러들었다. 뒤이어 우그르 타므스의 수장인 사라레이가 나서고, 뒤이어 마신이라 불리는 내가 주먹을 쓰자 그 다음은 속도가 붙었다. 이미 절대로 고향을 뜰 수는 없다고 항의하던 자들 열다섯 명이 곤죽이 된 뒤에는 더 더욱 빨라졌다.

달빛이 부드럽게 부서져 내린다.

어느새 밤이 왔다. 완전히 어두워진 모래 구릉 위로 말이 달렸다. 억지로 피난하는 사람들의 표정은 어두웠다. 어린애들은 난데없는 이 상황이 재미있는지 몰라도 모든 살림살이를 거의 다 버리고 떠나는 어른들은 심각하다. 게다가 적과 맞서 싸우는 것이 최고라 믿는 전사들의 얼굴은 지극히 어두웠다. 불평이 터져 나오긴 하지만 내 앞까지 밀려오지는 않았다. 역시 힘은 중요하다.

제일 앞에서 달리는 것은 사라레이였다. 그와 바이샤가 말 머리를 나란히 하고 사람들을 이끈다. 나는 트리니티와 함께 가장 뒤에 있었다. 피난민들을 가운데 두고 전사들이 좌우로 호위하는 형태다.

모든 사람들이 다 말을 탈 줄 알기에 편한 점은 많다. 누구 하나 뒤처짐없이 능숙하게 말을 모는 것을 보며 나는 조금 안심했다. 멀리 있을 나의 일족들도 이처럼 유연하게 달린 테니 어쨌거나 위험은 적을 것이다.

그런데.

사사삭.

사막의 사구 위로 스치듯 지나가는 그림자가 대여섯 정도 나타났다. 모래에 반사된 달빛으로 은색으로 물든 주변은 환하다. 그리고 그림자들은 그 달빛에 고스란히 몸을 드러낸 채 움직이고 있었다.

사사삭.

움직임이 뒤에서도 느껴진다. 마치 목표를 확인하고 다가오는 야수처럼 은근슬쩍 이쪽으로 다가오고 있었다. 속도는 그렇게 빠른 편은 아니다. 하지만 덩치는 컸다.

"구와르."

말 머리 하나 뒤에서 달리던 구와르가 재빨리 내 앞으로 다가왔다.

"속도를 더 높여. 사라레이에게 그대로 달리라고 전해라."

에르차 위로 드러난 그의 눈이 조금 커졌다. 하지만 그는 반문하지 않았다. 그저 말의 옆구리를 걷어차며 속도를 높였을 뿐이다.

트리니티가 보랏빛 눈을 붉게 빛내며 말고삐를 돌렸다. 그 순간 나 역시 말 머리를 살짝 틀었다.

우리들을 놔두고 기마들은 그대로 전진했다. 아니, 오히려 속도를 높였다. 무슨 일인가 싶어 돌아보는 자들도 몇 있었지만 명령대로 맹목적으로 달리는 자들이 태반이었다. 혈족에게 있어서 수장의 명령은 왕의 명령을 넘어선다고 들었다.

트리니티는 말을 멈춘 채 양팔을 벌렸다. 달빛을 받은 하얀 가운이 은빛으로 빛났다.

사구 위에서 이쪽을 주시하는 것 같은 그림자 하나가 낮게 으르렁거렸다. 그러자 나머지 그림자들이 이쪽으로 몸을 날려 모래를 타고 미끄러져 내려오기 시작했다. 아니, 그들만이 아니다. 발밑으로도 매끄럽게 달려들기 시작했다.

쿠어어어어어엉―

모래 속에서 난데없이 괴성을 내지르며 덩치 큰 놈들이 튀어나왔다.

모래가 산산이 날리며 시야를 가로막는다. 긴 팔, 아니, 여러 개의 팔이 말의 다리를 붙잡으려 달려들자 공포에 질린 말들이 울부짖으며 날뛰기 시작했다.

"$\gamma \Sigma \Gamma T \Phi \varepsilon \Phi X!$"

트리니티의 주변으로 소리없이 뭔가가 날았다.

사아아아아악—

소리가 나지도 않았다. 나는 그녀의 주변에서 튀어나온 둥근 고리들이 나타난 괴물들의 몸통을 자르는 것을 보았다. 서걱서걱 소리를 내며 머리, 팔다리, 몸통이 그대로 잘려져 나간다. 은빛으로 빛나는 고리들은 살아 있는 것처럼 날아다녔다. 겁도 없이 달려드는 괴물들의 몸체를 싹둑싹둑 자르는 모습은 지독하게 비현실적이다.

피가 튀는 대신 시퍼런 체액이 튀었다. 지독한 악취가 모래 위를 덮는다. 순식간에 그녀의 고리에 베어진 놈들이 십수 명에 달했다. 그럼에도 불구하고 놈들은 조금도 물러서지 않았다. 물러서긴커녕 점점 숫자를 늘렸다.

쿠아아아아앙—

커엉—

내게는 마치 개 짖는 소리처럼 들렸다.

전에 보았던 대로 창백한 얼굴에 새까만 입이 유별나게 눈에 띈다. 턱이 없어지기라도 한 양 쩌억 벌어진 입에는 흉측한 이빨들이 빼곡했다. 인간의 이빨이라기엔 무리가 좀 있다. 비록 손톱도 없지만 서너 개씩 달린 팔다리는 위력적이었다. 게다가 크다. 거의 말 한 마리는 될 듯한 크기.

미친 듯이 나와 트리니티에게 달려드는 놈들을 피해 결국은 말 위에서 뛰어내렸다. 말만한 놈들과 싸우는 상황에 겁에 질린 말 위에 있는 것은 별 큰 도움이 안 되었다.

나와 트리니티에게서 벗어난 말들은 달아나다가 삽시간에 괴물들의 손에 잡혀 사지를 찢겼다. 말의 배를 주먹으로 후려친 놈은 그대로 배를 뚫고 들어가 기다란 내장을 꺼내 든다. 다른 놈들도 불룩한 배를 찢으며 내장을 끄집어냈다. 그리고는 우적우적 씹기 시작했다. 대체, 이 괴물들을 뭐라 불러야 좋은가.

트리니티의 고리들은 아직 남아 있었다. 고리들이 소리도 없이 괴물들을 계속해서 잘라냈지만 괴물 역시 여전히 수를 불리고 있다. 괴물이 나타나는 수가 많은지, 아니면 그녀가 베어내는 수가 많은지 경쟁이라도 하는 것 같았다. 게다가 잘려져 나간 사지나 몸통은 곧 다른 괴물들이 집어 들어 몸에 붙였다. 덕분에 괴물은 계속해서 커지고 또 커졌다. 사지가 일곱, 여덟 개가 되고 어떤 것은 몸통이 두 개가 되는 것도 생겨났다. 말 그대로 진짜 괴물이다. 별수없이 나는 검을 뽑아 들었다. 워낙에 수가 많다.

"Ц Т γ θ Ω!"

트리니티가 다시 캐스팅했다.

순간 그녀의 등 뒤로 거대한 구체가 나타났다. 허공을 뻥 뚫어놓은 듯 시커먼 구체는 점점 부풀어 오르더니 마침내는 새빨갛게 달아올랐다. 그리고는 둥근 그 형태를 벗어버리고 마침내 또아리를 튼 뱀의 형태를 이루며 터져 나갔다.

꾸아아아아—

화염덩어리가 괴물의 머리 위로 내려앉았다. 살이 타는 냄새가 나고 폭발하듯 살점이 비산했다. 나는 그 화염덩어리가 화염마수의 일종이라는 것을 알아보았다. 팔뚝만한 뱀들이 허공을 날아다니며 화염을 내뿜는다. 괴물의 숫자가 많은 만큼 화염사의 수도 많았다. 한 마리였던 화염사(火焰蛇)는 부풀어 오르며 기하급수적으로 숫자를 늘려갔다. 열 마리가 곧 스무 마리가 되고 금세 육십 마리로 불어난다. 그리고 곧 백여 마리를 넘어서서 아예 허공을 불꽃으로 물들였다. 그것들이 각자 괴물들에게 달라붙었다. 그리고 폭발했다.

머리통이 날아가고 사지가 터져 나갔다. 그럼에도 불구하고 괴물들의 수는 좀처럼 줄지 않았다. 꾸역꾸역 계속해서 몰려들고 또 몰려드는 것이다.

나는 시험 삼아 몇 마리에게 블랭크를 날려보았다. 파괴력이 큰 것이 블랭크다. 괴물들은 블랭크에 뻥 하고 터져 나갔다. 이번에는 재생하지 못했다. 말 그대로 뻥 터져서 갈가리 찢어졌기 때문이리라.

"완전히 부숴 버리기 전에는 소용없는 것 아닌가."

내가 중얼거리는 순간, 트리니티가 다시 캐스팅하기 시작했다.

그런데.

소리도 없었다. 갑자기 트리니티의 수인을 맺는 손목이 덥석 잘려져 나갔다. 피가 분수처럼 솟아오른다. 그럼에도 불구하고 그녀는 비명도 지르지 않았다. 비명을 지르지 않은 이유는 몸을 피하는 대신 날아드는 뭔가를 이로 물었기 때문이다.

그녀의 눈이 붉은빛으로 빛났다. 이글이글 타오르는 살기가 그녀의 얼굴에 떠오르자 마치 다른 사람처럼 요악한 빛깔이 그녀의 얼굴을 물들였다.

 괴물 사이로 유유히 나타난 것은 검은 로브로 몸을 감싼 다이사였다. 그녀의 손가락은 마치 악기를 연주하듯 허공에서 흔들리고 있었다. 하지만 마음대로 되지 않는지 얼굴은 굳어 있었다.

 은빛 실이었다.

 트리니티는 온전한 손으로 물고 있던 은빛 실을 잡았다. 하얀 손가락에 붉은 핏방울이 맺혔다. 거미줄처럼 희미하고 보이지도 않는 그 실이 그녀의 손목을 잘라냈던 것이다. 전에 봤던 그것이다.

 "후~"

 트리니티는 미소 지었다. 사악할 정도로 아름다운 미소였다.

 황소만한 괴물들 사이에 서 있는 다이사는 아주 작아 보였다. 그녀는 손가락을 휘휘 돌리더니 나른한 목소리로 내게 말을 걸었다.

 "당신의 정부?"

 "누이동생."

 내 대답에 다이사의 입가가 일그러졌다.

 "당신도 똑같애."

 안 믿는 건가. 리베이드의 여자들은 의심이 너무 많아.

 순간 괴물들이 일제히 나를 향해 달려들었다. 울부짖는 괴물들의 입이 거짓말 안 보태고 시커먼 동굴처럼 벌어졌다. 날카로운 이빨, 점액이 뚝뚝 떨어지는 흉측한 입.

 나는 웃었다.

 내 속의 야수도 웃었다. 너무 오랫동안 참았던 탓에 울화병이라도 났는지 야수는 격렬하게 타올랐다. 참을 수 없다는 듯, 이 기회를 놓칠 수 없다는 듯이.

시커멓고 이글거리는 오러가 일순간에 뿜어져 나왔다. 허공을 격해 주변을 휘감는 검푸른 오러는 그 자리에 있던 괴물들을 휘감으며 폭발했다. 블랭크도 아니다. 대체 이걸 뭐라 불러야 할지 나도 잘 모르겠지만 어쨌거나 오러는 이글대며 파도처럼 일어나 주변을 덮어버렸다. 마치 이때를 기다렸다는 듯이. 덕분에 내 주변에 있던 괴물들이 그대로 터져 모래 위를 자욱하게 덮었다.

"마법인가?"

창백한 다이사가 중얼거렸다.

나는 순간, 깨달았다. 이것은 마법이 아니었다. 이것은 원당의 무공이다. 원당이 익힌 그것. 그의 기예를 나는 전부 알고 있었다. 백일몽처럼 꿈꾸어왔던 그의 모든 기예가 내 속에 있었다. 그리고 가장 완벽한 신체를 가졌다는 록그레이드의 몸으로 구현되고 있는 것이다.

씹다 뱉은 고깃조각처럼 늘어져 있는 괴물들의 시체를 밟고 나는 아주 천천히 검을 휘두르기 시작했다. 그의 세계에서 최강자로 군림했던 원당의 기예는 나로서는 상상이 불가능한 것이었다. 그럼에도 불구하고 그의 기예는 내 몸속으로 녹아들어 있었다.

비가 오는 것처럼 오러의 비가 쏟아졌다. 블랭크가 아니었다. 말 그대로 오러의 폭우가 검날로부터 쏟아지며 살아 움직이는 괴물들을 그대로 덮쳤다.

쿠어어억—

까악—

비명은 짧았다. 검이 뿌리는 오러의 빗줄기는 괴물들의 두터운 피부를 꿰뚫으며 주변을 초토화시켰다. 달아나는 놈들도 있었다. 하지만 내가 흩뿌리는 오러의 비는 하늘이 내리는 빗줄기만큼이나 공정했다. 죽어가는 놈들, 터지고 부서지고 깨지는 괴물들이 공포에 질려 소리를 내지른다. 미친 듯 모래로 파고드는 놈들도 많았다. 하얀 모래는 그 소동을 이기지 못하고 몇 번이나 뒤틀리며 비산했다.

나는 아련한 백일몽을 보았다.

검은 머리칼, 검은 눈. 보통 사람보다 머리 하나는 더 큰 체구의 남자. 그리고 그가 휘두르는 검에서 튀어나오는 서릿발처럼 매서운 기운. 천둥이 치고 낙뢰가 떨어진다. 그의 검에서 뿜어 나오는 강렬한, 인간의 힘이라고는 믿을 수 없는 강렬한 오러의 회오리가 검을 타고 흘렀다.

콰르르릉— 콰르르릉—

나는 몰랐다. 내가 이렇게 강한지. 아니, 원당이 이렇게 강한 사람인지 나는 몰랐다. 그래서 슬펐다. 그 강인한 남자가, 그 강한 사내가 단지 주종의 맹세를 했다는 이유로 생명을 버리고 나의 숙주 아닌 숙주가 된 것을.

모래먼지가 달빛에 하얗게 피어올랐다. 달이 흘리는 눈물처럼 흘러내리는 하얀 모래. 그 옛날 원당이 아내를 위해 춤추었던 하얀 꽃 아래의 검무가 기억난다. 그 하얀 꽃잎을, 손가락 마디보다도 작은 그 꽃잎들을 원당은 하나하나 전부 부수어 먼지처럼, 눈처럼 날리게 했다. 그리고 그 꽃잎들 사이로 춤을 추었다. 그 놀라운 기예, 그 놀라운 능력을 그는 버렸던 것이다.

원당. 내가 모르는 세계에서 가장 강한 사내여.

"세상에."

낮게 다이사가 중얼거렸다.

나는 조용히 심호흡하며 그녀를 바라보았다. 다이사의 얼굴은 여전히 창백했다. 얼마나 창백한지 이마며 관자놀이에 흐르는 실핏줄까지 파랗게 보일 지경이었다.

주변은 초토화되어 있었다.

내가 뿜어낸 오러, 강기가 괴물들을 다 쓸어버린 것이다. 곤죽이 되어 부글부글 살점이 끓고 있는 괴물들의 몸뚱어리는 더 이상 움직이지 않았다. 말 그대로 녹아버리듯 형체가 사라져 버렸던 것이다.

"엄청나네. 당신은 정말 인간인가?"

다이사가 망연히 중얼거렸다.

그녀는 내가 들고 있는 검에 시선을 두었다. 검은 아직도 검푸른 오러를 휘감은 채 일렁이고 있었다. 나는 어쩐지 오러의 빛깔이 좀 더 맑아진 것 같다는 생각이 들었다. 거의 검은색에 가까웠는데 지금은 달빛 탓인지 푸른빛이 더 강하다. 밤하늘이 뿜어내는 검푸른색.

"넌 죽는다."

내 말에 다이사는 어깨를 으쓱했다. 그리고는 어쩐지 기묘하게 웃었다.

"난 당신과 안 싸워. 왜냐면 난 당신을 이길 수 없거든."

"그런데 이런 일을 벌였는가?"

내 말에 그녀는 쿡쿡 웃었다.

"글쎄. 그럼 당신은 왜 마법사가 되었는데?"

갑자기 그녀의 검은 로브가 은빛으로 빛났다. 그녀를 둘러싸며 치솟은 은사가 친친 감기며 순식간에 은빛의 고치가 만들어졌다.
"안녕."
고치가 사라졌다. 아니, 사라지려 했다.
키잉 소리와 함께 고치 주변의 공간이 일그러졌다. 트리니티의 손이 어느새 은빛 실 한 오라기를 움켜쥐고 있었다. 그리고 그녀는 요요하게 웃으며 그 실을 잡아당겼다.
"이대로 갈 수야 있나."
은빛 고치가 경련했다. 트리니티는 한 손으로 은빛 실을 잡아당기며 도약했다. 그녀가 입술을 우물거리긴 했지만 무엇을 캐스팅했는지는 들리지 않았다. 순간, 은빛 고치의 공간 전체가 찌그러졌다. 엄청난 압력이 가해지는 것인지 고치 주변의 모래가 순식간에 유리알처럼 변했다. 은빛 고치가 반으로 줄어들며 찌그러지자 트리니티는 주저하지 않고 실을 잡아당겼다.
챙강 하고 유리 깨지는 소리가 났다. 압력을 이기지 못하고 유리 결정화한 모래가 터져 버린 것이다. 날카로운 흉기가 되어 비산하는 유리 조각 사이로 울컥 피를 토하는 다이사의 얼굴이 보였다. 트리니티는 그녀의 얼굴을 향해 그대로 손을 뻗었다.
차아아악—
트리니티의 손톱이 길게, 아주 길게 뻗어 나왔다. 보랏빛 손톱은 그대로 다이사의 얼굴을 꿰뚫었지만 다이사도 가만히 있지는 않았다. 그녀는 몸을 옆으로 돌리는 것과 동시에 놀랍게도 검을 빼 들었다. 오러의 빛이 작열했다.
콰아아앙—

트리니티의 몸이 뒤로 빠진 것과 그녀의 상반신에 구멍이 뚫린 것, 어느 쪽이 먼저인지 나도 알 수 없었다. 뺨이 뚫리고 광대뼈가 부서진 다이사의 얼굴이 피범벅이 된 채 웃는다. 그녀는 검은 로브 사이에서 꺼내 든 검을 휘두르며 블랭크를 연속으로 터뜨렸다.

퍼엉— 퍼엉— 퍼엉—

순식간에 다섯 개의 블랭크가 트리니티의 몸을 덮쳤다. 나는 손을 뻗어 실드를 펼쳐 냈다. 푸른 오러가 꽃잎처럼 벌어지며 트리니티의 몸을 감싸자 블랭크들은 오러 실드에 닿아 소멸했다. 트리니티의 모습은 처참했다. 상반신에 주먹만한 구멍이 뚫리고 한쪽 손목이 잘려 나간 상태였다. 하지만 그럼에도 불구하고 그녀의 얼굴은 여전히 요요한 웃음이 떠올라 있었다.

"재밌네."

트리니티의 말이 떨어지기가 무섭게 거대한 검은 손이 허공에서 나타나 그대로 다이사의 몸을 찍어 눌렀다. 화악 하고 감싸는 그 검은 손 아래서 삐꺽거리는 소리를 내며 은빛 고치에 금이 가기 시작했다. 다이사의 몸을 지키고 있던 그 고치는 이제 과자처럼 부서져 내렸다.

"ΛΧΦΣ!"

다이사의 몸이 무서운 속도로 회전했다. 순식간에 모래 속으로 파고 들어 그녀의 몸이 사라지자 검은 손이 모래 위를 강타했다. 시야가 어두워졌다.

나는 트리니티의 상태를 살폈다. 여전히 무심한 얼굴이었지만 피를 줄줄 흘리고 있는 상반신은 별로 변화가 없었다. 하지만, 곧이어 그녀의 상처에서 붉은 실이 솟아나더니 곧이어 그 상처를 깁기 시작했다.

"난 반마예요. 반마에겐 반마의 이점이 있죠. 마족과는 또 다르거든요."

트리니티가 나를 향해 미소 지었다.

"전에도 말했지만, 나는 불로불사의 인형이거든요."

그녀의 말이 떨어지는 것과 동시에 트리니티의 몸이 허공으로 떠오르며 검은 빛이 모래 위로 내려앉았다. 검은 물감이 물 위로 퍼져 나가듯 은빛 모래 위로 검은색이 퍼져 나갔다. 트리니티의 발치를 중심으로 퍼져 나가던 검은 그림자는 순식간에 거대해졌다. 그리고 모래 위에 흩어져 있던 괴물들의 살점을 삼키기 시작했다.

끄어어어―

괴성이 터졌다. 기괴한 울음소리와 함께 검은 그림자는 서서히 일어나더니 곧이어 사방을 덮었다. 나와 트리니티만 놔두고 온통 세상이 검게 물든 것 같았다. 나는 그 검은 그림자가 모래 속을 뒤지는 것을 보았다.

"셰이드?"

내가 중얼거리자 트리니티가 쿡쿡 웃었다.

"전에도 말했지만 그녀가 빌어오는 마족의 힘은, 살아 있는 것들을 이용해야 해요."

마족이든 반마든 섬뜩한 것은 변하지 않는다. 나는 트리니티의 눈가에 번지는 광기 어린 환희의 빛을 보았다.

까아아아아악―

이번에는 비명이었다.

놀랍게도 모래 속에서 다이사의 괴물들이 튀어나왔다. 대체 몇이나 숨어 있었던 것일까? 수도 없이 튀어나오는 괴물은 어림잡아도 삼사백은 되고도 남았다. 그 괴물들이 일제히 모래 위로 솟구치며 비명을 지르며 몸을 떨었다.

크크크크크…….

키키키키키…….

기분 나쁜 웃음소리가 들렸다. 괴물에게 달라붙은 그림자들이 웃고 있었다. 크기도 형태도 꼭 이불을 뒤집어쓴 어린애 같았지만 그 힘은 엄청난 것이었다. 그림자들은 괴물의 그림자와 동화되어 하나씩 붙어 있었다.

킥킥킥킥…….

쿠쿠쿠쿠…….

괴물들의 몸이 마구 뒤틀렸다. 나름대로 그림자들을 떼어보려 애를 쓰는 것 같지만 그것들은 떨어져 나가지 않았다. 휘저어도 잡히지도 않고 공격해도 통하지도 않는다. 그림자들은 괴물들에게서 뭔가를 뽑아 먹기라도 하는 양 부르르 떨며 진저리를 쳤다. 그러자 괴물들이 비명을 올렸다.

끄어어어어—

거대한 입이 주체할 수도 없이 커지며 모래들을 빨아 올리더니 다시 뱉어낸다. 엄청난 속도로 뿜어내는 모래알들은 무시무시했다. 하지만 그런 공격도 그림자들에게는 통하지 않았다. 모래는 그저 통과할 뿐이다. 마침내 괴물들의 몸체가 줄어들기 시작했다.

"으음."

비명을 뿌리며 쓰러진 괴물들은 부들부들 경련을 일으켰다. 팔다리,

몸통과 머리통까지 갑자기 쿨럭쿨럭 말라비틀어지기 시작한다. 바짝 마른 미이라처럼.

그림자들은 사구 위를 유영하듯 날아다녔다. 혹은 모래 위를 미끌어지듯 훑기도 했다. 나는 그것들이 괴물들을 찾아 맴돌고 있다는 것을 깨달았다. 하지만 아무것도 나타나지 않았다.

"흐음. 놓쳤나 봐요."

트리니티가 어깨를 으쓱했다.

어느새 그녀의 상반신을 꿰뚫었던 구멍은 메워지고 없어졌다. 잘렸던 손목도 원래대로 돌아왔다. 정말로 이 여자는 불사의 존재인 건가.

모래 위를 맴돌던 그림자들은 이제 트리니티에게 몰려들었다. 그리고는 그녀의 희미한 그림자 속으로 쏙 들어가 버린다. 나는 그 그림자를 뚫어지도록 바라보았다. 달빛 아래 그림자치고는 조금 짙을 뿐 보통과 달라 보이지는 않았다.

하지만 주변은 온통 말라비틀어진 괴물들의 시체와 살점으로 가득했다. 그림자들은, 트리니티의 그림자들은 살아 있는 것들의 모든 생기를 다 빨아들였던 것이다.

"가만히 있으면 안 돼요, 오빠."

트리니티가 쿡 웃었다. 무심한 내 얼굴을 보던 그녀는 턱짓했다.

"여기에 있는 괴물들은 아무리 봐도 천 마리 정도밖에 안 되는 것 같아요. 그렇다면 나머지 이천은 어디에 있을까요?"

그 말에 나는 가슴이 섬뜩했다.

나는 달리며 캐스팅했다. 말이 없다는 게 한이다.

"𝛹𝜁𝜀 𝛿𝛾𝛾𝛵 𝛴……. 허공의 발톱, 머리를 찢는다!"

눈앞의 공간이 베어져 나가며 어둠을 일그러뜨리는 둥근 원이 나타났다. 그 원이 곧이어 영상을 비추기 시작했다. 소리가 선명하게 전달되자 옆에 있던 트리니티가 감탄성을 내뱉었다.

"놀랍네요. 난 소리는 안 되는데."

그녀가 감탄하거나 말거나 신경 쓰지 않았다. 나는 눈앞의 영상을 바라보며 이를 악물었다.

괴성이 울리고 사람의 사지가 산 채로 잡아 뜯기며 비명 소리가 사막의 밤을 들썩였다. 비산하는 모래는 붉은 피로 물들어 바닥으로 비처럼 쏟아져 내린다. 잘려져 나간 살점들이 후둑후둑 떨어졌다.

쓰러진 자 위에는 대여섯 마리의 괴물들이 덮쳐 그르렁거리며 인육을 뜯고 피로 갈증을 풀고 있었다. 그리고 마음에 드는 사지를 골라 제멋대로 자신의 신체에 붙여 버린다. 그러면 하얀 은빛 실이 뿜어 나오며 그 사지를 몸 안으로 끌어들였다. 그렇게 해서 괴물은 몸을 늘리고 또 늘려 힘을 키운다. 몇몇 괴물들은 달아나는 자를 쫓아 달리며 길게 포효했다. 그 괴성에 겁에 질린 말들이 날뛰며 주인을 떨어뜨렸다. 그러면 다시 참극이 벌어지는 것이다.

쿠어어어어―

전사들 가운데 살아남은 자는 몇 되지 않았다.

피와 괴물의 체액으로 뒤범벅이 된 전사는 오러를 덧씌운 시미터를 휘두르며 분전하고 있었다. 그는 비명인지 고함인지 알 수 없는 소리를 내지르며 괴물들의 몸을 베고 또 베었다. 한 마리의 팔뚝이 전사의 칼질에 떨어져 나갔다. 하지만 곧이어 다른 괴물이 그 팔뚝을 집어 들어 제 몸에 붙인다. 그리고 두 마리의 괴물들이 동시에 전사를 덮쳤다. 푸욱푸욱 시미터가 괴물들의 살점을 찢었다. 하지만 시미터의 오러는 점점 흐려지고 있었다.

"오오, 신이여!"

전사가 울부짖었다. 그는 카셀이었다.

곧이어 괴물들의 거대한 입이 그의 어깨를 물어뜯었다. 아니, 물어뜯으려 했다.

나는 너무 급한 나머지 그 영상 속으로 손을 집어넣었다. 그리고 동시에 텔레포트했다.

"주인님!"

내 손은 허공을 격하며 카셀의 팔을 잡고 있었다. 그리고 동시에 다른 손이 그를 물어뜯으려는 괴물의 입속으로 들어가며 빛을 뿜었다.

블랭크.

퍼펑 소리를 내며 괴물이 머리부터 통째로 터져 나갔다. 체액을 뒤집어쓰면서 나는 카셀을 옆에 끼고 뒤로 물러나며 연속해 블랭크를 날렸다.

꾸어억—

비명을 지르며 순식간에 괴물 일곱이 터져 나갔다.

"주인님!"

"주인님!"

살아남은 자들이 비명 아닌 환호를 지르며 날 발견했다.

나는 내 뒤로 카셀을 밀어놓고 오러로 일렁이는 두 손을 들었다. 허리에 꽂혀 있던 검이 허공으로 솟아올랐다. 검푸른 화염처럼 일렁이는 거대한 오러의 형상을 보고 전사들은 물론이고 괴물들까지 뒤로 주춤주춤 물러났다.

"엎드려라."

나는 조용히 명령했다.

순간, 카셀들은 일제히 몸을 숙였다.

한 자루의 검이 변형했다. 아니, 분화되었다. 수십, 수백의 칼날이 오러로 휘감긴 채 사방으로 비산했다. 이것이 진정한 오러 블레이드가 아닐까. 오러로 이루어진 검. 금속검이 아닌 오러로 만들어진 검날은 유선형으로 늘씬하게 뻗으며 날뛰기 시작했다.

비가 내렸다. 오러 블레이드의 비가 내렸다. 한밤중에 쏟아져 내리는 유성우처럼 오러 블레이드가 하늘을 가득 메우며 말 그대로 쏟아져 내렸다.

살점이 튀어 올랐다. 괴물들의 몸이 이글이글 불타오르며 녹아내린다. 살아 있는 생기로 가득한 오러를 이기지 못한 괴물들의 몸이 그대로 붕괴해 세포 하나하나까지 말살된다. 이글거리는 태양 아래 녹아버리는 얼음처럼 괴물들의 몸은 그대로 녹아버렸다.

"…아아……."

"신이여!"

"사막의 마신!"

살아남은 전사들이 두 손을 들어 올리며 내게 경배했다.

나는 비산하는 오러 블레이드를 불러들였다. 이제 수백으로 분화했던 검은 평범한 철검이 되어 내 손으로 돌아왔다. 나는 한숨을 내쉬었다. 나 자신이 이렇게 강할 줄은 나 역시 몰랐던 것이다. 이런 일이 가능할 줄이야.

어쨌거나 이미 상황은 끔찍했다.

살아남은 전사들은 고작 열두어 명뿐 주변은 온통 녹아버린 괴물들의 시체로 가득했다.

"다른 자들은?"

피난민과 다른 전사들이 모두 당했을 것이라고는 생각할 수 없었다.

"저희들은 유인대로 남은 것입니다. 수장님과 다른 분들은 앞서 달리고 계십니다!"

"서둘러 주십시오!"

카셀은 서둘러 외쳤다.

그는 사태가 얼마나 심각한지 이제야 실감하는 것 같았다.

"데카르도 안전하다고는 말할 수 없습니다. 놈들은 너무나 강해요!"

카셀이 외치는 동안 나는 잠자코 그의 이야기를 들었다. 하긴 저 괴물들을 멈추기 위해서는 상당히 강한 자가 나서지 않으면 안 된다. 만약 별일없이 공격을 멈추게 할 수 있다면야 좋겠지만.

"해가 뜰 때까지만 버티면 될 것도 같은데."

피투성이가 된 자들을 그대로 내버려 둘 수 없어 잠시 망설이는 사이에 트리니티가 도착했다. 그녀는 이런 식으로 한순간에 텔레포트한 나를 향해 잠시 경이의 시선을 던졌다.

"오빠."

"이들을 네가 맡아. 난 앞서 간다."

"아니, 제가……."

"내가 더 빨라."

나는 다시 허공으로 시선을 던지며 손을 휘저었다.

"$\Psi \zeta \epsilon \, \delta \gamma \gamma T \, \Sigma !!$"

둥근 원이 나타나며 영상이 떠오른다. 옆에서 보고 있던 카셀들이 숨을 삼키며 부르르 떠는 것이 보였지만 나는 상관하지 않았다.

피투성이가 된 사라레이의 모습이 떠올랐다.

"전열을 가다듬어! 물러서지 마!"

"여자들을 앞으로 보내!"

"달려! 뒤를 보지 마!"

울부짖는 말의 비명 소리, 애통한 울부짖음이 생생하게 전해졌다.

피투성이가 된 전사가 비명을 올리며 쓰러졌다. 오러를 덧씌운 검이 괴물들을 쓸었다. 괴물의 둔한 회색빛 사지가 튀어 오른다. 하지만 그와 동시에 전사의 목이 괴물의 손아귀에서 비틀어지며 산 채로 뽑혀져 나갔다.

쩌득쩌득—

뼈를 씹어 삼키며 괴물들이 사람들을 향해 달려들었다. 앞서 달리는 여자와 아이들을 감싸기 위해 모든 남자들이, 모든 전사들이 괴물들을 막아섰다.

비명을 올리는 여자들을 구하기 위해 마차에 앉아 있던 창백한 마법사들이 마법을 난사했다. 희미하지만 화염구를 던지는 자와 가시덩쿨을 피워 올리는 자, 얼음 송곳을 던지는 것 등 다양한 수법들이 터졌다.

"빛에 약할지도 몰라!"

한 마법사가 뻬쩍 마른 손목을 들어 수인을 맺었다.

하얀 빛덩이가 순식간에 그들의 머리 위로 떠올랐다. 그러자 괴물들이 비명을 올리며 두 눈을 막았다. 그때를 노려 전사들이 미친 듯 시미터를 휘둘렀다. 하나 목이 날아가고 사지가 날아가도 괴물은 그대로 사라지는 것은 아니다.

"한 번 더!"

화염을 날리던 마법사가 피를 토하며 외쳤다. 그가 던진 화염구가 괴물의 몸을 터뜨렸다. 하나 기뻐하는 찰나, 바로 발밑 모래를 파고들어 온 괴물이 그의 사타구니를 움켜쥐었다. 그리고는 까드득 소리를 내며 산 채로 그의 하체를 찢어버렸다.

"마사이!"

애통한 비명을 지르던 마법사는 피를 토했다. 하얀 빛덩어리들은 그가 피를 토하자 순식간에 흔들리기 시작했다. 그는 다시 수인을 맺으려 했지만 그 뒤를 이어 달려드는 괴물의 손에 옆구리를 잡혔다.

"놓아라!"

마법사의 손이 수인을 맺은 채 괴물의 머리를 후려갈겼다. 퍼엉 하고 괴물의 머리통이 날아갔다. 진땀을 흘리면서도 마법사는 빛을 뿜어냈다. 그나마 빛 속에서 괴물들의 움직임이 둔화한다는 것을 알아낸 것이다.

나는 그를 잡아 텔레포트하려 아까처럼 손을 영상으로 집어넣었다. 그러나 팅 소리와 함께 손이 튕겨 나온다.

"제기랄!"

영상 속에서 피를 흘리는 마법사가 외치고 있었다. 수인을 맺어야만 마법을 유지할 수 있다는 것은 그의 마나가 넉넉하지 않다는 증거였다.

"어서 서둘러! 어서 달아나!"
마법사가 고함을 질렀다. 그의 입에서 피가 흘러나왔다. 그의 귀에서 피가 흘러나왔다. 하지만 이미 그의 마나는 바짝 말라 고갈된 상태였다. 그 증거로 그의 다리는 이미 움직이지 않았다. 그의 발치로 시커멓게 죽어버린 피가 흘러나왔다.

마음이 급했다. 저 마법사는 곧 죽는다. 저 정도로 피를 뿜어낸다면 이미 육체는 붕괴 상태였다.
"텔레포트!"
또 한 번 시도했다. 그런데 웬일인지 되지 않는다. 또다시 팅겨나왔다.
"제기랄!"
한 번 더 시도했다. 또 실패다. 이유를 알 수 없어 트리니티를 돌아보자 그녀의 얼굴이 잔뜩 굳어 있는 게 보였다.
"왜 텔레포트가 안 되는 거지?"
"저쪽에서 지나친 마나가 유동하고 있기 때문이에요."
"그게 무슨 소리야? 아까는 성공했어!"
"저 마법사가 죽기 전에는 이동되지 않아요. 텔레포트는 마법력이 서로 부딪치는 장소에는 연결되지 않아요."
"뭐?"

"마나가 불안정해서 텔레포트가 안 된다는 거예요!"

"서둘러!"

마법사는 그가 일으킨 빛 아래서 시미터를 휘두르는 전사들에게 외쳤다. 빛을 피해 이리 뛰고 저리 뛰는 괴물들을 밀어붙이며 아직도 말에 타고 있는 전사들은 말 옆구리에 힘을 가했다. 한 전사가 손을 뻗어 검은 피를 줄줄 흘리고 있는 마법사의 몸을 안아 올렸다. 구와르였다. 나는 그가 구와르라는 것을 알아보았다. 피투성이가 된 그는 얼굴을 찢겼는지 왼쪽 눈이 있었던 자리에 세 줄기의 깊게 패인 상처만을 남기고 있었다.

"힘내시오!"

마법사는 이미 앞이 보이지 않는다. 그의 안구가 터져 나갔기 때문이다. 그럼에도 불구하고 그는 수인을 풀지 않았다. 입에서는 뭉클뭉클 검은 피가 쏟아져 나오고 귀에서도 피가 흘러나온다.

하얀 빛은 마법사의 뒤를 따라 움직였다. 덕분에 괴물들은 가장 후미에서 달리고 있는 일행을 공격하지 못하고 으르렁대며 간격을 두고 쫓아왔다.

"신이여!"

피를 분수처럼 뿜어내는 마법사를 안은 구와르가 울부짖었다.

"조금만, 조금만 더!"

마법사가 피를 토하며 외쳤다.

그가 뿜어내는 빛은 이미 주먹만한 상태로 줄어들어 있었다. 괴물들의 이빨이 지척에 와서 번뜩인다.

"마신이여! 조금만 더 힘을!"

마법사가 외쳤다. 순간, 그의 몸이 그대로 터졌다.

그를 안고 있던 구와르는 하마터면 앞으로 고꾸라질 뻔했다. 마법사의 몸은 말 그대로 폭발했던 것이다. 그리고 그가 소환한 광원은 마지막 빛을 토하듯 갑자기 화악 불타올랐다. 주먹만하던 그 빛은 사막 전체를 모조리 다 태우듯 태양처럼 빛을 냈다.

꾸어어어억—

까아아악—

달려들던 괴물들이 일제히 사방으로 흩어졌다. 강렬한 빛을 이기지 못하고 눈을 가리며 모래 속으로 파고들어 갔다.

하지만 그 빛은 오래 지속되지는 않았다. 이미 죽어버린 마법사의 마나가 없는 이상 광원이 남아 있을 수는 없는 일. 곧이어 창백한 달빛이 어둠을 지배했다.

나는 이를 갈았다.

저 미약한 마나의 소유자가 마지막 생명력을 불태워 버렸다. 그는 이제 완전히 소멸했다. 영혼마저 소멸해 버린 것이다.

"달려라!"

사라레이가 호통을 쳤다. 그의 바로 옆에 붙은 바이샤는 이미 한쪽 다리를 잃었다. 그럼에도 불구하고 그는 여전히 냉정한 빛을 잃지 않고 있었다.

부녀자들을 호위하며 그는 여전히 맹렬하게 달리고 있었다. 부녀자들 사이에서 달리고 있는 미흐가르의 얼굴이 보였다. 아, 다행이다. 무사했구나.

"조금만 더!"

피를 토하듯 사라레이가 외쳤다.

갑자기 튀어나온 괴물이 그의 팔뚝을 움켜쥐었다. 휘청이는 그의 몸을 바이샤가 막 잡으려는 순간 사라레이는 주저하지 않고 자신의 왼팔을 베어버렸다. 피가 솟구치며 그의 팔을 잡고 있던 괴물이 떨어져 나갔다.

"형님!"

바이샤가 놀라 고함을 질렀다.

"그대로 달려!"

사라레이는 돌아보지 않았다. 그는 고통으로 잔뜩 일그러진 채 이를 악물고 몸을 숙였다. 달리는 말 위에서 이제 그의 몸을 고정시킬 수 있는 것은 두 다리밖에는 없었다. 사라레이는 두 다리로 몸을 고정시킨 채 그대로 달렸다. 그의 뒤를 따라 달리는 자들 중 몇몇이 뛰어오른 괴물에게 잡혀 바닥으로 곤두박질친다. 또 몇몇은 사라레이처럼 놈들의 몸을 향해 시미터를 휘두른다.

그나마 오러를 일으키는 자들은 괜찮았다. 오러의 힘이 없으면 아무리 날카로운 시미터라 해도 괴물의 몸을 베지 못했다. 어떤 자는 창날로 괴물의 몸을 마구 찔러댔지만 괴물은 아무렇지도 않았다.

"꺄아아악!"

"아악!"

아무리 말을 잘 다루어도 공포로 미친 말들을 제어하기란 어려운 일이다. 말에서 떨어진 자들 중에는 말발굽에 밟혀 죽는 자들도 생겨나기 마련.

그때였다. 갑자기 모래를 화아악 헤치며 무언가가 튀어나왔다. 거대한 동굴이 모래 속에 생겨났다.

꾸어억!

괴성과 비명이 뒤범벅된 소리가 괴물들 사이에서 터졌다.

모래가 동심원을 그리며 물결쳤다. 그리고 어김없이 시커먼 동굴이 생겨난다. 괴물은 그 동굴에 빨려들 듯 모래 속으로 끌려들어 갔다. 한 둘이 아니다. 미친 듯이 달려들던 괴물들의 일각이 모래 속에 나타난 동굴에 빨려 사라졌다.

괴물들이 주춤했다. 난데없이 나타난 적에 놀란 듯 모래 속을 쳐다본다.

"모래충이다!"

전사들 중 한 명이 외쳤다.

바이샤가 냉정한 목소리로 명령했다.

"뒤로 물러나! 구보 상태로 말을 움직여라! 멈추지 말고 계속해서 움직여라! 모래충을 끌어 모아야 해!"

그의 명령을 뒤늦게 깨달은 자들이 말을 이리저리 몰며 움직였다.

나는 혀를 찼다. 바이샤의 의도를 눈치챌 수 있었다. 그는 일부러 모래충이 서식하는 곳으로 내달린 모양이었다. 모래충이 아무리 빨라도 미친 듯 달리는 말을 따라잡을 수는 없다. 그래서 괴물과 모래충을 싸우게 할 심산이었나 보다. 하지만 모래충보다 괴물 쪽의 수가 더 많았다. 또한 더 강하다.

영상에 손을 집어넣어 텔레포트하려 했다. 그런데 이번에도 안 된다.

트리니티를 돌아보자 그녀는 눈을 부릅뜨고 있었다. 격렬한 분노가 그녀의 얼굴에 떠올랐다.

"늦었어!"

순간 나는 내 등 뒤로 쏟아져 내리는 거대한 마나의 유동을 느꼈다.

아까까지만 해도 바람만 거세게 불던 허공으로 막대한 마나가 몰려들었다. 서서히 움직이던 마나의 기운은 시간이 흐를수록 광포하게 변하며 밀려들었다.

"뭐야?"

내가 고개를 돌리며 실드를 준비하는 순간 이번에는 트리니티가 손을 번쩍 들어 올렸다.

"$\Sigma \gamma 0 P \pi \pi \emptyset X X \upsilon$!"

하얀 달빛이 사라졌다.

어두운 밤하늘 아래 검붉은 마나의 구름이 대기를 거세게 흔들며 포악한 울음을 토해냈다. 울부짖는 대기. 광소를 내뿜는 마나의 회오리.

눈앞에서 광경을 지켜보던 카셀들은 더 이상 놀라지도 못하고 입만 크게 벌리고 멍하니 광경을 지켜보고 있었다. 놀랄 기력도 남아 있지 않은 듯 그들은 그저 무릎을 꿇은 채 가만히 웅크리고 있었다. 나는 그들을 보호할 심산으로 다시 한 번 실드를 만들었다. 오러 실드로는 부족하다. 별수없이 마법을 썼다.

희뿌연 젖빛 실드가 그들의 머리 위로 사발처럼 드리웠다.

때를 기다렸다는 듯 지옥불과 같은 참혹한 열기가 몸 전체로 후끈하게 느껴졌다. 주변에 느껴지는 엄청난 열기와는 반대로 나는 피가 식는 서늘한 냉기를 느꼈다. 이것은 설마.

광란하는 대기의 울부짖음, 꿈틀거리며 주변을 맴도는 미친 듯한 마나의 파동. 이 모든 것이 의미하는 것은 대규모 마법이었다. 인간이 절대로 써서는 안 되는. 인간이라면 쓸 수가 없는.

"신이여!"

"오오, 신이여."

세상이 멸망하려는 것 같았다.

하늘 위에서 무언가 거대한 마법이 쏟아져 내리고 있었다. 그리고 그것을 트리니티가 비슷한 마법으로 저항하고 있다. 대체, 대체 이게 뭐야?

트리니티의 입에서 신음 같은 고함이 흘러나왔다.

"방어해요!"

섬광 같은 열기가 사구를 덮었다.

허공에 모여졌던 마나는 한 점에 모여 끊임없이 열기를 만들고 모아 맑은 백색의 용권풍을 만들었다. 대기가 달아올랐다. 열기의 기둥은 벼락보다도 빠르게 삽시간에 대지로 쏟아져 내려가 거대한 섬광을 일으켰다. 대지가 타올랐다. 그 기둥에 닿는 모든 물체는 소리없이 증발하듯 영원으로 돌아갔다. 모래들은 전부 다 투명하게 달아오르며 녹아든다. 그리고는 마침내 끓어오르며 증발했다.

지옥의 겁화보다 뜨거운 불. 포아이아 게르토로움.

마족 중에서도 쓸 수 있는 자가 거의 없다는 그것. 끝없는 화염 지옥만을 남기는 마신의 숨결.

　백색의 기둥이 작렬한 부분에 남아 있는 것은 아무것도 없었다. 무심하기만 했던 사막이라 해도 상처를 입은 대지는 신음처럼 열기를 토해냈다. 대지가 피를 흘리는 것처럼 모래가 녹아 시냇물처럼 흘러내렸다.

　눈앞이 뿌옇다. 트리니티가 사용한 것은 그와 반대되는 냉기를 쏟아붓는 마법이었다. 하지만 무리였다. 포아이아 게르토르움이 화염 마법의 극성인 반면 그녀가 쓴 것은 빙결 마법의 중간 단계인 이레인드 혼세임이었다. 하지만 그 잠깐만으로도 열기는 한숨 돌릴 수 있었다. 나는 실드를 네 겹이나 겹쳐 놓았었다. 그리고 그중 세 개가 깨졌다. 덕분에 그 충격으로 내장이 상했는지 비릿한 핏물이 넘어왔다.

　"주인님."

　카셀이 불안한 시선으로 날 바라보았다.

　"움직이지 마."

　피를 뱉어낸 뒤 나는 탐색했다. 지금 대체 무슨 일이 벌어지고 있는 건가. 누가 포아이아 게르토르움 따위를 시전한 거냐? 어떤 미친 놈이.

　곧이어 비가 내렸다. 아니, 정확히 말하면 수증기가 내려앉았다.

　건조하기만 하던 대기는 뜨거운 수증기로 부글거렸다. 실드가 없었다면 이 뜨거운 수증기에 전신이 익어버렸을 것이다.

　백색의 기둥이 사라진 자리, 다시 말해 내가 방금 전까지 서 있던 자리에는 깊이를 알 수 없는 깊은 구멍이 만들어졌고 그 안으로 피처럼 녹아내린 모래의 흔적이 고스란히 남았다.

　달아오른 대기가 만들어낸 자욱한 수증기는 아직도 이글거리는 뜨거운 모래와 더불어 끔찍한 열기를 뿜어냈다. 그 끔찍한 마나의 기운은 아직도 사라지지 않고 허공에 매달려 사나운 혀를 날름거린다.

"다음 것이 또 와요!"

트리니티가 반쯤은 익은 듯한 빨간 얼굴로 외치며 실드를 펼쳐 냈다. 나 역시 다시 한 번 연속해 실드를 펼쳤다.

하나, 둘, 셋, 넷, 다섯. 가슴이 뻐근해졌다. 속이 부글부글 끓었다. 마나 부족이 아니라 충격 때문에 다시 한 번 비릿한 피 냄새가 입 안으로 올라왔다.

소리도 없이 두 번째 빛의 기둥이 먹이를 노리듯 탐욕스럽게 뻗어 내렸다. 아까보다는 훨씬 작은 기둥이었지만 끔찍하다는 점에서는 그다지 차이가 없었다. 한 번 일으킨 수증기 탓에 열기는 그나마 한풀 꺾여 분산되었지만 이번에는 열풍이 일어나 주변을 메웠던 수증기를 날려 버렸다.

"하악!"

나는 다시 피를 토했다. 제기랄, 엄청나게 세다. 그리고 뜨겁다.

"주인님, 괜찮으십니까?"

카셀이 내 상태를 보고 사색이 되었다. 그가 막 엉금엉금 기어오려는 것을 손을 들어 막았다. 집중을 하는 것을 방해하면 곤란하다. 이미 실드가 간신히 버티고 있는 와중이었다.

"제법 뜨겁군."

물론 보통 사람이라면 이미 흔적도 없이 불타오르고도 남았을 열기였지만.

다시 깊은 상처를 입은 대지가 신음을 토해냈다.

연이은 두 번의 충격이 사막 전체를 거칠게 뒤흔들었다. 광란하는 바람이 사구를 감싸고 직접적으로 다시 용권풍을 일으켰다. 불안정해진 대기는 연속해서 세 개의 용권풍을 만들어냈다.

"원, 세상에!"

나는 숨조차 쉬지 못하고 그저 입만 벌리고 있는 남자들을 돌아보다 말고 한숨을 내쉬었다.

용권풍이 세 개다.

이건 실드만으로 안 될지도 모른다. 하지만 견뎌내야 하는데.

나는 전신의 기운을 끌어올렸다. 마나와 마나가 부딪치자 흉포한 야수가 다시 한 번 으르렁거린다. 아직도 기운은 철철 넘친다고. 좋았어. 다시 시작하자. 나는 세 겹의 오러 실드를 연속해서 펼쳐 냈다. 심장이 격렬하게 뛰기 시작한다.

"견뎌라."

나는 조용히 이미 보이지도 않는 트리니티를 향해 말했다.

그녀의 몸은 이미 사나운 용권풍에 휘말려 보이지 않았다. 모래바람이 실드를 뒤흔들며 지독한 굉음을 냈다. 고막을 찢어버릴 듯 끔찍한 소음이다.

"신이여!"

신을 부르는 전사들은 그저 웅크린 채 움직이지 않았다. 나를 믿고 그저 버틸 뿐 그들에게는 어차피 선택이란 없었다. 그리고 보니 카셀 이외에 다른 전사들은 모르는 자들이었다. 카셀은 나와 시선이 마주치자 마치 내가 신이라도 되는 양 경이와 존경의 빛을 담고 바라보았다. 이봐, 남자에게 그런 시선 받아봐야 기쁘지 않다니까.

키키키키킥―

용권풍이 사악한 짐승 같은 소리를 내며 실드에 상처를 냈다. 두 번째 실드가 이미 흩어졌다. 세 번째 실드도 흩어지기 시작한다. 나는 마나를 끌어올려 돌렸다. 가슴이 뻐근해지기 시작했다. 벌써 실드를 최대한으로 펼친 채 적지 않은 시간이 흐르고 있었다. 이들을 전부 이끌고 텔레포트를 하고 싶어도 이 정도로 마나가 뒤틀리면 텔레포트는 불가능하다.

공격한 것은 누구일까.

이 어마어마한 공격을 한 빌어먹을 놈은 대체 누구일까.

약해진 대지는 당장이라도 무너질 것처럼 힘겨운 신음을 흘려냈다.

멈출 것 같지 않던 용권풍이 드디어 멈추자 나는 실드를 거두었다. 머리가 깨질 듯 아팠지만 못 견딜 정도는 아니었다.

지형이 완전히 변해 버린 사막이 눈에 들어왔다. 아까 널려 있었던 시체 따위는 이미 종적도 없다. 방금 전까지 기대고 있었던 모래 언덕도 사라졌다.

"허억, 허억……."

나는 트리니티 쪽을 돌아보았다. 아무도 없었다.

"주인님."

카셀이 날 부축하려고 다가왔다. 그는 재빨리 자신의 에르차를 풀어내 입가에 흐르는 피를 닦아냈다. 다른 자들도 비실비실 일어나긴 했지만 사막으로 걸어나가진 못했다. 아직도 이글거리는 열기가 발바닥을 순식간에 익혀 버렸던 것이다.

"우욱!"

"움직이지 말고 있어라."

내가 명령하자 그들은 엉거주춤 그 자리에 굳었다.

"대체 무슨 일이 벌어지는 겁니까?"

한 전사가 불안한 음성으로 물었다. 끔찍한 괴물의 뒤를 이어 끔찍한 마법을 직격당했으니 당연히 불안할 수밖에.

"괜찮으십니까?"

시퍼렇게 질린 얼굴을 한 카셀은 여전히 물었다. 피를 토하는 이 몰골이 괜찮아 보이냐?

나는 주변을 휘휘 돌아보았다. 어디에도 트리니티의 모습은 보이지 않았다. 설마 하니 정말 이 열기에 휘말려 죽어버렸다는 건가. 불로불사라고 자랑했던 주제에.

그때였다.

"안녕."

차가운 손가락이 가슴을 뚫었다.

Chapter 76

나는 아픔도 느끼지 못했다. 그저 굳어 있었다.
"주인님!"
카셀이 나를 향해 팔을 뻗었다. 그는 나를 자신의 몸으로 감싸면서 그대로 시미터를 휘둘렀다.
키이잉!
카셀의 몸이 순식간에 무너졌다. 그의 상반신이 사선으로 잘려 나가며 내게 뜨거운 피를 뿌렸다. 그의 놀란 듯한 눈과 마주치는 순간 나는 입을 벌렸다.
카셀.
우직하고 천진한 카셀.
"주인님!"

그 모습을 보고 한 전사가 발바닥이 타는 고통도 참고 나에게 달려왔다. 그리고는 순식간에 내 눈앞에서 목이 잘려 나뒹굴었다. 피는 한 방울도 나지 않았다. 나는 뒤를 돌아보려 했지만 뒤이어서 오는 충격에 그저 앞으로 쓰러졌다.

"시시해."

상대는 내 가슴에서 손을 빼내고는 히죽 웃었다. 그의 손가락이 빠지자 분수처럼 피가 솟아났다.

"크윽!"

그제야 고통이 찾아왔다.

"주인님!"

내가 쓰러지는 모습을 보자 넋을 잃고 있던 전사들이 일제히 나를 향해 달려왔다. 저마다 시미터를 휘두르며 홍수를 향해 내지른다. 하나 그들은 내 눈앞에서 펑펑 소리를 내며 터져 버렸다.

"으악!"

"아악!"

피와 살점이 뜨거운 모래에 닿자 치익 소리를 냈다.

홍수는 크크 웃고 있었다. 하얀 얼굴에 붉은 눈을 한 남자였다. 마치 광대처럼 울긋불긋한 옷을 걸치고 있는데 그 모습이 이 상황과 너무나 맞지 않아서 우스울 지경이었다.

화장을 곱게 한 여자처럼 하얀 얼굴에 빨간 입술, 그리고 빨간 눈. 날카로운 손톱과 길죽한 코가 밀림의 앵무새를 연상시켰다.

"키륵키륵."

웃음소리도 이상하다.

나는 천천히 가슴의 출혈을 지혈하며 일어섰다 내장 어딘가가 다친 것 같긴 하지만 최소한 심장이 상한 것은 아니다. 하지만 아프긴 아팠다.

"누구냐!"

"마왕의 심장이라 하더니 만만치 않네. 지킴이 따위도 있고 말이야."

앵무새 놈이 지껄였다.

"넌 누구야?"

"재미없어."

동문서답이다. 전혀 대화가 될 것 같지 않은 놈이다. 광기와도 흡사한 안광이 번뜩였다.

"널 죽이고 싶었어. 마족을 몇이나 죽였다며?"

"……."

나는 욱신거리는 가슴을 억누르면서 겨우 버티고 서 있었다.

온통 시체뿐이었다. 너무 기가 막혀서 말도 나오지 않았다.

이럴 수가. 모조리 다 죽어버렸다. 겨우, 겨우 실드를 펼쳐서 살려놓았는데.

카셀의 두 토막이 난 몸뚱이가 내 발치에서 구르고 있었다. 얼마 전까지만 해도 그는 내게 눈을 흘기며 스와디를 배신했다며 투덜거렸었다. 그는 항상 넉살 좋게 웃었다. 그는 내게 충성을 맹세한다며 시미터를 바쳤었다. 그가 가장 먼저 나에게 충성을 맹세했었다. 스와디의 일족 중에서 가장 먼저.

"근데 미안해서 어쩌나. 네놈은 이제 마법을 못 써."

"뭐라고 지껄이는 거냐. 이 빌어먹을 놈아."

나는 카셀의 시체를 바라보며 중얼거렸다.

"키륵키륵. 네 가슴의 핵을 부쉈거든. 인간이 마나를 느끼는 마나핵을 부쉈다구."

나는 무심결에 심장 근처를 움켜쥐었다.

인간의 마나핵은 확실히 심장 근처다. 그리고 놈은 내 심장 근처를 찔렀다.

"……."

사실이었다.

항상 내 곁에서 키스의 비를 뿌리던 마나의 파동은 더 이상 느껴지지 않았다. 으르렁거리는 마나의 야수도 침묵했다. 진땀이 흘러내렸다. 가슴의 고통이 새삼 사무쳤다.

하지만 나는 창백하고 파리한 마법사가 아니었다.

"한 가지 잊은 게 있는 거 같은데."

나는 검을 쭈욱 뽑아 들었다.

주변의 마나를 이용할 수는 없어도 오러를 사용할 수는 있었다. 오러 블레이드가 기다렸다는 듯이 쭈욱 펼쳐지며 일렁였다.

"호오."

광대인지 앵무새인지 알 수 없는 마족이 괴이한 미소를 머금었다.

"나는 강해."

오러 블레이드가 휘어지며 채찍처럼 날아올랐다. 솟구치는 새처럼 탄력을 보이며 파공성을 낸다. 광대 마족 놈의 옷자락이 휘익 날았다.

"웃지 마. 그 면상, 재수없어."

그의 손이 나를 향하자 강력한 마나의 기운이 바람처럼 강렬하게 밀려왔다. 마나의 기운을 압축한 것으로 기세는 강맹하여 강력한 파괴력을 자랑하듯 허공을 가르며 곧장 날 향해 달려들었다.

하나, 나는 몸을 가볍게 흔들었다. 춤추었다.

그 옛날 원당이 꽃잎을 피하듯 놈이 뿜어내는 마법에 닿지 않고 너울너울 춤추듯 피해냈다. 녀석이 날리는 마법은 내 기다란 옷자락을 뚫으며 그대로 지나갔다. 그리고 저 재수없는 놈에게 얻어맞을 생각은 조금도 없었다.

"정녕 네가 인간이냐?"

마족이 기가 막히다는 듯 바라보더니 곧이어 생각을 바꾼 듯 뭔가를 소환했다. 시뻘건 화염구가 허공에 솟아났다. 무려 수십 개나 되는 화염구가 동시에 허공을 가득 메운다. 꼭 밤에 해가 뜬 것 같은 형상이었다.

"흡!"

그러나. 호흡을 가다듬은 뒤 오러를 휘감은 검이 커다랗게 원을 그리자 검에 맺힌 마나를 따라 나를 중심으로 검푸른 오러 실드가 만들어졌다.

콰아아아앙!

타아아아아앙!

놈이 쏘아내는 화염구들이 맹렬한 기세로 푸른 빛의 방패에 부딪치며 소멸된다. 내부를 진탕시킬 만큼 무지막지한 힘이지만 나는 약하지 않았다. 나는 원당이며, 또한 록그레이드이고, 또한 유데이스 겔이기도 했다. 그들은 모두 인간의 최정점에 서 있던 자들이었다. 검신으로 불리고, 용병왕으로 불렸고, 불세출의 천재라고 불렸던 자들이었다.
그들에게는 마법력이 없었다. 그렇다. 맞아. 그랬다. 그들은 마법이 없이도 자신의 세계에서 최강자라 불렸던 남자들이다.
콰아아아앙.
화염구를 막아선 푸른 빛 무리는 연달아 그물처럼 얇게 퍼져 나갔다. 녀석이 펼쳐 내는 마법이 전부 봉쇄되고 있었다. 마족도 피와 살로 이루어졌다는 것을 나는 안다. 비록 인간과는 좀 다르긴 해도 어쨌든 저것들도 죽이면 죽는다. 그래, 저놈은 죽는다. 내 절대 온전히 죽여주진 않겠다. 저 뭐 같은 코를 뭉개고 아가리를 찢어 개새끼들에게 던져 주겠다. 네놈은 마족 최초의 개밥이 되는 게다.
"죽어."
놈의 코앞으로 달려들어 나는 주먹을 내갈겼다. 뻐억 하고 놈의 몸이 뒤로 튕겨 나가며 내게 날카로운 이빨을 들이대는 소환수를 내민다. 그 소환수의 몸통을 세로로 잘라주면서 나는 블랭크를 던져 넣었다. 하나, 안타깝게도 놈의 실드에 막혀 흩어져 버린다.
문득 나는 알 것 같았다.
왜 시스테이어스가 나에게 소드 마스터의 몸을 주려고 그토록이나 애를 썼는지. 마법사는 마족의 힘을 빌어 쓰는 자이다. 하지만 오러 유저는 스스로의 힘으로 오롯이 서는 자다. 그리고 소드 마스터는 오러 유저의 정점에 서 있는 자다.
지금의 나처럼.
콰콰콰쾅!
예전 데블린 후작이 휘두른 오러 블레이드는 마법을 쓰던 나를 압도

했다. 그는 마나를 제어했다. 그리하여 마법을 쓰려는 그 순간 달려들어 마나의 흐름을 깨고 공격했었다.

"커억!"

나 역시 녀석의 몸을 후려쳤다. 손바닥에 일렁이는 오러가 빛을 뿜었다. 고이는 못 죽여준다니까. 놈의 두개골 일부가 함몰되었다. 놈의 코는 이미 자취를 감추었다.

"이놈이!"

캐스팅할 시간을 안 주면 된다. 물론 마족의 캐스팅은 인간의 것과는 달리 엄청나게 빠르지만 나 역시 보통 인간은 아니지 않은가.

블링크는 안 써도 될 만큼 몸놀림이 빠르다. 쑤욱 하고 화살이 날아가는 것처럼 직선으로 날아가는 몸은 마족이 움직이려는 마나의 유동을 느끼며 막아섰다. 마나의 흐름을 깨면 마법은 성립되지 않는다.

"제기랄! 소환!"

놈이 뭐라 외쳤다. 하지만 마나 배열이 끝까지 이루어지기도 전에 내가 뿜어내는 오러가 마나의 흐름을 단숨에 깨뜨렸다. 이렇게나 몸을 자유자재로 움직일 수 있다니. 내가 이토록 빠르다니…….

"어억!"

놈의 옆구리를 손가락으로 뚫었다. 부욱 잡아 뜯자 그토록이나 복원력이 강하다는 마족의 살갗이 찢어지며 내장이 흩어졌다. 절대로 고이 죽여주지 않겠다고 했지.

나는 강하다. 나는 강했다.

원당이, 내 손을 통해 살아나고 있었다. 그의 위엄이, 모든 이들이 경배하던 그의 힘이 내 손끝에서 펼쳐졌다.

검이 날았다. 오러 블레이드가 날았다. 수백으로 비산하는 오러 블레이드는 마족이 뿜어내는 화염구들을 일제히 폭발시키며 튀어 올랐다.

"하늘과 땅에 백화가 가득하니."

나는 한 번 검을 휘두르며 발끝을 쳐올렸다. 이건 춤이었다. 내내 내 뇌리 속에서 움직이던 춤이다.

꽃이 피어난다. 하얀 꽃이 피어 향기를 뿜었다. 검이 뿌려내는 오러 블레이드 속에서 꽃이 피었다. 그리고 그 향기가 사방으로 퍼져 나간다. 나는 황홀경에 빠졌다. 어떻게 인간이 펼치는 검에서 향기가 날 수 있는 것일까.

"그 향기 세상 모든 것을 덮도다."

하얗게 타오르는 오러 블레이드는 원래의 내 색채였던 검푸른색을 압도했다. 그리고 모든 것을 압도했다.

굉음이 일었다. 하지만 나는 그 소리를 듣지 못했다. 그저 환상을 보았다.

하얀 옷을 입은 원당이란 거대한 사내가 휘두르는 검이 수십, 아니, 수백 페키를 아우르며 그대로 짓누르는 모습. 그 엄청난 압력에 대기가 들끓고 땅이 울부짖는다. 그가 소매를 떨치자 땅이 갈라지고 산이 무너진다. 그의 검이 포효했다.

그가 문득 날 돌아보았다. 이렇게 정면으로 그를 본 것은 처음이었다. 굵은 눈썹, 부리부리한 눈매. 두터운 입술. 마치 거목을 연상시키는 사내다.

그가 나를 향해 웃었다.

검이 마음에 드나?

그가 물었다.

최고야.

나도 따라 웃었다. 정말 최고라니까.

내가 원당인지 원당이 나인지 혹은 이 모든 것이 다 꿈인지 알 수 없었다. 하지만 나는 계속해서 움직이고 또 움직여 원당이 가졌던 기예를 뽑아냈다. 그래, 그것이면 충분했다.

앵무새 놈. 나는 마법사이며 동시에 검사이니라. 마법을 못 쓴다고 허우적거리며 울부짖지는 않아. 내게는 든든한 아군들이 붙어 있다구.

콰콰콰쾅.

"이, 이럴 수가……."

앵무새 놈은 납작해져 있었다. 놈의 몸이 반 토막이 난 채 뇌수가 줄줄 흘러내리는 게 보였다. 검이 가한 압력을 못 이겨 몸이 터져 나간 것이다.

"네, 네놈이 진짜 인간이란 말이냐? 이, 이건… 이건, 말도 아……."

놈의 혀가 터졌다. 눈알이 터지고 곧이어 온몸의 혈관이 터져 줄줄 체액을 흘린다. 놈의 몸은 뼈대가 되는 것이 부서지고, 무너지며 마치 모래탑이 무너져 내리듯 흘러내렸다. 그리고는 대가리만 남았다. 반쯤 부서진 그 머리만.

뜨거운 바람이 불었다.

나는 멍하니 반쯤 부서진 머리를 바라보고 있었다. 아주 기묘한 기분이었다.

원당과 화해했다.

그는 가장 거북했던 존재였다. 내가 아는 존재 중에 가장 강한 데다가 스스로 마족과 계약한 것도 아니었다. 그는 그의 왕에게 희생당한 인물이었다. 그래서 그에게 가장 미묘한 감정을 느끼고 있었다.

"하아……."

그런데 그도 웃었다. 록그레이드가 그랬듯 그도 웃었다.

나도 모르게 잔뜩 머리칼을 쓸어 올리며 검을 어깨 위로 올려놓았다. 문득 나는 이것이 원당의 버릇이라는 것을 깨달았다. 싸움이 끝난 뒤 검을 어깨에 올려놓는 버릇.

나도 모르게 웃음이 나왔다. 싫지 않았다. 아무려면 어떠랴. 그가 나고, 내가 그라 해도 뭐 어떠랴.

"트리니티?"

나는 그녀를 찾아보았다.

사방은 조용했다. 사막은 이제 너무나 조용하다.

또 다른 마족이 찾아올까. 나는 한숨을 내쉬었다. 온몸이 뻐근하다 못해 욱신거렸다. 이제 보니 나, 꽤 다친 상태였다. 가슴에는 구멍이 뚫렸고, 탈진하기 직전이다. 오르를 이렇게나 많이 사용해 본 것은 난 생처음이 아닐까. 하, 내가 생각해도 정말 엄청나군. 이 일대가 아예 반들반들 윤이 날 정도로 모래가 녹아버렸는걸.

숨이 턱턱 막히는 열기는 아직도 줄어들지 않았다. 더 큰 문제는 해결된 게 아니다. 사라레이와 바이샤를 뒤쫓던 괴물들과 다이사는 여전히 존재했다.

문제는, 내가 마법을 쓸 수 없다는 데에 있었다. 이 넓은 사막에서 그들을 어떻게 찾나?

"트리니티!"

나는 일부러 큰 소리로 외쳤다.

방금 전까지 그들을 가볍게 찾아낼 수 있었다. 그런데 지금은 그 방법이 통하지 않는 것이다. 설마 정말로 트리니티가 죽어버린 걸까?

"트리니티!"

"나, 안 죽었어요."

갑작스런 말에 나는 홱 고개를 돌렸다.

죽어버린 마족이 쓰러진 곳에 그녀가 서 있었다. 완전한 나체로.

"어떻게 된 거야?"

"부활하는 데 시간이 걸렸죠."

그녀는 피식 웃으며 풍만한 나신을 부끄러워하지도 않은 채 내 앞으로 걸어왔다. 그리고는 피가 뒤엉킨 내 가슴을 물끄러미 바라보았다.

"…다친 곳은?"

"없어요."

알몸이긴 했지만 다친 곳은 없어 보였다. 바라보는 게 좀 민망하긴 하다.

"핵을 다쳤군요."

"그래."

"별수없이 날 잡고 이동해야겠네요."

그녀는 담담히 말하며 미소 지었다. 어쩐지 옷을 입고 있었을 때보다 벗고 있는 지금이 더 더욱 청순해 보였다.

"뭐라도 걸치는 게 좋겠어."

나는 한숨을 삼키며 쓰러져 있던 전사의 검은 옷을 벗겼다. 이미 죽은 자에게 옷은 필요없을 테니까. 그녀에게 옷을 걸쳐 주자 트리니티는 부드럽게 웃었다.

문득, 그 얼굴에 무언가가 겹쳐졌다.

작은 체구에 사랑스럽게 웃던 여인. 박수를 치고 미소 지으며 나를 바라보던 여인. 아니, 원당을 바라보았던 여인. 나비처럼 팔랑팔랑 날아오르던 아내.

"…소희?"

나는 숨을 멈췄다.

트리니티의 얼굴도 굳었다. 그녀는 더 이상 웃지 않았다.

대신 순식간에 바짝 마른 나뭇잎처럼 시들어 버린 표정으로 날 올려다보았다.

"기억해 냈나요?"

그녀가 조용히 물었다.

"네가, 네가 설마 소희야?"

나는 가슴을 부여잡은 채로 물었다.

사실 이건 말이 안 되는 일이다. 눈앞에 있는 이 여자가 원당의 아내인 소희일 리가 없지 않은가. 그녀는 인간이었고 또 이런 얼굴이 아니었다. 게다가 그 세계와 이 세계는 너무나 다르다.

"난 소희가 아니에요."

트리니티는 조용히 말했다.

"전에도 말했지만 나는 반마인 트리니티지요."

"그렇겠지. 네가 소희일 리가 없지. 그럴 리가 없어."

나는 혼자 중얼거리면서 한 걸음 뒤로 물러났다. 그런데도 불구하고 자꾸만 이상한 느낌이 든다. 어째서 나는 그녀에게서 잘 기억도 못하는 소희라는 원당의 아내를 떠올리는 건가.

"하지만 한 가지. 나는 예전 당신의 아내이기도 했어요."

"뭐?"

"당신이 유데이스였을 때, 나는 당신의 두 번째 아내이기도 했었지요. 물론 당신은 전혀 기억하지 못하고 있는 거 같지만."

그녀는 두 손을 들어 올리며 활짝 웃었다. 그늘진 웃음이었다.

"또한 당신이 떠돌이인 용병이었을 때 나는 당신의 고용주가 되기도 하고 당신의 파트너가 되기도 했었답니다. 물론, 이 모습은 아니었지요."

주먹을 꽉 쥔 채 나는 그녀를 뚫어져라 바라보았다. 그녀가 항상 내 곁에 있었던가. 그녀는 항상 내 옆에?

"나는 당신의 딸이자 누이예요, 록베더."

그녀는 조용히 웃었다. 문득 그녀의 얼굴이 미묘하게 흔들리며 변했다.

검은 머리, 검은 눈을 한 여인으로, 그리고 또 금발의 푸른 눈을 한 여인으로, 또 뒤이어 붉은 머리에 붉은 눈을 한 여인으로. 또다시 적금발의 요염한 보랏빛 미인으로.

그녀는 끊임없이 변했다.

"아주 옛날 어떤 왕이 욕심을 냈어요. 그는 너무나 강한 부하를 가지고 있었죠. 물론 배다른 동생이긴 했지만 그건 아무도 몰랐어요. 왕만이 알고 있었죠. 왕은 그 동생이자 부하인 남자가 자랑스럽기도 하고 뿌듯하기도 했지만 한편으로는 증오했어요. 그가 있는 한 아무도 자신을 진정으로 따르지 않을 거라 생각했던 거지요."

트리니티는 내가 걸쳐 준 옷을 천천히 입었다. 피가 묻긴 했지만 그래도 그럭저럭 알몸을 가려주었다.

"왕은 고민하다가 고대의 서책에서 악마를 부르는 법을 발견했어요. 그리고 악마를 불렀지요. 그런데 그 악마와 계약하고 그 힘을 빌리려면 한 가지 문제가 있었어요. 왕이 가장 소중하게 여기는 것을 제물로 바쳐야 하는 것이었죠."

원당의 이야기였다.

"왕은 자신에게 가장 소중한 것이 나라라고 생각했어요. 왕의 지위라고 생각했죠. 그런데, 의외로 악마가 원한 것은 바로, 그의 라이벌, 그의 배다른 동생, 그의 충실한 부하, 동시에 사위였던 남자였어요."

그녀는 나의 뺨을 어루만졌다. 애정 어린 손길이었다.

"그래요. 왕은 그 강한 남자를 자신의 동생이라 인정하고 싶지 않았어요. 만약 그가 선대 왕의 핏줄이라는 게 밝혀지면 그를 추종하는 무리들이 가만히 있지 않을 테니까. 그래서 그는 더없이 강한 그에게 모른 척하고 자신의 딸을 아내로 주었던 거죠. 남자는 자신의 아내가 바로 조카라는 것도 몰랐어요. 하지만 딸은 알고 있었죠. 딸은 남편이 자신의 숙부라는 것도 알았어요. 하지만 침묵했어요. 사랑했으니까."

머리가 지끈거렸다.

"그리하여, 비극이 시작되었어요. 왕은 자신이 가장 증오한다고 믿었던 존재가 사실은 가장 소중한 존재라는 것을 깨달은 동시에 잃었고, 딸은 사랑하는 아버지에게 남편을 잃었죠. 딸은 아버지를 증오하고 또 증오하고 또 증오한 끝에 악마를 불러내 계약을 했어요."

그녀의 눈이 처연하게 빛났다. 당장이라도 눈물이 쏟아질 것 같았지만 눈물은 나오지 않았다.

"아이를 낳지 못하는 몸인 그녀는 악마의 아이를 가지고 싶다고 원했어요. 대가는 자신의 생명. 자신의 심장."

두근.

갑자기 가슴이 미친 듯이 두근거리기 시작했다. 내 가슴속에 있는 무언가가 울부짖기 시작했다. 몸이 부들부들 떨렸다. 이럴 수는 없어. 이럴 수는 없어!

"악마는 아이를 주었어요. 그녀는 죽었지만 어쨌거나 딸을 얻었어요. 악마는 그녀의 심장을 가지고 아이를 만들었지요. 그 심장과 자신의 마나를 기초해 만든 생명. 그것이 바로 나예요."

가슴이 터져 나갈 것 같았다.

소희가, 소희가 죽었다. 그녀를 지키기 위해 기꺼이 제물이 되었는데 바로 그녀가 마족과 계약해 죽은 것이다. 내가 그리도 사랑했던, 아니, 원당이 그리도 사랑했던 소희가 마족과 계약해 죽었다.

"크, 우우우욱!"

나는 가슴을 쥐어뜯으며 주저앉았다.

이건, 이건 너무나 지독하지 않은가. 원당과 막 화해한 이 시기에 이런 끔찍한 사실을 알게 되다니. 원당에게는 너무 심하다. 아니, 내게도 심하다. 아니, 우리 둘 다에게 너무 심하다.

"나는 태어나자마자 달려들어 가 왕을 죽였어요."

트리니티가 그런 나를 보면서도 담담히 말을 이었다.

"어머니가, 소희가 원한 게 바로 그거였으니까요. 친아버지를 죽일 수 없으니 악마의 딸이 아버지를 죽여주길 바란 거였거든요."

그녀는 조용히 말했다.

"화를 내지 말아요. 슬퍼하지도 말아요. 만약 내가 반마가 되지 않았더라면 어머니인 그분은 절망에 빠져 미쳐 버리고 말았겠죠."

그녀는 주저앉아 있는 내 머리를 끌어안았다. 입술이 이마에 닿았다.

"원당, 나의 아버지. 록베더, 나의 오빠. 나는 '당신들'을 찾기 위해 수많은 공간과 시간을 헤매고, 또 헤맸어요. 만약 그분이 아니었다면 나는 '당신들'을 찾을 수 없었을 거예요. 나는 원당을 찾아 헤맸지만 한편으로는 당신을 찾아 헤맨 것이기도 해요."

그녀의 차가운 입술이 내게 닿았다. 그녀는 나를 애정 어린 눈길로 바라보았다.

"나와 당신은 같아요. 당신과 나는 마치 형제와도 같아요. 어머니의 심장으로 만들어진 나와 마왕의 심장을 나누어 받은 당신. 그래서 나는 당신의 딸이자 누이라 말했어요."

그녀의 손이 상처 입은 가슴에 닿았다. 그녀는 옷깃을 헤쳐 피범벅이 된 상처에 키스했다.

"이번 생에서 당신은 많이 변했어요. 무엇이 당신을 변하게 했는지는 몰라도 나는 정말로 기뻤어요."

그녀가 미소 지었다.

"당신이 변한 것이 너무나 기뻐요, 오빠."

순간, 그녀가 내 품 안에서 녹아들었다. 아니, 녹아든 것인지 아니면 꺼져 버린 것인지 그것은 알 수 없다. 흐릿한 빛과 함께 그녀가 내 품 안에서 사라졌다. 말 그대로 물거품처럼 사라져 버렸다.
 털썩.
 나는 멍하니 내 두 손 안에 남은 검은 옷가지를 바라보았다.
 내가 걸쳐 주었던 옷가지만 남긴 채 그녀는 사라졌다. 내 팔 안에서.
 그와 동시에 나는 텔레포트를 했다.

 끔찍한 밤이 지나가고 있었다.
 피범벅이 된 자들 중 살아남은 자가 몇이나 되는가.
 새벽이 다가오고 있다. 끔찍한 살육으로 점철된 밤, 피로 물든 사막이 눈을 뜬다. 나는 그저 멍한 기분이었다. 갈가리 찢긴 가운은 피투성이였다. 그 피투성이가 된 옷을 걸친 채 나는 원당의 검을 닮은 내 검을 질질 끌며 걸었다.
 차가운 모래가 기분 좋았다. 방금 전까지 열기로 이글대는 지옥 속에 있다가 모처럼 새벽의 습기에 젖은 모래를 밟으니 상쾌하기 짝이 없었다.
 상쾌라······.
 이게 상쾌한 기분인가.
 트리니티의 보랏빛 눈을 닮은 하늘이 점점 푸른빛을 띠며 변해간다. 이글대는 태양이 다시 고개를 들며 사막을 데운다.
 멀리 모여 있는 사람들이 보였다. 잔뜩 지쳐서 늘어진 사람들이 바위 위에 옹기종기 모여 앉아 있었다. 온전한 몰골을 한 자들은 하나도 없다. 다들 피투성이에 먼지투성이, 거기에 반쯤은 넋이 나간 자들로 가득하다.

"주인님!"

미흐가르의 고함 소리가 들렸다.

여태껏 비명과 재수없는 놈들의 괴성만 들었던 터라 미흐가르의 소년다운 목소리는 정말 꿀처럼 달콤했다. 미흐가르는 나를 발견하자마자 미친 듯이 달려왔다. 그뿐만이 아니다. 구와르나 낯익은 전사들도 와르르 달려나온다.

"주인님! 주인님!"

내 발치에 쓰러지며 발등에 키스를 퍼붓는 미흐가르 녀석은, 아무래도 노예 근성이 뼛속까지 박혔나 보다.

"주인님, 무사하셨군요!"

구와르는 얼굴의 반쪽을 붕대로 둘둘감아 놓은 상태였다. 피로 젖은 붕대를 보고 나는 손을 뻗었다.

"$\zeta \eta \, \theta \, \Psi$!"

흰 빛이 일렁이며 그의 상처로 스며들었다.

"어?"

구와르가 얼결에 상처 부위를 눌렀다.

"살아남은 자들은 몇이냐?"

구와르가 뭐라 말하기 전에 묻자 벙벙한 얼굴이 되어 자기 상처를 이리저리 누르던 그가 대답했다.

"칠십 명 정도입니다."

침울한 어조였다.

나는 다리를 질질 끌면서 걸었다. 머리가 아프다. 그러고 보니 나도 나름대로 만신창이다. 가슴에는 구멍이 뚫렸지, 내상 입었지. 마나는 고갈되었지.

"칠십 명 남았다구?"

"네."

나는 바이샤와 사라레이를 찾아보았지만 금방 눈에 띄지는 않았다. 미흐가르가 눈치 빠르게 나에게 수통을 내밀었다. 가죽 냄새가 풀풀나는 수통이었지만 나는 목이 너무 말랐기에 그냥 들이켰다.

"모래충과 괴물들이 어젯밤 격돌했습니다. 그래서 그럭저럭 버텼지요. 바이샤 전하께서 잘도 인도하셨습니다."

"그래."

봤다는 말은 안 했다.

"한숨 자자."

나는 그렇게 말하고 나에게 일제히 인사를 해오는 전사들을 향해 손을 가볍게 흔들어주었다. 무릎을 꿇는 자들을 힐끗 보다가 불안한 시선을 던져 오는 여자와 어린애들을 발견했다. 그럭저럭 7, 80여 명은 되는 것 같다. 전사들은 죽어가면서도 이들은 지켰나 보다.

"고모부님."

파리한 얼굴의 바이샤가 날 맞이했다.

"무사하셨군요."

"그래. 한숨 자겠다."

"그 괴물들은……."

나는 바이샤를 흘긋 보았다. 그의 다리는 어젯밤 보았던 대로 오른쪽 다리가 잘린 상태였다. 무릎 아래가 없다. 창대로 간신히 버티고 서 있다.

"ζη θ Ψ!"

가볍게 치유술을 써주자 바이샤의 눈이 커졌다.

"너도 쉬어라. 간밤엔 애썼다.

"마, 마법을 할 줄 아십니까? 아, 훨씬 덜 아픈데요?"

놀란 그가 입을 쩌억 벌리며 물었지만 무시했다.

"그녀는 어젯밤 반 토막이 났으니 하루 이틀 정도는 나오지 않을 거다. 지금 쉬지 않으면 쉴 틈이 없어."

나는 하품을 했다.

"그, 그녀를 만났습니까?"

바이샤가 놀라 캐물었다. 나는 그 말도 무시했다.

"사라레이는?"

"부상이 심해서 쉬고 있습니다. 저, 고모부님, 정말로 그녀를 만났습니까?"

나는 바이샤의 얼굴을 보다가 사라레이에게로 가자고 손짓했다. 부상이 심하다면 최소한 응급 처치라도 해주어야 할 듯싶다. 하지만 그것도 바위 위에 길게 누워 있는 부상자들을 보면서 마음이 바뀌었다. 괴물들이 낸 상처는 검상 정도가 아니다. 살점이 패이고 사지가 떨어져 나가는 끔찍한 것들이었다.

내장이 다 튀어나온 자도, 팔이 뽑혀 나간 자도 있었다. 물론 죽은 자도 많았다.

그들 모두에게 전부 다 치유술을 써주기에는 내 상태가 극히 좋지 못했다. 나는 사라레이의 상처를 들여다보았다. 다른 자에 비해서는 경미하다. 팔이 잘리긴 했지만 오러로 휘감긴 검날에 베인 터라 출혈도 거의 없다. 거기에 복부를 좀 얻어맞았나 보다. 내장이 좀 상했을 수도 있겠지.

바이샤는 제 형을 치료해 달라는 얼굴로 기다리고 있었지만 나는 무시했다. 그보다 심한 상처가 널렸다. 일족의 전사들을 골라 적당히 치유술을 행했다. 사실 마법이 전능하진 않다. 내가 해줄 수 있는 것은 응급 처치일 뿐이다. 출혈을 멈추게 하고 곪는 상처를 씻는 정도다. 그래도 이런 곳에서 아무것도 하지 않는 것보다야 훨씬 낫겠지.

"주인님, 쉬시지요."

미흐가르가 생채기투성이 얼굴로 내 뒤를 따르면서 모포를 내밀었다.

"아아."

나는 그가 펼쳐 준 모포에 엉덩이를 붙이고는 먹을 것을 내미는 구와르에게 말했다.

"카셀이 죽었다."

"……."

구와르의 얼굴은 침중해졌지만 아무런 말도 하지 않았다.

"도망가라니까 말도 안 듣고 유인한답시고 끼어들더니만."

나는 한순간에 두 토막이 난 카셀을 떠올렸다. 털털하고 성격 좋은 카셀. 충직하고 우직한 카셀. 제기랄.

식욕은 전혀 없었다. 먹을 것을 마다하고 나는 눈을 감았다.

문득 꿈을 꾸는 게 무서워졌다.

하도 더워서 절로 눈이 떠졌다. 열신의 계절이라더니 덥긴 정말로 덥다.

하늘은 새파란 빛을 머금은 채 용광로처럼 뜨거운 태양을 내밀고 있었다. 다행히 샘가라 사막 한가운데보다야 확실히 시원하다.

"앞으로 어떻게 되는 거지?"

"여기서 모두 죽는 거 아냐?"

"밤이 되면 괴물이 나올 텐데."

히잉히잉 우는 어린애 소리도 들렸다. 너무나 극심한 공포에 시달린 사람들이었다. 무리도 아니다. 밤새도록 괴물에 시달리는 악몽을 꾸었을 것이다. 아니, 잠도 자지 못했을지도.

"깨셨습니까?"

미흐가르가 말린 과일과 물수건을 가져다주었다. 그래도 음식을 지니고 있었는지 내 시중을 든답시고 바지런하게 굴었다. 쉬었더니 그래도 몸이 견딜 만했다.

한숨 돌리고 천천히 몸 상태를 점검해 보았다. 마나 고갈은 이제 그럭저럭 면한 상태였다. 가슴의 상처는 숨쉴 때마다 아프긴 하지만 교묘하게 뼈와 뼈 사이를 지나간 터라 크게 무리하지 않는 이상 덧날 이유는 없는 듯싶다. 하지만 앞으로 무리해야 할 일투성이니 방심할 수는 없다.

"아, 아가씨는?"

미흐가르가 문득 생각났다는 듯 물었다.

"트리니티는 행방불명."

나는 무덤덤하게 대꾸했다. 그 말에 미흐가르의 얼굴이 흐려졌다. 역시 이 아이는 트리니티를 좋아하고 있던 모양이다.

"그 애는 안 죽으니까 걱정할 것 없어."

나는 덤덤하게 말하며 가슴 언저리를 어루만졌다. 마나핵이 복구되었다. 이게 그녀의 힘인지 아닌지 잘은 모르겠지만 어쨌거나 트리니티가 매만진 뒤부터 복구된 걸 보면 상관은 있을 터였다.

"……."

그래, 불로불사라 했다. 마족의 마나로 만든 반마다.

손목이 잘리고 전신이 불타올라도 재생하지 않았던가. 그녀는 죽지 않았을 것이다. 아마 마나 고갈을 느끼고 어딘가에 처박혀 있겠지.

"고모부님."

사라레이와 바이샤가 다가왔다. 절룩대는 미남자는 썩 좋아 보이지 않는다. 나는 바이샤의 파리한 낯짝과 허옇게 일어난 사라레이의 지친 낯짝을 번갈아 보았다.

"괜찮나?"

"이 정도는 괜찮습니다."

사라레이가 어설픈 웃음을 지어 보였다. 이 녀석은 정말로 이상한 데서 강인한 모습을 보였다. 전사에게 있어 팔을 잃었다는 게 얼마나 치명적인 것인데 이처럼 태연한지. 아니, 태연한 척하는 건가.

"팔이 하나뿐이니 말을 몰기도 어렵잖아?"

내 말에 그는 고개를 저었다.

"사막의 마신도 한쪽 팔뿐이었는데요."

"사막의 마신?"

내가 그를 쳐다보자 사라레이는 다시 웃었다.

"아아, 모르십니까? 사막의 마신, 검은 눈의 마신 말입니다."

"노래도 들었고, 그 이름도 들은 적 있어. 그런데 그 마신이 외팔이 였나?"

어리둥절해서 되묻자 옆에 있던 바이샤가 끼어들었다.

"네, 분명히 그렇답니다. 전설에 따르면 사막의 마신은 친구와 동맹자에게 배신을 당해 일족을 모조리 잃고 거기에 팔도 잃은 상태로 일어나 복수를 합니다."

"혼자의 힘으로 말이죠."

사라레이가 힘주어 말했다.

나는 무심코 그 이야기를 들으며 물을 마시다가 하늘 위를 날고 있는 새를 발견했다. 독수리였다. 시체를 뜯는 독수리. 흔히 보던 독수리였는데도 갑자기 몸이 굳었다.

"사막의 마신이란 그 말이… 그냥 신화나 그런 게 아니었나 보군."

나는 멍하니 독수리를 바라보았다.

시체가 나오면 뜯기 위해 호시탐탐 노리고 있는 독수리. 그리고 그 독수리의 피로 목을 축이며 되살아난 유데이스 겔. 시체로 뒤덮인 사막에서 홀로 울부짖던 남자. 왼쪽 눈과 오른쪽 팔을 잃고 마족과 계약한 남자.

"검은 눈의 마신……."

문득 바이샤가 하늘을 올려다보고 있던 나에게 얼굴을 들이밀고는 이상한 얼굴을 했다.

"고모부님?"

"왜?"

그뿐만이 아니라 사라레이도 이상한 얼굴을 했다. 아니, 그들의 얼굴에 순간 공포와 경이가 교차했다. 그들만이 아니다. 미흐가르도, 구와르도 눈을 부릅뜨고 있었다.

"다들 왜 그래?"

"눈이……."

"눈이 검은색으로 바뀌셨습니다!"

구와르가 비명처럼 소리를 내며 말했다.

나는 얼결에 내 눈으로 손을 가져가 대었다. 검은색으로 눈이 바뀌었다고? 분명 나는 눈을 초록색으로 바꿨었는데.

미흐가르의 단검을 빼어 눈을 비춰보자, 실제로 내 눈빛은 검은색으로 바뀌어 있었다. 그것도 그 옛날 유데이스가 잃었던 왼쪽 눈만이 검은색으로 되돌아가 있었다.

"……."

검은 눈의 마신.

그것이 너였나, 유데이스 겔. 원당과는 달리 이런 식으로 자기를 알리는 거냐? 거참, 의외로 쪼잔한 인물이로구만. 나는 절로 허탈한 웃음이 새어 나왔다.

사막의 마신이 사막을 피로 물들인다는 그 노래가, 그 검은 눈의 마신에 대한 이야기가 그처럼 마음을 끌었던 것은 그의 이야기였기 때문이었는지도 모른다.

"하하……."

내가 리베이드로 온 것이 단순한 우연만은 아니었던 건가. 그와 나의 인연이라는 것이 과거에서 미래로, 미래에서 과거로 이렇게나 엉켜 있었던 거였다. 나는 피식 웃고 말았다. 오히려 그가 정말로 실재했다는 것을 느끼게 되니까 마음이 놓였다.

시체 더미 위에서 독수리를 산 채로 뜯으며 복수를 다짐하던 검은 눈의 쪼잔한 남자. 그래, 쪼잔하지. 절대로 그냥 사라지진 않는다는 거지? 그대는 확실히 나의 속에 있다. 그냥 사라진 게 아니야. 충분히 인정하지. 원당이 최강자라면 그대는 쪼잔함의 최강자다.

리베이드에서는, 사막에서는 잔혹한 복수는 불문율이라 했다. 그리하여 그의 강인함이 전설이 되었다.

나는 나머지 오른쪽 눈도 천천히 검은색으로 되돌렸다. 억지로 눈동자의 색을 바꾸어보았자 이 깊은 인연에는 당해낼 수 없는지도 모른다.

내 눈이 결국은 검은색으로 바뀌자 옆에서 보고 있던 자들이 신음을 터뜨렸다. 그러나 그 사막의 마신이라는 전설을 나와 결부 짓고 있던 자들이어서인지 날뛰는 자들은 없었다. 그저 경이의 눈으로 보고 있을 뿐이었다. 그 시선이 조금 민망하긴 했다.

"앞으로 어떻게 하실 참입니까?"

한참 뒤에야 바이샤가 조심스런 음성으로 말을 걸었다.

"데카르로 가야지."

내 대답에 그들은 잠시 침묵했다.

"차라리 북쪽으로 올라가 다른 전사들과 합류하는 게 더 빠를 것 같습니다만."

사라레이가 주저하며 입을 열었다.

"글쎄, 저기 있는 부녀자들을 이끌고 또다시 괴물의 숲을 헤치고 나갈 순 없을 텐데."

내 말에 그들은 고개를 돌려 샘가에 옹기종기 모여 있는 피난민들을 보았다. 지치고 겁에 질린 그들은 밤새 겪은 일로 거의 탈진 상태처럼 보였다. 그들 중 성인 남자로 보이는 자들은 거의 없었다. 다들 나름대로 가족들을 지키기 위해 움직이다가 죽임을 당한 것이리라.

내로라하는 전사들만이 모였는데도 겨우 칠십여 명만이 남았다. 지독한 격전이었다. 보통 사람들이 살아남는다는 게 기적에 가까운 일이었다.

적당히 끼니를 때우고 있을 즈음이었다.

피난민들 중에서 늙수그레한 노인네 하나가 다가왔다. 그가 마을의 장로 중 하나라는 것을 곧 기억해 냈다.

"나리."

노인이 하룻밤 새에 팍삭 늙은 얼굴로 인사를 했다.

"여자들과 어린애들이 불안해하고 있습니다. 앞으로 어떻게 행로를 정하실 것인지요?"

어제의 떨떠름한 얼굴은 사라지고 없었다. 그도 역시 마을 사람들을 지키기 위해 전사들이 죽어갔다는 것쯤은 알고 있는 모양이다. 마을에 그대로 있었으면 몰살이었다는 것도.

"…데카르로 남하할 거다."

나는 잠시 생각하다가 말했다.

"네에. 그런데… 그 괴물들은 대체 어떤 겁니까? 하도 흉흉한 이야기들이 돌고 있으니 나리께서 한말씀 해주시는 게……."

불안해서 견딜 수 없다는 듯이 노인이 두 손을 모으고도 비비 꼬았다. 특별한 상처는 없었지만 노인의 몸도 온통 생채기투성이였다.

나는 사라레이를 돌아보았다.

"네가 사람들을 이끌면 되겠다."

"고모부님이 계신데 제가요?"

사라레이가 눈을 크게 떴다. 나는 바이샤와 구와르를 번갈아 보며 말했다.

"너희들은 피난민들을 이끌고 남하해 데카르로 피난하도록 해라. 나는 그 괴물들을 쫓아 북상할 생각이다."

"고모부님! 여기서 병력을 나누는 것은 말도 안 됩니다!"

"안 나눠. 나는 혼자 간다."

"안 됩니다!"

바이샤가 벌떡 일어났다. 구와르도 눈을 부릅뜨며 반대했다.

"고모부님이 혼자 가시다니요. 그 수많은 괴물들을 어쩌시려고요! 게다가 그 사악한 마법사 계집이 어떻게 나올지도 모르는데 이 험난한 사막을 혼자 건너신다고요?"

"그렇습니다. 저희들은 일족의 전사들입니다. 족장께서 혼자 괴물을 쫓아가신다니. 그건 말도 안 됩니다!"

펄펄 뛰는 그들을 내버려 두고 나는 팔짱을 끼었다.

"너희들을 이끌고 가봐야 위험할 뿐이다. 나는 희생자를 더 이상 낼 생각은 없다."

"그, 그런데 트리니티 아가씨는요?"

문득 사라레이가 물었다. 그의 얼굴이 창백하게 굳는 것을 보아 무척 안타까워하는 모양이다.

"행방불명이야. 하지만 쉽게 죽을 애는 아니니 어딘가에 있겠지."

내 무심한 대답에 그는 입을 벌렸다.

"가녀린 아녀자가 괴물이 들끓는 사막 한가운데에서 헤매고 있을지도 모르는데도요? 어서 찾아야 하지 않겠습니까?"

내 무심한 대답이 기분 나빴는지 사라레이는 펄쩍 뛰었다. 그뿐만이 아니고 구와르도 항의 어린 표정을 지었다.

"너희들보다 몇 배는 강해. 걱정할 거 없어. 어젯밤에도 혼자서 괴물들을 백여 마리는 학살했다고."

내 말에 그들은 믿을 수 없다는 표정을 지었다. 나는 그들이 어떤 표정을 짓든 상관하지 않고 구와르를 바라보며 조용히 말했다.

"일족들을 잘 이끌고 스와디에게로 돌아가라. 피난을 명한 일족들이 무사히 대피했다면 좋겠는데 워낙 괴물들의 수가 많으니 뭐라 말하기도 어렵군. 스와디에게는 걱정할 것 없다고 전해주면 된다."

"주, 주인님, 그건 안 됩니다."

구와르의 얼굴이 잔뜩 일그러졌다.

"너희들이 출발할 때까지 뒤를 봐줄 테니까 해가 지기 전에 출발하는 것이 좋겠다. 데카르까지는 열심히 달린다면 하루면 도착하겠지?"

"피난민이 있으니 이틀은 걸릴 겁니다. 하지만……."

"하지만 이제 목표는 내 쪽으로 쏠리게 될 거야. 이젯밤 무지하게 죽였거든."

나는 갑자기 식욕이 돋아나는 것을 느끼고 미흐가르가 내미는 벌꿀술로 목을 축였다. 입 안이 깔깔해서 아무것도 먹고 싶지 않았는데 뭔가를 하려고 마음을 먹으니 식욕이 난다.

"그……."

뭐라 말하려는 자들을 무시하고 나는 먹는 데 열중했다.

그래, 아직 희망은 있다. 트리니티는 죽지 않았을 것이다. 그녀는 불사체라고 스스로 말하지 않았는가. 인간의 몸을 입은 나와는 달리 그녀는 분명히 마족의 놀라운 치유 능력을 고스란히 가지고 있는 듯했다.

다이시는 이미 미쳤다. 그녀는 남자들은 물론이고 아무런 이유도 없이 어린애들까지도 죽이고 있었다. 이제 그녀를 죽이는데 나는 조금의 가책도 받지 않을 자신이 있었다. 게다가 마족도 마찬가지다. 트리니티는 마법을 쓰지 말아달라고 했지만 나는 검만으로도 충분히 마족을 죽일 수 있다. 마법은 보조 수단으로 해도 충분하다. 그래, 실드나 블링크 같은 거. 놈들이 펼쳐 내는 광범위 마법만 피한다면 마법이 없어도 충분히 이길 수 있다.

카셀. 이름도 모르는 내 일족의 전사들.

그들은 내 눈앞에서 나를 구하려고 손을 뻗다가 죽었다. 그 역겨운 괴물들. 그것들을 남겨놓을 수는 없다. 남의 사지를 제 몸에 붙이는 그 더러운 것들을 남김없이 다 터뜨려 죽여 버리겠다. 이젠 놈들이 전멸하느냐, 아니면 내가 죽느냐 둘 중 하나야. 마누엘라라구? 그 재수없는 취미를 가진 거미 같은 자식의 사지를 부러뜨리기 전에는 이 속이 풀리지 않아.

빌어먹을 마족들. 씹어 먹어도 모자랄 너저분한 것들. 시스테이어스의 마력을 탐내서 내게 달려들겠다 그거지? 웃기지 마라. 나는 그의 마력 없이도 충분히 강해. 그 기나긴 세월을 그냥 보낸 게 아니란 말이야. 나는 시스의 심장이 아냐. 나는 인간이라구. 나는 나 자신, 분명히 나 자신으로서 존재하고 있단 말이야.

이를 북북 갈면서 육포를 뜯는 내 모습이 썩 아름답지 못했는지 다들 내게 말을 걸지 못했다. 미흐가르만이 조금 주저하는 태도로 말을 걸었을 뿐이었다.

"주인님, 길잡이로 저는 데려가시는 게 어때요?"

길잡이? 나는 미흐가르를 돌아보았다.

"아직 사막의 지리나 초원의 길목에 익숙하지 않으시죠? 전에 모셨던 것처럼 제가 주인님을 모시게 해주십시오."

미흐가르가 굳은 의지를 내보이며 말했다.

"안 돼. 위험해."

"어차피 위험한 것은 마찬가지입니다. 저는 주인님의 시종이고 또한 길잡이로서의 일을 잘해낼 자신이 있습니다. 게다가 저처럼 체구가 작은 녀석 하나쯤은 주인님께서 얼마든지 구해주실 수 있지 않습니까?"

건방지게도 녀석이 씨익 웃으며 날 부추겼다.

틀린 말은 아니다. 나는 아직 지리를 잘 모른다. 얼마 전에도 사막을 헤매다가 미흐가르 덕에 겨우 살아났었다. 하지만 그래도 나는 아직은 어린 티가 고스란히 남아 있는 그에게 잔혹한 살육을 보여주고 싶지 않았다. 그가 생각하는 것보다 나는 훨씬 더 잔인한 인간인 것이다. 아니, 인간이라고 하기에는 너무 잔인한 자자인 것이다.

"안 돼."

"저는 주인님의 잠자리도 봐드리고 먹을 것도 바치겠습니다. 주인님께서는 아직 이곳에 익숙하지 않으시니까 적어도 손발이 될 몸종 하나는 필요합니다."

고집을 피우며 나와 같이 가겠다는 미흐가르가 가상하다고 생각은 한다. 하지만 나의 싸움은 단순히 괴물 한두 마리를 상대로 하는 게 아니다. 내 상대는 정체 불명의 마법을 쏘아대며 달려드는 마족이다.

몇 번이나 안 된다고 했지만 미흐가르는 받아들이지 않았다. 모른 척하고 말에 오르자 녀석은 내 뒤를 따라 짐을 챙겼다. 구와르 역시 미흐가르를 데려가라고 몇 번이나 종용했다. 결국 지리에 어둡다는 핑계로 녀석은 나를 따라가게 되었다.

"조심하십시오, 주인님."

구와르가 이마에 손을 대며 당부했다.

"스와디를 만나면 나는 괜찮다고 집안이나 잘 지키고 있으라고 전해 줘."

내 말에 그의 얼굴에 희미한 웃음기가 떠올랐다.

"그리고, 애도 가졌으니 담배나 술은 그만 좀 하라 하고."

그의 웃음이 더 짙어졌다.

"또, 나 없는 동안 미동을 침실에 들이면 가만 안 놔둔다고도 전해."

구와르는 마침내 허허 웃었다.

나는 그의 상처 난 얼굴에 다시 한 번 손을 댔다.

"$\zeta \eta \theta \Psi$!"

난데없이 흰 빛이 번뜩이자 그는 움찔했다. 하지만 상처가 시원하게 느껴지는지 다시 미소를 지었다.

"감사합니다. 주인님은 정말 재주도 좋으십니다."

그의 웃음에 나도 미소 지었다.

Chapter 77

 연속해서 강한 기운이 내 몸을 강하게 때렸다. 처음에는 화염구가, 그 다음에는 뇌전이 날아들었다. 그리고 연속해서 폭발.
 첫 번째는 그럭저럭 막아냈지만 두 번째 폭발은 꽤 심대한 타격을 주었다. 별다른 캐스팅 없이 작은 하위 마법으로 몰아붙이는 것을 봐서 역시 마족들은 싸움에 익숙한 종자들이었다.
 내부의 충격을 억지로 참으며 나는 호흡을 가다듬었다. 원당이 필생을 걸려 이룬 검의 경지를 보여줄까나.
 "차압!"
 커다란 고함이 터지자 그의 검이 나비가 춤을 추듯 길게 띠를 만들며 허공을 맴돌았다. 거대한 소용돌이를 만들던 검이 한 점을 향해 날아들었다. 일직선의 강렬한 일격이 허공을 찢고 마족이 만들어낸 화염구를 통째로 갈랐다. 그러면서 동시에 좌우로 칼날 같은 오러 블레이드가 줄줄이 가시처럼 일렁이며 지나갔다. 덕분에 마족 한 명의 어깻죽지가 그대로 잘려져 나가며 한쪽 팔뚝이 갈가리 찢어져 흩어진다.

"끄아아악!"

유데이스의 수법이다. 용병왕의 일격은 당시에 열격참이라 불렸다. 일직선으로 나아가긴 하는데 오러 블레이드가 그 일직선의 검로를 따라 세 갈래로 찢어지며 상대를 공격하는 것이다. 일단 앞에 있는 한 피한다는 것은 거의 불가능하다.

내 공격에 여유작작하던 마족들의 얼굴이 긴장으로 굳어졌다.

순간, 녀석 셋이 동시에 블링크를 펼치며 흩어졌다. 나를 중심으로 삼각형을 만드는 이 포위 공격에 나는 히죽 웃어주었다.

보통 검사들과 싸울 때 마법사들은 블링크로 위치를 숨기며 싸운다. 그런데 그 무질서하고 규칙이 없어 보이는 블링크에도 규칙이 있기 마련이고 동일한 지점을 반복하여 이동하는 것은 당연한 일이다. 특히 어떤 마법을 쓰든 마나의 유동은 확실히 드러난다. 유별나게 마나에게 사랑받는 소드 마스터로서 그런 걸 잡아내지 못한다는 건 수치 중에 수치.

"꺼억!"

다시 말해 내가 이렇게 그 한 지점을 봉쇄한다면 무의식 중에 블링크를 시전하던 마족은 아예 스스로 거미줄로 뛰어든 가련한 나비가 되는 것이다. 가련하기도 해라. 내 검에 스스로 목을 들이민 놈이 두 동강이 났다. 마족의 피도 붉다는 건 정말 흥미진진하지 않은가.

마족도 일생을 싸운다지만 나 역시 싸움 경력이라면 무진장 쌓여 있다. 원당과 화해하고 유데이스가 응해준다면 경험이라는 점에서 절대로 뒤지지 않는다. 특히 마족은 오러 블레이드를 쓸 줄 모르니 더 더욱 내게 이점이 있는 것이다.

"크흐흐흐… 너희들이 벌써 열다섯 명째라는 건 알고 있는 거냐?"

내 웃음소리에 마족들의 얼굴이 굳었다.

인간이라는 말을 듣고 여유작작 나타났던 놈들이 벌써 열다섯 명이 넘었다.

정작 내가 잡으려던 다이사와 그 마누엘라란 놈은 만나지도 못했는데 마족들만 줄줄이 날아들어 왔다. 빌어먹을. 귀찮은 것들.

킬킬대느라 잠시 머뭇거렸더니 팔뚝을 잃은 놈이 살기를 줄줄 흘리며 나에게 뭔가를 쏘아냈다. 강렬한 빛의 화살이 앗 하는 사이에 미간으로 달려들었다.

"이놈이!"

나는 몸을 옆으로 틀면서 오러를 흩뿌렸다. 검푸른 오러 블레이드가 쭈욱 늘어나며 놈의 복부를 찔렀다. 그러자 놈은 실드를 펼치며 뒤로 튀어 올랐다. 하지만 내 오러 블레이드는 왕년 데블린 후작이 그랬듯 채찍처럼 휘며 바로 옆에 있던 놈을 후려갈겼다. 낭창낭창 휘는 오러 블레이드는 뱀처럼 영활하게 어설프게 막아내는 빈틈을 파고들어 놈의 내부를 갈가리 찢어놓았다.

"꾸어억!"

놈의 내장이 그대로 뒤로 튀어나갔다. 그래, 마족도 내장은 분명히 있다니까. 앞으로 들어가는 구멍은 작았지만 나오는 구멍은 컸기 때문에 꽤나 참혹한 일이 벌어졌다.

마족 하나가 그대로 고꾸라지자 팔 하나만 남은 놈은 공포에 질렸다. 놈은 파리해진 낯짝으로 뒤로 물러서더니 텔레포트를 시전했다. 나는 막을까 하다 관뒀다. 이제 슬슬 지치기도 했다.

"열네 명이군."

나는 한숨을 몰아쉬었다.

이제 오러와 마법을 골고루 쓰는 데에 꽤나 익숙해졌다. 특히 오러 블레이드는 왕년에 내가 알던 자들의 모든 수법을 다 응용하기에 이르러서 흥미진진해졌다. 유데이스의 수법은 직선적이고 파괴적이며 원당의 수법은 거의 마법에 가까울 정도로 광활하다. 둘 다 마음에 들었다. 사실 더 대단한 것은 그 두 사람의 절기를 자유자재로 사용할 수 있는 록그레이드의 육체지만.

"이제 괜찮다."

나는 손짓했다.

누런 풀숲에 숨어 있던 미흐가르가 고개를 들었다. 녀석을 위해 실드를 펼쳐 두었던 차였다. 아닌 게 아니라 녀석 한둘이라면 그다지 힘들지 않다. 실드만 펼쳐 두어도 충분하니까.

"괜찮으십니까?"

"괜찮아."

벌벌 떨고 있기만 하던 미흐가르도 내가 열다섯 번째, 아니, 열네 번째로 마족을 베어버리자 두려움을 버렸다. 워낙 내가 여유만만하게 보여서 그런지 몰라도 이 어린 티가 고스란히 남은 청년은 나를 숭배의 시선으로 바라보고 있었다. 낯간지럽기도 하지만 또 기분이 좋기도 했다.

사라레이 등과 헤어진 지 겨우 이틀이었다.

북쪽으로 나아가는 동안 마을을 몇 지나쳤다. 괴물들에게 당한 마을이 둘, 이미 텅 비어버린 마을이 셋 정도였다. 어쨌거나 무조건 피난하라 명령했던 것이 유효한 것 같았지만 그래도 안심할 수는 없었다. 피난하는 동안 괴물들이 덮치지 않을 거란 보장이 없었으니까.

미흐가르는 정말로 놀라웠다. 녀석은 정말로 머리 속에 리베이드의 지도 전체를 통째로 집어넣고 있는 것인지 지도도 보지 않고 어느 마을이고 어떤 곳이며, 가는 길목에는 무엇이 있다고 척척 대답했다. 덕분에 나는 여유롭게 움직일 수 있었다. 나름대로 섬세한 미흐가르는 하루 거리에 있는 마을들을 연계해 시간을 낭비하지 않도록 만들어주었다. 뭐, 문제는 시도 때도 없이 습격해 오는 마족들이었지만.

남하한 구와르들이 어떻게 하고 있는지 원영경(遠影鏡)을 통해 알아보긴 했다. 다행히 그들은 괴물들의 습격을 더 이상 받지 않았다. 스와디의 모습을 보고 싶어 마법을 펼치려다가 손을 멈췄다. 어떻게든 한 번이라도 그녀를 보게 되면 참을 수 없게 될 것 같았던 것이다.

스와디.

헤어져 있으면 있을수록 그녀가 보고 싶었다. 그리웠다.

내가 강하다고 느끼면 느낄수록 그녀에게 돌아가고 싶은 생각이 더 강렬해졌다. 이 정도로 강한 내가 질 리가 없다는 자만심이 고개를 쳐든다.

하지만.

나는 카셀을 지키지 못했다. 나는 일족의 전사들을 지키지 못했다. 만약에 잠깐의 실수로 그녀를 다치게 한다면 나는 미쳐 버릴 것이 틀림없다. 분명 죽어버리고 싶어질 거다.

"후우… 겨우 육 일밖에 안 되었는데 이렇게 보고 싶다니."

내가 죽으면 시스테이어스도 곤란해지겠지.

"불을 피우겠습니다."

미흐가르가 보따리를 뒤져 말린 말똥을 꺼냈다. 녀석이 불을 붙이고 또 지푸라기를 가져와 잠자리를 준비하는 동안 나는 밤하늘을 올려다 보면서 서걱거리는 마른 풀잎이 내는 소리를 들었다. 그냥 사막만을 헤맸던 며칠 전의 가출과 달리 이번에는 그래도 사막을 벗어나 초원에 도착해 있었다. 목축업을 하는 자들이 모여 사는 마을이 곧 지척이라고 미흐가르가 설명했지만 오늘 밤은 그냥 야숙하기로 했다. 한꺼번에 세 놈을 상대하느라 지치기도 했고 귀찮기도 했던 것이다.

그러나.

사실, 모든 일이 다 나를 위해 돌아가지는 않는 법인가 보다.

"까아아아아아악!"

평화로운 초원 위로 찢어질 듯한 비명이 울려 퍼졌던 것이다.

하얀 옷을 입은 여인이 쓰러졌다. 그 위로 마치 갈퀴처럼 일그러진 거대한 두 손이 여인의 가슴을 움켜쥐고 좌우로 잡아당겼다. 치솟는 피에 흥분한 괴물이 기괴하게 일그러진 입을 벌리며 포효했다.

쿠어어어어어—

마을 전체가 울부짖고 있었다. 공포에 질린 어린애들은 울음조차 터뜨리지 못하고 어미의 품 안에 안겨 달아나다가 괴물의 손에 잡혔다. 그것을 막기 위해 도끼를 치켜든 남자가 괴물에게 달려들었으나 곧이어 괴물에게 잡혀 둘로 찢어졌다. 피가 줄줄 흐르는 남자의 찢겨진 사지를 괴물은 천연덕스레 자기 어깨 근처에 붙였다. 그러자 붉은 실과 은빛 실이 뒤엉키며 순식간에 사지들이 달라붙는다. 몇 번을 봐도 역겨운 장면이다. 나는 그놈의 몸뚱어리에 손을 대고 그대로 폭사시켰다.

퍼엉—

살점이 비산했다. 끈끈하고 냄새 나는 그 살점을 뒤집어쓰니 기분은 나쁘다. 하지만 어쨌거나 이 상태로 둘 수는 없었다. 울고 있던 여자와 어린애에게 뒤로 물러나라고 명령하자마자 땅속에서 불쑥 앙상한 손이 튀어나오더니 여자의 발목을 잡았다.

"꺄아아아악!"

나는 더할 것도 없이 발을 굴렀다.

쿵쿵! 쿵쿵!

땅속으로 흘러들어 가는 블랭크가 지면 근처에 있던 괴물에 닿기라도 했는지 펑펑 소리를 내며 터져 나갔다. 여자는 자신의 발목을 잡은 채 움직이지 않는 앙상한 손목에 굳어 있었지만 곧이어 그 손목을 걷어차고 달리기 시작했다.

미흐가르의 말마따나 마을은 작았다. 게다가 여태껏 봤던 사막의 마을과 달리 집들이 모여 있지 않고 띄엄띄엄 세워져 있었다. 그 때문에 괴물들의 공격을 집중해서 막아낼 수 있는 기회를 놓친 것 같다.

괴물들은 짝짓듯 대여섯 마리씩 무리를 지어 마을로 달려들고 있었다. 언뜻 보아도 적어도 백여 마리에 이르는 듯했다. 놈들은 금세 마을로 들어와 사람들을 찢어 죽이기 시작했다.

"쏴라!"

"죽어랏!"

화살이 퍽퍽 소리를 내며 괴물의 살갗에 박혔다. 하지만 화살 몇 대로는 이 끔찍한 놈들을 당해낼 수가 없다.

"잡아!"

몇몇이 거대한 창을 들어 괴물을 향해 날렸다. 하지만 평지에서 날리는 창은 그다지 힘이 없었다. 역시 괴물의 단단한 피부에 살짝 생채기만 남겼을 뿐이었다.

"죽엇!"

다섯 명의 전사가 시미터를 휘둘렀다. 하지만 아무래도 빈약했는지 괴물의 몸은 베어지지 않았다. 오러를 덧씌운 시미터를 휘두른 전사 하나가 있는 힘을 다하여 괴물의 목을 후려쳤다. 꾸엑 하고 괴물이 나자빠지긴 했지만 기쁨도 잠시 그들은 마을을 향해 쉴 새 없이 밀려드는 수백의 괴물을 보고 시퍼렇게 질렸다.

"엎드려!"

나는 그대로 괴물들의 무리를 향해 오러 블레이드를 휘둘렀다. 싸아아아악 하는 소리와 함께 괴물들의 목 열댓 개가 일제히 허공으로 날았다. 그리고 그 뒤를 이어 한 번 더 휘두르자 그놈들의 몸뚱이가 반으로 잘려져 나갔다. 오러 블레이드의 가장 좋은 점은 뭐든지 자른다는 점이다.

"소드 마스터!"

"마스터다!"

전사들은 난데없이 나타난 검푸른 오러를 보고는 소리를 내질렀다.

소리를 내지르기 전에 검이라도 한 번 더 휘둘러 주면 좋을 것을.

"다들 뒤로 물러나라!"

내 외침에 앞쪽에 있던 자들이 일제히 뒤로 물러났다. 나는 두 손을 모아 캐스팅했다.

"$\Pi \Sigma \gamma \beta \delta \Phi \ \zeta !$"

칼레이드메오돔!

왕년에 한 번 써봤었지. 쓸모있었다.

칠흑의 원이 내 손바닥 위로 생겨났다. 일렁이는 원을 두 개 만들자, 포효하는 마나의 소용돌이가 점점 커지기 시작했다. 메오돔은 원래 마나 소모량이 많다. 그런 걸 두 개나 뽑았으니 당연히 주변 마나가 미친 듯이 치솟아오른다.

괴물들은 공포를 느꼈는지 뒤로 물러났다. 이글거리는 검은 태양이 어떤 것인지는 모르지만 무섭기는 한 모양이다. 나는 히죽 웃으며 그대로 내던졌다.

꾸아아앙―

사실 큰 소리는 나지 않았다. 하지만 끔찍한 장면이 되기는 했다. 검은 메오돔이 닿은 괴물은 말 그대로 먹혀 버렸다. 아니, 지워져 버렸다. 한 아름이나 되는 메오돔 두 개가 허공을 헤엄치며 착실하게 괴물들을 지운다. 닿은 부분을 송두리째 이계로 잘라내 버리는 메오돔에게는 아무리 놈들이라도 재생이 불가능할 테지.

꾸엑꾸엑!

이상한 소리를 내며 괴물들이 달아나려 했지만 이미 늦었다. 메오돔은 너무나 착실하게 검은 원을 그리며 괴물들의 머리 위로 날아다녔다.

순식간에 괴물들의 몸뚱이 중 반 이상이 이 세계에서 지워졌다. 이 상황에 놀란 괴물들 몇이 달아나려 하는 게 보여 손을 날렸다. 펑펑 하고 블랭크가 몇 개 날아가 놈들의 머리통을 터뜨려 주었다.

마을 사람들이 겁에 질려 한곳으로 몰리는 동안 나는 마나의 흐름을 되새기며 감각을 키웠다. 어딘가, 어딘가에 그 빌어먹을 마족 놈과 다이사가 있을 것이다. 보통 마족들은 계약자와 함께 움직이지 않지만 이 살육마는 살육의 맛을 즐기기 위해 계약자 옆에 딱 붙어다닌다고 했다. 그러니 이 근처에 있을 것이다.

희미한 감각이 잡혔다. 하지만 나는 순간적으로 의심했다. 정말로 이 약한 기운이 그것일까.

검을 휘둘러 오러를 뿜어보았다.

"나와라."

반응은 없었다. 하지만 나는 그것이 곧 나오리라는 것을 직감했다. 무엇보다 괴물들이 다 죽어버리면 안 나올 리가 없다.

주위를 둘러본 결과 남은 괴물의 숫자는 오십 마리 정도. 이 정도면 한 마리당 열 명 정도가 맡으면 될 것도 같다. 하지만 아직은 문제가 많겠지. 나는 바닥에 떨어진 시미터 두 개를 주워 들었다. 호흡을 고르고, 일순간에 시미터를 날린다. 오러가 머문 시미터에서 서리처럼 얇은 빛이 일어났다.

후우우우웅.

얼마 전 트리니티가 보여주었던 그 살육의 고리도 괜찮았다. 하지만 메오돔을 두 개나 시전한 나로서는 그건 별로 하고 싶지 않다. 웅웅대는 시미터들이 당장이라도 뛰쳐나갈 듯 흔들렸다. 순간, 괴물들이 일제히 나를 향해 돌멩이를 던지며 달려들었다. 얼씨구. 합공도 하는군. 돌멩이까지 던지네.

비록 돌멩이지만 놈들의 힘이 강한 만큼 방심할 것은 아니었다. 돌멩이들은 파공성까지 내며 내 앞으로 쇄도했다. 나는 양팔을 크게 휘두르며 검막을 형성했다. 넓고 얇은 시미터에 휘감긴 검푸른 오러가 안개처럼 흩날리면서 얇고도 고운 초승달을 만들어냈다.

끼이이잉―

예전 검공이 만들어낸 블랭크의 변형이다.

십수 개의 푸른 초승달은 부메랑처럼 날며 회전력을 품은 채 괴물들에게로 날아갔다. 그리고 괴물들의 몸뚱이를 확실하게 베어버리면서 그 효용성을 자랑했다.

파파파팍 하고 연속성을 남기며 괴물들의 몸뚱이가 두 토막, 세 토막으로 갈라져 바닥에 나뒹굴었다. 오러에 맞은 놈들은 재생이 잘 안 되는지 부들부들 떨기만 하다가 마침내는 죽처럼 푹 퍼져 버렸다.

"와아!"

"이야!"

사람들이 환성을 내질렀다. 그들은 방금 전까지 비명을 질렀던 것을 잊어버리고 나를 향해 탄성을 내지르며 흥분했다.

그 소리 때문인지 아니면 죽음이 두려워서인지 남은 몇몇의 괴물이 겁에 질려 어둠 속으로 달아나기 시작했다. 나는 놈들의 뒤를 쫓았다. 절대로 놈들이 다 죽도록 다이사가 내버려 둘 리 없다.

"그냥 고이 죽어!"

나는 화염마수를 불러들였다.

화염마수는 왜 이제야 불렀냐는 듯 잔뜩 성질을 내며 괴물들의 향해 날아올랐다. 트리니티가 쓴 그 화염마였다. 몇 개로 분화되며 계속해서 공격해 들어가니 분명 쓸모가 넘친다.

끼아아아악—

비명 소리가 요란하게 울려 퍼진다.

일부러 괴물들을 하나 하나 차분히 죽여 넘겼다. 살점이 터지고 몸뚱이가 홀라당 타버리기를 기다리면서 인내심있게 동업자를 기다렸다.

"너무하네요."

지친 듯한 음성을 내뱉으며 주인공이 등장했다. 주인공답지 않게 마른 수풀에서 너무나 평범하게 등장했다. 덜덜 떨리는 턱을 보고 나는 왜 그녀가 평범하게 등장했는지 알 수 있을 것 같았다.

그녀는 이미 하얗다 못해 창백하고, 창백하다 못해 파리한 얼굴을 하고 있었다.

나는 당장이라도 피를 토할 것 같은 그녀의 얼굴을 빤히 보았다.

"나를 방해하지 않겠다고 해놓고, 결국은 당신이 날 망치네요!"

이를 부드득 갈면서 그녀가 말했다.

"널 망친 건 너 자신이지 내가 아냐."

나는 그녀의 앞으로 천천히 다가갔다. 가까이서 보니 더 더욱 그녀의 전신에 나타나고 있는 부작용이 보였다. 뼈가 가늘어지고 살이 빠져 가죽만 남는다. 눈빛은 음산하게 번들거리고 온몸의 핏줄이 도드라진다. 아직 스무 살도 되지 않았는데 겉으로 보기엔 사십은 넘어 보이는 얼굴이었다.

"곧 끝나겠군."

내 말에 그녀가 눈썹을 치켜 올렸다.

"웃기지 마! 이 더러운 자식!"

그녀는 이를 갈며 검을 휘둘렀다. 휘잉 하고 오러가 일어나긴 했다. 하지만 의외로 그녀의 검에 매달린 오러는 너무나 옅었다. 그녀 자신도 그 희미한 오러에 당혹한 눈치였다.

"당연한 거다. 오러는 생명의 빛이다. 너는 이미 도를 지나쳐서 마나 중독 상태야."

"웃기지 마!"

그녀는 주먹을 쥐고 흔들어댔다. 순간, 내 온몸을 향해 은빛 실들이 마치 거미줄처럼 펼쳐졌다. 끈끈하지는 않지만 너무 가늘어 한 번 걸리면 풀어내기 어려울 듯하다. 나는 오러 실드를 뿜어 그것들을 튕겨냈다.

팅팅팅 소리를 내며 튕겨 나가는 은빛 실들을 온몸에 휘감은 다이사는 정말로 은빛 거미를 연상시켰다. 이 모습을 사라레이나 바이샤가 본다고 해도 못 알아볼 것이 틀림없다.

"죽엇!"

그녀의 전신에서 다시 한 번 은빛 실들이 비산했다. 마나를 담은 것들이 살아 있는 뱀처럼 꿈틀거리며 달려들었다. 나는 거미줄에 걸린 나비의 심정을 이해할 것 같은 기분을 맛보며 검을 휘둘렀다. 은빛 초승달이 시미터 끝에서 튀어나와 그녀의 은빛 실들을 끊으며 날아갔다.

"아!"

"단념해. 마나를 쓰면 쓸수록 몸이 망가진다는 것 정도는 알고 있겠지?"

대답 대신 그녀는 이를 악물었다.

갑자기 바닥이 움찔움찔 흔들린다. 혹시 지진이라도 일어나는 것인가 하고 우물거리는 순간, 놀랍게도 바짝 마른 땅속에서 굵직한 나무뿌리가 솟아올랐다. 뱀처럼 꿈틀꿈틀 기어나온 그 나무뿌리는 그녀의 양팔을 휘감았다. 양팔에 가슴, 허리, 다리까지 온통 굵은 나무뿌리가 그녀를 휘감아 버렸다. 그리고는 마침내 빼꼼히 나온 눈가만 빼고 머리까지도 집어삼켰다.

"대, 대체!"

나는 처음에 어떤 괴목이 그녀를 집어삼킨다고 생각했다. 하지만 그녀는 그 나무뿌리에 휘감긴 채로도 괴로워하지 않았다. 오히려 기세등등하게 고함을 질러댔다. 살기에 찬 고함이다. 굵은 나무뿌리는 점점 가늘어지며 넝쿨처럼 사방으로 뻗어나간다. 중심인 다이사 쪽과 달리 끄트머리는 점점 가는 실뿌리들로 분화하더니 주변 초지를 덮는 것으로 부족한지 곧 허공을 향해 무럭무럭 자라기 시작했다. 이걸 무럭무럭 자란다고 말해야 하나, 아니면 꿈틀꿈틀 자란다고 해야 하나.

"죽엇! 죽엇!"

나무에 둘둘 감긴 다이사가 발악을 하듯 외쳤다. 그녀가 손가락을 뿌리자, 손가락에서 뻗어 나온 가는 나무뿌리들이 수십 개로 갈라지면서 나에게 달려들었다.

"블랭크! 블랭크! 블랭크!"

펑펑 소리를 내며 세 개의 블랭크가 그녀의 몸을 감은 나뭇가지에 작렬했다. 그럼에도 불구하고 그녀의 몸은 조금도 흔들리지 않았다.

오히려 성이 난 듯 꿈틀대는 나무뿌리와 가지들은 열렬하게 나를 향해 뿌리를 뻗었다. 그리고는 포자를 뿌리듯 가지 끝을 흔들며 무슨 가루를 뿜어냈다.

"뭐야?"

독인가? 나무가 뿌린 포자는 땅바닥에 떨어지자마자 순식간에 싹을 틔우고 자라났다. 그리고는 음험하게도 나를 향해 슬금슬금 달려든다. 손등에 내려앉은 포자는 재빨리 살갗 밑으로 파고들어 간다. 물론 가만 놔둘 내가 아니었다. 손에 오러를 휘감고 힘을 주자, 시커멓게 죽은 포자가 살갗 속에서 튀어나왔다. 나는 살짝 몸을 띄우며 실드를 펼쳤다. 그러자 실드에 달라붙은 포자들이 저마다 아가리를 벌리며 어떻게서든 내 몸속으로 들어오기 위해 몸부림을 치며 난리법석을 떨었다.

"기생수!"

이건, 기생수였다.

내가 블랭크를 날렸어도 그녀의 몸을 휘감은 나무뿌리는 흔들리지 않았다. 그 나무뿌리들은 적의를 보이며 나를 향해 맹렬하게 달려들 뿐이다. 그리고 닿으면 재빨리 이빨을 드러내 살갗에 주둥이를 박고 포자를 뿌린다.

카앙 카앙—

이것들은 오러 블레이드도 튕겨낸다. 무늬만 나무지, 사실은 마수 중의 마수다.

콱 소리를 내며 나무뿌리 중 하나가 발끝까지 닿는가 했다. 그 순간 카악 소리를 내며 그 나무뿌리 같은 것의 끄트머리가 입을 쩍 벌리는 게 아닌가. 슬쩍 피했더니 바닥에 주둥이를 박은 그 나무뿌리는 쭈욱 쭈욱 하고 듣기에도 거북한 소리를 내며 흙을 빨아댔다. 정말 기가 막힌다. 그녀의 몸에서 출발한 나무뿌리를 닮은 기생수는 주변에 가지를 뻗을 곳이 없자 마침내 하늘 높이 치솟기 시작했다. 그리고는 땅속으로, 땅 위로 끊임없이 뻗어나갔다.

"으악! 저게 뭐야!"

"살려줘!"

멋모르고 따라왔던 마을의 청년들 몇이 순식간에 그 기생수에게 휘감겼다. 기생수의 가지들은 청년들의 목을 아작아작 씹어대며 쭈욱 체액을 빨아댔다. 소름 끼치는 소리였다.

"너, 진짜 미쳤구나! 기생수를 몸 안에 들이다니!"

나는 고함을 내지르면서 다시 한 번 검을 휘둘렀다. 몇 개의 나뭇가지가 잘려져 나갔지만 기생수는 태연자약하다.

다른 것은 몰라도 기생수에는 오러 블레이드가 거의 통하지 않는다. 기생수 자신이 음의 오러를 가진 마계의 생물이기 때문이다. 물론 가느다란 가지나 뿌리들은 오러를 일으키면 벨 수는 있다. 하지만 그도 잠시, 벤 곳에서 또 자라고 또 자라 점점 단단한 껍질을 이루는 것이다. 베면 벨수록 단단해진다. 유일한 약점은 마나가 풍부한 생물의 몸에 뿌리를 박아야 사는 식물이라는 것이다. 그 조건만 충족된다면 기생수 자체는 최악의 마수라 할 수 있었다.

"괴물이야!"

"으아아악!"

"어서 피해!"

이 엄청난 광경에 마을 사람들은 모두 비명을 올리며 뒤로 물러났다. 괴물이 사라졌다는 안도감도 잠시, 갑자기 나타난 끔찍한 괴물에 모두들 넋을 잃었다.

"끼아악!"

어떤 여자 하나가 기생수의 가지에 잡혀 생기를 빼앗긴 상태로 순식간에 말라 버렸다. 그녀를 구하려 달려들었던 젊은이 하나가 또다시 잡혀 생기를 빼앗긴다.

"물러서! 어서 멀리 물러서라!"

내가 고함을 지르며 블랭크를 뿜어대자 마을 사람들은 그제야 달아나기 시작했다. 물론 몇몇은 순식간에 가지와 뿌리에 잡혀 기생수의 먹이가 되었다. 나는 계속해서 이 마수를 공격했지만 정말로 이놈은 자르든 말든 맘대로 하라는 듯 천연덕스레 계속해서 사람들을 노렸다.

"빌어먹을!"

기생수는 계속해서 증식했다. 늘어나고 또 늘어나고 마을까지 가지와 뿌리를 뻗었다. 넓은 초지가 온통 이 기괴한 물건으로 가득 차는 것 같았다. 나로서는 어디가 뿌리고 어디가 가지인지 짐작도 할 수가 없었다.

그리고 이제 다이사의 몸은 완전히 기생수에게 휘감겨 본모습을 잃어버린 상태였다.

"하아."

나는 두 손을 모았다.

진땀이 줄줄 흘러내렸다. 정말 지쳤다. 밤새도록 이게 뭐 하는 짓거리인지. 어지간히 진을 빼는군. 이제는 별수없다. 이 마법은 쓰고 싶지 않았지만 쓸 수밖에. 더 이상 희생이 나오기 전에 날려 버리는 것이 최선이다.

"θιλκμΨxΦνΥτωω!"

어둠의 짐승, 내 안에서 포효하니. 케세피아네카스.

단 한 번 썼던 마법이다. 이것을 쓰고 그 전율할 위력에 나 역시 두려움을 느꼈다.

자연스럽게 수인이 맺어졌다. 한 번 펼쳤기 때문인가. 그때처럼 흥분하지는 않았다. 이것은 강도 조절을 잘하지 않으면 상당히 위험하다. 다행히도 기생수에 놀란 마을 사람들은 이미 달아난 뒤였다.

위이이이이잉—

섬뜩한 바람 소리가 들려왔다. 마나 구름이 일어나며 흐름이 뒤엉킨다.

내 등 뒤에서 무언가가 조용히 눈을 떴다. 끔찍한 공간의 마물, 아니, 살아 있는 구멍.

그것은 거대한 아가리를 벌린 괴수였다. 아니, 괴수 이상의 마물이었다. 그것이 눈을 뜨고 입을 벌린 순간 갑작스런 돌풍이 불어닥쳤다.

하늘에 뻥 뚫린 구멍이 굶주린 아가리를 벌려 모든 것을 탐한다. 돌멩이가 날고, 풀뿌리가 날고, 허름한 초지 전체가 뒤흔들린다. 그렇다. 여기는 나무가 없는 초원 지대였다. 빨아들이는 것이 모자랐는지 공간의 마물은 잔뜩 굶주린 듯 몸을 뒤틀며 힘을 가했다.

어둠 속에서 본 것은 나도 처음이었다. 밤이기 때문인가. 전에 했을 때보다 더 끔찍했다.

숨이 턱턱 막히는 거대한 압력이 지친 몸뚱이를 인정사정없이 휘둘렀다.

기생수는 위기의식을 느꼈는지 케세피아네카스가 나타나는 순간, 바위를 움켜 안았다. 땅 깊숙이 뿌리를 박으며 어떻게든 버티기 위해 몸부림쳤다. 소름 끼치는 바람의 비명 소리와 함께 주변의 모든 것이 빨려 들어가기 시작했기 때문이다. 제일 먼저 괴물들의 시체 조각들과 자잘한 돌들과 풀잎들이 허공으로 춤추듯 빙글빙글 돌며 무력하게 비명 소리를 남기며 빨려 들어갔다.

까아아아악―

비명이 터졌다.

나는 그게 기생수가 터뜨리는 것인지 그도 아니면 다이사가 지르는 것인지 알 수 없었다. 기생수가 한 번 발동되면 모든 생명체의 기운을 송두리째 빨아들인다. 그리고 그 힘을 음의 마나로 돌려 오러를 삼키는 것이다. 살아 있는 오러를.

"잘 가거라."

마침내 땅속에 박았던 뿌리가 뽑혔다. 바위를 감고 있던 가지들이 부러졌다. 잔뜩 힘을 주고 있던 가지들이 압력을 이기지 못하고 두둑두둑 소리를 내며 부서진다.

나무의 괴물. 생물의 생기를 빨아대는 마계의 마물.

공간의 검은 구멍은 마침내 기생수의 몸체를 통째로 빨아 올렸다. 기생수가 얼마나 필사적으로 가지를 뻗었는지 뿌리와 가지들은 구멍을 메울 지경이었다. 하지만 그것은 그냥 구멍이 아니다. 이 세계에는 열려선 안 되는 파멸의 구멍이다.

꾸아아아아앙―

비명인지 단순한 바람 소리인지 알 수 없는 소리를 남기고 그것은 사라져 버렸다. 나는 수인을 맺어 케세피아네카스를 닫았다.

뚝.

끔찍한 바람 소리와 울부짖음이 끝나자 침묵이 돌아왔다. 모든 것을 황폐화한 침묵.

이제 살아서 움직이는 괴물들은 한 마리도 없을 것이다. 어딘가에 살아 있던 몇 마리의 괴물들은 다시 시체로 돌아가겠지. 뭉클뭉클 썩은 내를 풍기는 흉측한 살덩이로.

다이사.

이것이 차라리 잘된 일인지도 모른다. 그녀는 이제 완전히 사라졌다.

기생수에게 산 채로 마나를 뽑히고 생기를 빼앗긴 그녀는 이미 소멸했을 터였다. 내 손으로 그 목을 베느니 차라리 이게 나을지도 몰라. 하지만, 정말 이렇게까지 해야만 했었는가. 리베이드의 왕녀여.

그녀는 그 엄청난 재능을 보름 만에 소진했다. 보름 동안 소드 마스터가 될 마나의 사랑을 전부 다 살육으로 밀어 넣고 광기로 미쳐 결국은 한 줌 남은 생기마저도 기생수에게 빨렸다.

"하아……."

허탈했다. 나는 사람들을 잃었다.

카셀이 죽었다. 나는 그를 잃었다. 그리고 이름도 기억하지 못하는 호탕한 사내들도 함께 잃었다. 나의 일족이라며 충성을 맹세하던 명랑한 젊은이들이 허무하게 죽었다.

죽음은 확실히 허무하다.

"괜찮으세요?"

"그래."

미흐가르였다. 풀숲에 숨어 있었는지 녀석은 엉망진창인 몰골로 기어나왔다.

"무사하셔서 다행입니다, 주인님!"

그리고는 내 앞으로 와락 뛰어들며 내 허리를 끌어안았다.

"아아."

나는 녀석의 머리를 쓰다듬으면서 적당히 대꾸했다.

"멀리 숨어 있으라니까 왜 여길 왔느냐."

"주인님이 계시니까 어쩔 수가 없었지요. 많이 지치셨나요?"

"한숨 자면 낫겠지."

나는 그렇게 말하며 미흐가르의 어깨를 두드렸다. 그리고 그 순간, 푸욱 소리와 함께 뜨겁고 날카로운 무엇인가가 가슴을 꿰뚫었다.

"커억!"

살기도 없었다. 악의도 없었다. 그리고 무엇보다도 빨랐다.

나는 가슴을 부여잡으며 고개를 들었다. 정확히 심장을 찌른 비수. 미흐가르의 비수였다.

"후, 후우…… 허억."

"놀라셨나 봐요."

미흐가르가 생긋 웃었다. 그는 정말로 평소와 똑같이 성실하고 부드러운 얼굴로 날 올려다보며 말했다.

"누군가를 죽이려면 살기든 뭐든 그런 거 다 없애야 하는 게 기본이겠죠? 그리고 사실 전 진정으로 당신을 죽이고 싶은 기분은 없었답니다. 진짜예요."

방글방글 웃는 얼굴. 미흐가르의 얼굴이다.

그런데.

"멋졌어요. 정말로 케세피아네카스를 소환할 수 있는 인간이 있으리라곤 생각지 못했거든요. 감동하고 말았지 뭐예요."

방긋 웃는 그 얼굴의 이마에는 어느새 눈이 하나 더 생겨나 있었다. 황금색의 눈.

마족 삼색안(三色眼) 마누엘라.

"어째서."

나는 바짝 마른 목으로 침을 삼켰다. 이미 가슴의 옷자락은 흠뻑 피로 젖어 있었다.

"네놈이 미흐가르의 모습을 하고 있는 거지?"

"어? 이거요?"

눈을 동그랗게 뜨며 미흐가르 아닌 미흐가르는 자신의 가슴을 가리켜 보였다.

"그래, 그거."

"그야 이 녀석이 죽었기 때문이죠."

녀석이 여전히 방글방글 웃었다.

미흐가르의 함몰된 늑골이 헐렁한 옷 위로도 선명했다. 기생수에게 당한 것이다.

나는 이를 악물었다. 어째서, 어째서 이런 빌어먹을 일이 벌어지는 거지? 항상 힘들게만 살았던 저 노예 녀석에게 왜 이런 일이 일어나?

가슴을 부여잡은 채 그놈을 노려보았다.

"그런데 왜 그 몸을 네가 쓰고 있는 거냐? 아무도 널 부른 자는 없었을 텐데."

낮게 묻자 녀석은 미호가르의 얼굴과 목소리로 웃었다.

"아이아, 너무 그러지 마세요. 다른 마족들은 어디 불러서 나타났다고 합디까? 나도 그냥 나오고 싶어서 나온 거죠. 마침 계약자가 이렇게 덧없이 죽어버리니 서글프기도 하고요."

녀석은 천연덕스럽게 빙글빙글 웃으며 내 주변을 돌기 시작했다.

"덧없이 죽어 서글퍼? 있는 대로 마나를 쥐어짜 놓고 서글프다구?"

흐, 하고 웃자 녀석은 고개를 내저었다.

"무슨 소리를 하는 겁니까? 그건 그녀가 원한 바였다고요. 생각해 보세요. 순진하고 마음 약한 소녀가 순식간에 자신을 사랑해 주는 이천 명의 일족들을 학살했는데 제정신일 것 같습니까? 그 시체들로 인형을 만들고 또 만들어도 허전한 것은 별수없었던 겁니다. 슬프고 외로워서 서서히 미치는 거지요."

이마의 눈이 황금색으로 빛났다.

"결국은 당신의 잘못입니다. 당신이 그녀를 아내로 맞이했으면 이런 일이 없었어요."

"……."

"그래요. 결국은 당신의 선택 문제죠. 당신이 록그레이드 황태자로서 펜게이드 제국에 남아 여러 후궁과 함께 살았더라면 이런 일은 없었어요. 그런데 당신은 자기 정체를 알 수 없어 괴롭다며 자기 연민에 빠져 버렸지요."

녀석은 혀를 차며 나를 타이르듯이 말했다.

"흑마법사들은 미치거나 의심이 많거나 따악 두 종류더라고요. 강한 자는 의심이 많고 약한 자는 미치고. 아아, 우리들로서도 마음에 드는 계약자를 잡아내기란 하늘의 별 따기라고요."

녀석은 방긋 웃으며 손뼉을 쳤다.

"아참, 그 유명한 심장을 찔렀는데 왜 변화가 없을까요? 역시 당신은 마왕의 인형이기 때문에 그런 걸까요?"

녀석은 고개를 갸우뚱하며 미간을 찌푸렸다.

"난 사실 당신의 심장보다는 당신 자체에 흥미가 있어요. 당신이 그동안 죽여 버린 숫자가 장난이 아니거든요. 난 당신이 내 계약자가 되어 효율적으로 확실한 살육을 하길 바라요."

"지랄……."

나는 피가 섞인 침을 뱉었다. 이런 말도 안 되는 놈과 난 지금 뭘 하고 있는 거야?

심장을 찔리다니. 이 심장은 시스테이어스와 공유한다고 했는데. 만약 그렇다면 시스도 고통을 느끼고 있을까? 그럼, 그럼 큰일이 아닌가.

불안과 공포가 스멀스멀 올라왔다. 이놈은 심장을 정통으로 찔렀다.

"어때요? 나랑 계약하지 않을래요? 당신은 엄청나게 강하고 강인해요. 물론 잔인하고 단호하기도 하고요. 비록 의심이 너무 많은 게 좀 흠이지만 그래도 당신처럼 단단한 계약자가 어디 있겠어요?"

"……."

"어라? 말이 없네요. 너무 아파서 그런가요? 그러지 말아요. 그 정도는 참으라구요. 당신도 한두 해 살아온 게 아니잖아요? 당신이야말로 진정한 마물. 마족보다도 더한 마물이잖아요. 마왕의 꼭두각시 인형."

서걱.

나는 주저하지 않았다. 정에 연연하기엔 나는 너무나 의심 많은 늙은이인 것이다. 손이 덜덜덜 떨렸다. 피로 젖은 탓에 검이 미끄러졌다.

미흐가르의 목이 허공으로 날아올랐다. 몇 방울 튀어나온 피가 내 얼굴을 적신다. 소년의 몸은 거친 땅 위로 쓰러졌다.

"재미있나요?"

소년의 목을 빌어 마족이 말했다.

"역시나 거침없이 죽여 버리네요. 사실 이 몸 완전히 죽은 것은 아니었답니다."

녀석을 깔깔대고 웃었다. 나는 하나도 재미없었다.

피에 젖은 채 수풀 속에서 낄낄대는 소년의 목.

출혈은 점점 심해졌다. 벌써 눈앞이 어두워지고 있었다. 심장을 찔리고 정말로 살아날 수 있을까. 역시나 방심은 금물.

아니, 감상적인 마음 자체가 독이다.

"미흐가르……."

나는 비현실적인 웃음을 머금은 채 대굴대굴 구르고 있는 소년의 목을 내려다보았다.

나를 맹목적으로 따르며 미소 짓던 노에 소년의 목. 아마 이 녀석 최고의 불운은 바로 나를 만난 것이리라.

"궁금하지 않아요? 당신의 진짜 정체가. 당신의 진짜 이름. 또, 당신의 옛 가족이라든가 또 어쩌다가 마왕의 인형이 되었는가 하는 거. 기타 등등."

아무런 말도 하지 않은 채 나는 천천히 걷기 시작했다. 걸을 때마다 피가 줄줄 흘러나왔다. 어떻게 하지? 시스테이어스는 위험한 거 아닌가? 만약 그가 멀쩡하다면 나도 되살아날 가능성은 있는데.

억지로 손을 뻗어 치유술을 펼쳤다.

"$\zeta \eta \theta \Psi$!"

희미한 빛이 일렁이며 출혈이 멎기 시작했다. 그래도 내부가 충격을 입었는지 울컥 핏덩어리가 튀어나왔다. 제길. 역시 마나 소모가 너무 극심했어. 마법도 끔찍한 놈으로 썼고.

"어라, 너무하네. 당신은 정말로 궁금하지 않은 건가요? 그게 알고 싶어서 당신은 황궁을 떠났잖아요. 그런데 이렇게 좋은 기회가 왔는데도 잡으려 하지 않다니."

머리가 데굴데굴 구르며 염장을 지른다.

그냥 무시하자. 이 머리통을 부순다고 해도 이 살육마 놈은 계속해서 떠들 테니. 그냥 무시하고 넘어가자.

"그런데 당신, 안 죽나요? 아직도 마법을 쓸 수 있다니 이상하네. 당신의 심장은 마왕과 연결되어 마법의 원천일 텐데. 마나핵이 안 부서졌어요?"

이상하다는 듯 떠드는 놈. 그래, 나도 이상해. 왜 빨리 안 죽는 거지?

놈에게는 정말 살기도 독기도 아무것도 없었다. 놈이야말로 정말로 인형 같다. 처음 만났을 때보다 더 기괴한 느낌이다.

"정말로 침착하네. 이상해. 당신이란 인간 그다지 냉정한 편은 아니던데. 설마 그사이에 마음이 안정되었단 말인가요? 정말이에요?"

"……."

시끄러 죽겠다. 이건 떠벌이 마족인가. 아파. 아파. 심장을 불로 짓이기는 것 같다. 쇠꼬챙이로 쑤셔대는 것 같아. 차라리 죽는 게 편할

지경이다. 하지만 죽으면 안 돼. 죽으면 그녀를 볼 수 없어.

"정말로 그렇게 그 여자가 좋아요?"

나는 우뚝 멈춰 섰다.

"정말로 그 무뚝뚝한 여자가 좋은 거예요? 당신이 사랑을 한다구요?"

점점 도를 지나치고 있는 거 같은데. 이 빌어먹을 눈깔새끼가.

"당신이란 인간은 이미 마물이 다 되어 사랑 따윈 모를 텐데요. 그런데도 그렇게도 알고 싶어하던 과거 대신 여자를 택하겠다구요?"

나는 가던 발을 돌려 녀석의 머리통을 콱 짓밟았다. 콰직 하고 턱뼈가 부서졌다.

"하으, 하으. 너으해. 너으해."

이 튀겨먹을 눈깔새끼 때문에 미흐가르의 시신을 결국은 훼손하고야 말았다. 정말 더러운 자식! 나는 힘을 모아 기괴하게 일그러진 머리통을 아예 뻥 하고 걷어찼다.

멀리 수풀 속으로 떨어진 머리통은 그제야 잠잠해졌다. 나는 가던 발길을 다시 돌려 걷기 시작했다. 그러자, 어디선가 또 목소리가 들려왔다.

"아아, 그런데 당신 돌아갈 길은 알고 있는 건가요?"

빌어먹을.

고개를 돌리니 수풀 속에서 부스럭대며 작은 들쥐가 기어나왔다. 호리이라는 기다란 몸체를 가진 사막 들쥐다. 말간 두 눈을 반짝이면서 들쥐가 묻는다.

"당신은 아직도 지리에 익숙하지가 않잖아요? 잘 찾아갈 수나 있나요?"

"……."

갑자기 호리이 구이가 떠올랐다. 노릿한 냄새를 풍기긴 해도 고소한 꼬치구이.

출혈 과다에 마나 고갈로 머리가 잘 굴러가지 않아서 그런가. 어째서 멍청한 생각만 떠오르는 걸까. 그래, 호리이 구이. 이놈을 꼬치에 푹 꽂아 구워버릴까. 그럭저럭 맛이 있었지. 처음 먹을 때는 조금 거부감이 있긴 했는데 상대가 이놈이라면 정말로 즐겁게 아작아작 씹어 먹을 수 있을 거 같다.

시선이 괴이했는지 작은 체구의 호리이가 부르르 떨었다.

"그건 무슨 시선인가요? 당신은 혹시 수간(獸姦)도 즐기는 겁니까?"

주먹을 들어 그대로 내려쳤다.

캐액 소리를 내지르며 나뒹구는 놈을 내버려 두고 나는 걸었다.

다행히도 놈은 더 이상 말을 걸지 않았다. 그냥 잡아먹을 걸 그랬나. 어쩐지 배가 고픈걸. 아니, 진짜 배가 고픈 걸까? 부상이 심해서 지금 감각이 이상해지고 있는 건가?

우울한 밤이 밝아오고 있었다. 이제 나는 죽는 건가. 내로라하는 마족을 몇이나 죽였는데 겨우 노예 소년의 암격으로 죽게 되다니. 부끄러울 지경이다. 눈앞이 뿌옇게 흐려지고 있었다. 하지만, 여기서 들쥐 형태의 빌어먹을 마족 놈과 나란히 누워 죽어버리고 싶진 않다.

스와디. 내 마누라.

"텔레포트. 스와디에게로."

세상에서 가장 달콤한 캐스팅이었다.

Chapter 78

"기분은 어때?"

나는 초원에 있었다.

멀리 양 떼들이 한가롭게 풀을 뜯고 있다. 빌로드처럼 부드러운 이끼가 뺨에 닿았다. 제비꽃 향기가 코끝을 간지럽혔다. 하늘은 새파란 물빛을 그대로 간직한 채 하얀 구름을 머금고 있었다. 열신의 계절에 어울리지 않는 따사로운 햇빛에 기분이 좋아졌다.

그림처럼 평화로운 풍경이었다.

그 풍경 속에 유별나게 안 어울리는 한 사람이 있는데 그게 바로 나다.

나는 길게 누워 있었다. 가슴이 피로 범벅이 된 채 한 손에는 검을 쥐고 한 손에는 들풀 한 줌을 쥐고 있다. 아마도 자빠지면서 어떻게든 일어나려 버둥거렸나 보다. 풀을 한 줌 쥐고 있는 걸 보면.

"기분은 어떠냐고 묻잖아?"

"뭐?"

낯선 남자였다. 그는 검은 옷자락을 길게 늘어뜨린 채 나를 내려다보고 있었다. 길고 검은 머리카락을 등 뒤까지 기르고 있었는데 그 모습이 그지없이 어울렸다. 아마도 지극히 아름다운 얼굴 덕분인 모양이다. 오만해 보이는 눈매나 입매, 그리고 다소 거슬릴 정도로 거만한 자세.

"록그레이드? 에, 그럴 리가."

얼결에 중얼거렸다가 되돌렸다. 록그레이드는 이처럼 엄청난 미남자는 아니었다.

황금빛 눈동자가 희미하게 웃음을 머금은 채 따스한 벌꿀색으로 바뀌었다. 검은 머리에 황금빛 눈동자를 한 장신의 남자는 누워 있는 나에게 한 걸음 다가오더니 아주 건방진 태도로 내려다보았다.

"안 일어날 건가?"

너무 거만한 말투라 울컥했다. 하지만 록그레이드를 연상시키는 그 목소리가 굉장히 친근하기도 했다. 사실 거만한 녀석은 좋아하지 않는데.

"난 부상을 입었어."

내가 건방진 녀석에게 불만을 토로하자 그는 피식 조소했다.

"어딜?"

"어디긴. 심장을 푹 하고 찔렸다구!"

발끈해서 가슴을 어루만졌다. 그런데, 이상하다. 아프지가 않다.

셔츠 자락을 헤치고 상처를 찾아보았다. 그런데 없다. 분명 구멍이 뻥 뚫릴 정도의 중상이었는데 상처가 없었다. 이런 일이 있을 수가.

멍하니 남자를 올려다보았더니 그는 한심하다는 듯 웃으며 내 옆에 와 앉았다. 그에게서 아주 그리운 냄새가 났다. 살랑이는 결 좋은 검은 머리도, 황금빛 눈동자도 굉장히 친근했다.

"넌 다 나았어."

"눈깔 세 개인 놈이 푹 찔렀는데. 미흐가르로 변장을 하고."

내가 중얼거리자 그는 미소 지었다. 이거 지금 놀리고 있는 거 맞지?

"꿈인가. 이거 꿈인 거지?"

"뭐, 꿈이라 한다면 꿈이라 할 수도 있겠지. 지금 '이 시간과 공간'에 나는 존재할 수 없는 거니까."

"그건 또 무슨 소리지? 넌 누구야?"

그의 미소가 짙어졌다. 어쩐지 굉장히 찜찜한 미소였다. 그런 식으로 웃는 것은 기분 나쁜데.

"나는 다쳐서 스와디를 찾아가고 있는 중이었어. 너는, 너는 혹시 마족인가?"

나는 그렇게 되물으며 벌떡 일어났다.

"미쳤나. 어디 마족 따위에게 날 비교하나?"

황금빛 눈을 가진 남자는 불쾌한 듯 되쏘았다. 그리고는 아주 건방지게 내 머리통을 툭툭 건드렸다.

"많이 변한 것도 같군. 조금 밝아진 건가."

"뭐?"

얼결에 그를 다시 살폈다. 혹시 그도 나의 과거를 아는 사람인 건가?

"너, 넌 누구야?"

"모르면 됐다. 너를 지켜주겠다고 맹세했었다. 그 빌어먹을 마왕에게. 그래서 지켜준 거뿐이야."

남자는 시큰둥한 어투로 말하더니 천천히 일어났다.

나는 왠지 너무나 아쉬워 그의 긴 옷자락을 잡고 말았다.

"잡지 마라. 비싼 거다."

"쪼잔하기는."

그의 화려한 검은 옷은 청색과 금색, 그리고 자줏빛으로 수놓아져 있었다. 문득 망토 안쪽으로 금실로 수놓은 황금 드래곤이 보였다. 나는 얼결에 그것을 손가락으로 매만졌다.

"레다……?"

내가 중얼거리자 검은 머리칼을 한 남자는 피식 웃었다. 그러자 거만하기만 하던 얼굴이 부드럽게 물든다. 나는 그의 황금빛 눈이 무척이나 마음에 들었다. 낯익은 미모다.

"행복해라, 록베더."

"에?"

남자는 내 손에서 자신의 옷자락을 홱 빼버리고는 휘적휘적 걷기 시작했다.

"이봐! 너, 대체 누구야?"

"이 '시간'에서는 절대로 만날 수 없으니 알려고 들지 마. 얼간이."

그는 퉁명스럽게 대꾸했다.

나는 안타까운 마음에 벌떡 일어나 그의 뒤를 쫓았다.

"기다려 봐! 뭔가, 뭔가 할 말이 있다구! 넌 누구야? 나를 아는 거야? 나의 과거에 대해 뭘 좀 알고 있는 거야?"

그를 잡으려 했지만 얼마나 빠른지 잡히질 않는다. 잡힐 듯 잡히지 않는 옷자락. 마치 징검다리를 건너듯 그는 공간을 건너뛰듯 걸었다. 혹시 블링크라도 사용하는 건가.

한참을 달리고도 잡을 수 없었다. 문득 앞서 가던 남자가 고개를 휙 돌리더니 히죽 웃었다.

"잘 자라, 록베더. 그런데 말이다."

"응?"

"꿈에서 깬다 해도 키스만은 사양한다."

"뭐라구?"

난데없는 소리에 입을 벌리는 순간 그의 모습이 사라져 버렸다.

그리고 그가 사라지는 순간에야 깨달은 나는 그의 이름을 불렀다.

"오르게이드!"

"록!"

갑자기 시원한 손이 이마를 감쌌다.

눈을 뜨자 나는 물속에 있었다. 훈향이 피어오르는 커다란 욕조 안이었다.

"에?"

낯익은 타일이 보였다. 하얀색과 초록색이 조화되는 밝은 색의 타일이다. 그 타일이 줄지어 박힌 천장. 그리고 푸른 대리석으로 장식된 벽.

졸졸 흐르는 물소리가 청명하다.

"하아."

깊이 한숨을 내쉬자마자 누군가가 나를 꽉 끌어안았다. 너무나 친근한 체온이 살갗으로 찰싹 와 닿았다.

"스와디?"

그녀가 나를 안고 있었다. 스와디는 나를 꼭 끌어안은 채 이마를 내 어깨에 대고 조금도 움직이지 않는다. 그러고 보니 여기는 스와디의 목욕탕이었다. 그리고 그녀는 알몸, 나는 더러운 여행복 차림.

"알몸으로 환영해 주는 건가."

느긋하게 말을 걸었더니 스와디는 퍽 소리가 나도록 어깨에 이마를 박았다. 이거, 의외로 굉장히 아프다. 나는 신음을 억지로 흘리다 말고 대체 어떻게 내가 여기 스와디의 욕조 안에 들어오게 된 것인가 고심했다.

"어떻게 내가 여기에 있는 거야?"

"갑자기 펑 하고 당신이 내 품 안으로 뛰어들었어. 그 덩치를 하고, 그 더러운 상태로!"

그녀는 이를 갈 듯 또박또박 말하며 나를 노려보았다. 하지만 나는 그 눈가가 붉어져 있다는 것을 눈치챘다. 울었나?

"어이, 울었어?"

"…아니. 구와르가 피투성이가 되어 돌아오고 카셀이 죽고, 전사 중 삼 분의 이가 죽었는데 당신은 돌아오지 않았지. 거기에 난데없이 피투성이가 된 채 허공에서 뚝 하고 떨어졌는데 죽은 듯 숨도 쉬지 않았어. 그러니 내가 어떻게 울겠어?"

마지막 말은 거의 악을 지르는 태도였다. 나는 피식피식 웃었다.

"난 안 죽는다고 했잖아?"

"워낙에 끔찍한 사태라고 다들 그랬다구! 아무리 강해도, 무슨 일이 벌어질지는 아무도 모르는 거잖아!"

그녀는 내 멱살을 잡은 채 고래고래 고함을 질러댔다.

"알몸으로, 목욕탕에 연인과 함께 들어가 있는데 소리를 지르는 것 밖에는 못하나?"

내 말에 그녀는 대답 대신 내 머리통을 후려갈겼다. 얼마나 세게 때렸는지 눈앞에 별이 다 보인다.

"으윽. 아파!"

가슴을 어루만져 보니 매끈했다. 미흐가르로 변장한 그 빌어먹을 놈이 찌른 심장은 말짱했다. 하지만 분명 기생수와 싸울 때 생긴 생채기는 그대로 남아 있었다.

꿈은 아니다. 그리고, 나는 오르게이드와 만났다

검은 머리에 황금빛 눈을 한 거만한 드래곤. 내 친구라고 해야 하나, 아니면 내 피보호자라 해야 하는지 잘은 모르겠지만 그가 날 살려주었다. 구멍난 심장을 메워주었다.

"흐."

생각해 보면 그다지 비극적인 삶도 아니잖아.

돌아보면 드래곤과 가족 관계(?)에 해당하고 마왕과 동업자(?) 관계에 있으며 왕의 사위인 데다가 부잣집 미망인과 결혼해서 잘살고 있는 거 아닌가.

지상에서 가장 막강한 배경을 가지고 있는 거다. 비록 허깨비 같은 일생을 보내기는 했어도 그 무엇 하나 헛된 인연은 없는 거야.

나는 화를 내며 씩씩대는 스와디의 몸을 끌어당겼다.

"보고 싶었어."

"……."

"너무 보고 싶어서 미치는 줄 알았어."

"능구렁이. 변태 늙은이."

"이봐, 계속 변태 늙은이라 부르면 이 늙은이는 상처 입어."

스와디는 피식 웃었다. 그리고는 헝클어진 내 머리칼을 쓸어 올리며 물었다.

"트리니티는?"

"몰라, 하지만 분명 어딘가에 있을 거야. 그 애는 불사신이거든."

나는 따스한 그녀의 몸을 끌어안고 안도의 한숨을 내쉬었다. 그래, 불사신이야. 그러니 분명히 괜찮아.

"아?"

스와디가 갑자기 놀라며 내 눈가를 어루만졌다.

"눈이, 눈동자가 검은색이야!"

"원래 검은색이었어. 원래대로 돌아온 거지."

"당신, 진짜 이상한 사람이야."

스와디는 한숨을 내쉬었다.

"검은색은 싫어?"

"아니, 왠지 어울리네. 그리고 보니 어쩐지 머리칼도 더 짙어진 거 같아."

그녀는 내 머리칼을 손가락으로 쓸어 올렸다.

정말 그럴까? 우연인지는 몰라도 유데이스도, 원당도, 모두 다 검은 머리에 검은 눈을 하고 있었다. 록그레이드가 검푸른 눈을 하고 있긴 했지만 그것도 넓은 의미에서는 검은 눈이리라.

그래. 그런 점에서 보면 원래의 나는 검은 머리에 검은 눈을 하고 있었는지도 몰라. 그래서 마왕 시스테이어스가 나름대로 고심해서 검은 눈에 검은 머리 집단을 모아 내 몸뚱이로 해준 걸지도 모르지. 크크크…….

나는 그녀와 아주 천천히 사랑을 나누었다. 죽다가 살아난 것 이외에도 뭔가가 있었다. 마왕의 심장의 일부를 가진 내가, 남의 일생을 도둑질하며 살아온 내가 살고 싶다고 생각했다. 누군가를 지키고 싶다고 생각했다. 분명 이것은 마왕이 억지로 안겨준 삶인지도 모른다. 하지만 결국은 내가 그것을 받아들였다. 어느 누구의 인생을 뒤집어쓴 것인지 지금에 와서도 전부 알지는 못한다. 트리니티를 기억해 낸 것도, 오르게이드를 기억해 낸 것도 거의 기적에 가까운 일인지도 모른다. 마왕은 내 기억을 지웠다. 그런데 내 기억 물밑에 있어야 할 그들이, 고요히 고개를 든 것이다.

원당이, 원당이 사랑했던 여인이, 유데이스가 자신을 드러냈다. 록그레이드의 첫사랑이 가슴에 떠오른 것처럼 그들이 드러나 나를 향해 웃었다. 나는 이제 죄책감을 느끼지 않는다.

"꺄아아악! 주인님이 돌아오셨어!"

"어마나!"

욕조에서 스와디랑 한창 끌어안고 있는데 난데없이 비명 소리가 울려 퍼졌다. 목욕 시중을 들기 위해 온 노예들이었다.

나는 그들이 일으키는 소란을 무시하려다가 결국 배가 너무 고파서 일어나고 말았다.

"시끄럽게 떠들지 말고 먹을 거나 가지고 와라."

내 말에 호들갑을 떨던 노예들이 뿔뿔이 흩어졌다. 나는 모처럼 스와디가 직접 챙겨주는 새 옷을 입고 더러운 몸을 털어냈다. 반쯤은 죽다 돌아왔더니 이 뻣뻣한 마누라도 나긋나긋하게 군다.

목욕과 새 옷으로 한결 산뜻해진 모습으로 방 안으로 돌아가자 쥬이크와 구와르, 텟살까지 모두들 맨발로 맞이했다. 구와르는 거의 울음을 터뜨리고 있었고 날 싫어하던 쥬이크까지 희색이 만연했다.

"주인님! 어서 돌아오십시오!"

"주인님!"

모두 절을 하고 맞이하는 모습에 나도 가슴이 뭉클했다.

하나, 한편으로는 텟살의 얼굴을 보기 민망했다. 미흐가르를 데리고 가서 결국은 그를 죽이고 말았으니. 하지만 텟살은 내 얼굴을 보고 이미 눈치를 챈 것인지 아무런 말도 하지 않았다.

"미안하다, 텟살."

"아닙니다. 어쩔 수 없지요."

너무 태연한 표정에 정이 다 떨어질 것 같았지만 입가가 바르르 떨리는 것을 보고 그의 노예 생활이 너무 길었다는 것을 깨달았다.

그렇다. 정말로 아무렇지 않을 리는 없다. 텟살은 미흐가르를 자기가 키우기 위해 모든 것을 다했던 남자였다. 기나긴 노예 생활로 그는 자기 감정을 죽이는 데 익숙했다. 너무 익숙했다.

내가 어색해한 탓인지 잠시 침묵이 흘렀다. 문득 구와르가 무릎을 꿇은 채 물었다.

"그런데 대체 어디에 갔다가 이제 돌아오시는 겁니까? 부상을 크게 입으셨던 겁니까?"

"이제라니? 금방 돌아왔다고. 그놈들을 죽이고 금방 온 거야."

"저희가 모르는 괴물이 정말로 많았나 보군요. 오랫동안 소식이 끊겨서 무척이나 걱정했었습니다."

"오랫동안? 그래 봐야 이삼 일 정도가 아닌가."

내 말에 세 사람은 서로 얼굴을 맞대며 심각하게 대답했다.

"주인님의 소식을 마지막으로 알려온 곳은 후에르 마을이었습니다. 그곳 유목민들이 난데없이 나타난 소드 마스터께서 괴물들을 없애고 구해주었다며 데카르에 보고해 왔었지요. 그게 벌써 한 달 전의 일입니다."

"한 달?"

나는 멍하니 스와디를 돌아보았다.

스와디는 고개를 끄덕이며 내 팔을 감싸 안았다.

"맞아. 한 달 전에 겨우 연락이 왔었어. 당신이 나타나 괴물들을 없애주었다고. 이상한 나무 괴물도 있었는데 당신이 구해주었기에 무사할 수 있었다며 우리 일족에게 감사를 표했지."

"나인 줄 어떻게 알았다는 거야?"

희한해서 되묻자 그것도 모르냐는 듯이 그녀는 혀를 찼다.

"바보 같은 소리 마. 사막의 마신이 괴물들을 없애고 돌아다닌다는 소식은 이미 전국에 다 퍼졌어. 리베이드에서 아버지를 제외하고 오러 블레이드를 휘날리는 인간이 당신 말고 누가 더 있어?"

"아아, 그런가."

나는 얼결에 고개를 끄덕였다.

"우리 일족은 당신의 명령 탓에 피해가 경미했어. 데카르로 전부 남하해서 괴물들이 사라질 때까지 기다렸지. 후에르 마을에서 괴물들이 나타났다는 소식이 전해지고 나서 바로 괴물들이 자취를 감추었기 때문에 모두 당신이 성공한 것을 알았어."

"흠, 그 마을이 후에르 마을이라 했었나."

나는 기생수가 나타났던 그 마을을 떠올렸다. 유목민이었던가, 초지에 세워진 그 마을은.

"그런데 금방 다시 돌아올 줄 알았던 당신이 한 달이 지나도록 돌아오지 않았어. 나는 뭐, 그때 트리니티가 말해 준 게 있으니까 시간이 좀 걸릴 거라고 믿고는 있었지만……."

그녀의 눈빛이 흐려졌다.

"당신을 찾기 위해 왕이 동원한 전사만도 수백이 넘었어. 한 달 동안 정말로 사막이며 초원을 샅샅이 뒤지고 또 뒤졌지. 그렇지만 흔적은 물론이고 당신을 보았다는 자도 나타나지 않았기 때문에 혹시 괴물과 싸우다가 죽어버린 게 아닌가 하고……."

울컥해졌는지 스와디는 입을 다물고 내 손을 꼭 쥐었다.

뜨거운 손.

나는 이 손을 다시 잡기 위해 돌아왔다. 한 달 동안이나 시간이 지났을 줄은 나도 몰랐다. 아마 몸이 다 나을 때까지 그만큼의 시간이 걸렸나 보다.

"걱정했구나? 괜찮아, 괜찮아."

내가 히죽거리며 그녀를 토닥이자 스와디는 대답 대신 내 옆구리를 주먹으로 찔렀다. 예쁘게 꼬집거나 하지는 못할망정 주먹으로 치다니. 가끔은 정말 도가 지나친 여자라니까.

"음식을 준비했습니다."

흥분한 얼굴로 스와디의 시녀가 소리 높여 외쳤다.

뒤를 이어 알파샤가 잔뜩 흥분한 얼굴로 음식을 든 노예들을 줄줄이 끌고 들어섰다. 그녀는 날 보자마자 내 발밑에 무릎을 꿇고 내 발등에 키스했다. 눈물이 발등 위로 뚝뚝 떨어져 내렸다.

"돌아오셔서 기뻐요!"

눈물이 가득한 그녀의 얼굴을 보고 나도 가슴이 뭉클해졌다.

"어서 드세요!"

그녀가 답삭 내 옆에 붙어 앉으며 먹을 것을 권했다.

스와디는 내 오른쪽, 알파샤는 내 왼쪽에 앉았다. 둘이서 연신 먹을 것을 권하기 시작하는데 이런 경우는 또 처음이었다.

스와디는 둘째 치고 알파샤의 얼굴은 아예 핼쑥해져 있었다. 무척이나 걱정해서 거의 음식을 입에 대지도 않았다며 스와디가 슬쩍 귀띔해 주었다.

"그러니까 저 애와 동침하라고."

"뭐?"

"난 임신 중이잖아. 저 애도 당신 아내이니 슬슬 제대로 맞이해 주어야지. 당신이 죽었는 줄 알고 바짝 말라가는 것이 얼마나 안쓰러웠는지 몰라."

"으으음."

"생각해 봐. 만약 당신이 죽으면 나야 애가 있으니 그럭저럭 괜찮다 하지만 저 애는 또다시 다른 남자에게 시집가야 할지도 몰라. 또 남편을 잡아먹었다는 소리를 들으면서 말이야."

나는 그 말을 들으며 아직도 눈가가 붉은 알파샤를 바라보았다. 그녀는 내게 줄 햄을 자르면서 웃는 건지 우는 건지 잘 알 수 없는 표정을 짓고 있었다.

그렇구나. 알파샤는 남편을 한 번 잃은 적이 있었다. 아니, 결혼하기도 전에 약혼자를 잃은 적이 있었다. 그런데 이번엔 내가 행방불명된 것이다. 얼마나 놀랐을까. 아마 무척이나 상심했을 것이다.

"오늘 밤에는 알파샤랑 동침해. 난 아까 당신이 욕탕에서 너무 괴롭혀서 지쳤어. 아기도 좀 쉬어야 된다구."

뻔뻔한 말을 하는 스와디의 기세에 휘말려 나는 얼결에 고개를 끄덕였다. 그 말이 맞을지도. 어차피 여기서 계속 살아갈 생각을 굳힌 이상 알파샤를 독수공방인 채 그냥 놔둘 수는 없다.

"드세요."

"고마워."

알파샤가 건네는 음식들을 입에 넣으며 나는 차분히 그녀를 지켜보았다. 오랫동안 단련한 몸에 지극히 여성스러운 몸짓을 하고 있는 미녀. 키가 크다지만 스와디에 비교하면 소담스럽기까지 하다.

"검은 눈이 되셨네요."

알파샤가 날 바라보며 물었다.

"응. 그렇게 되었어."

"정말 잘 어울려요."

그녀가 방긋 웃는다. 눈물이 그렁그렁했다.

"그런데 트리니티는요?"

"다른 곳에 갔어. 괴물 소동 때문에 일이 많다고."

적당히 얼버무리자 그녀는 가슴을 억누르며 한숨을 내쉬었다. 안도의 한숨인지 단순히 라이벌의 부재가 기쁜 것인지 잘 모르겠다.

"죄송해요."

"뭐가?"

"그녀가 왔을 때 주인님께 함부로 대든 것 말이에요."

"아냐."

"아니, 제가 그래서는 안 되는 것인데. 생각해 보면 주인님께서 거짓말하실 이유가 없는 것이었잖아요? 그녀가 아무리 미녀라 해도 주인님께서는 하나도 아쉬울 것이 없으신데……. 아니, 주인님께서 첩을 들이신다 해도 불만을 토해서는 안 되는 것이었는데."

그녀가 고개를 숙이며 그렇게 말하는 것이 조금 거슬렸다.

"그냥 나를 록이라 부르는 게 어때?"

"하, 하지만! 주인님은 주인님이시죠! 스와디 고모님이야 원래 그러하신 분이라 해도 저는 첩인걸요."

그녀는 눈을 동그랗게 뜨며 당황했다.

어쩐지 전보다 훨씬 주눅이 든 얼굴이었다. 옆에 있던 시녀들의 얼굴도 침울했다. 아마 내가 행방불명된 사이에 알파샤는 마음 고생이 엄청 심했던 모양이다. 공주의 몸이라는 신분을 내세웠던 그녀의 시녀들은 이제 아무런 말도 하지 않았다.

"첩이라니. 아내지."

"아니요. 전 이미 약혼자가 있었던 몸이에요. 주인님께서 마음이 넓어 저를 데려와 주신 거죠. 게다가 검도 가르쳐 주시고…….."

그녀는 조심스럽게 대답했다. 이거, 너무 조심스러우니 재미가 없는걸.

스와디를 흘긋 보니 그녀는 혀를 차면서 그럴 줄 알았다는 표정으로 내게 턱짓했다. 다독이라는 의미인 듯하다.

"그러지 않는 게 좋겠어. 알파샤는 검을 휘두를 때 생기 넘쳐 보기 좋다구. 게다가 약혼자가 먼저 죽었다는 건 그놈 잘못이지 알파샤의 잘못일 리가 없잖아?"

"에?"

"생각해 봐. 아리따운 약혼녀를 놔두고 죽어버리다니. 그건 그놈의 죄야. 안 그래?"

"아, 하하하……."

어색한 웃음을 머금는 그녀를 품에 당겨 안았다. 스와디의 말이 옳았다. 아무리 알파샤에게 동하지 않더라도 최소한 그녀는 내 아내로 데리고 왔고, 다들 그렇게 알고 있다. 내가 사라질 경우 가장 큰 타격을 입는 것은 확실히 알파샤였다. 그녀와 내가 한 번도 동침하지 않았다는 것은 주위에 있는 자들이 다 알고 있는 상황에 내가 죽기라도 하면 온갖 추문이 그녀를 따라다닐 것은 불문가지.

그녀의 입술에 키스하자, 놀란 알파샤가 버둥거렸다. 당장이라도 달아날 듯 굳어버린 그 몸을 꽉 끌어안고 위로하듯 애무했다.

"주인님……."

"괜찮아. 난 안 죽었으니 안심해도 좋아."

그 말에 그녀는 눈물을 왈칵 쏟았다. 억지로 참고 있었는지 아예 그 울음은 통곡으로 화했다.

"돌아오신 것을 축하드립니다."

어색한 분위기를 바꾸려는 듯 구와르가 술잔을 내게 내밀었다. 받아 들자, 쥬이크가 재빨리 소리를 지른다.

"이봐라! 악사들은 놀고만 있느냐? 무희들은 뭣들 하는 거냐!"

그 소리에 맞추어 여기저기서 음악이 터져 나왔다.

몇 번을 들어도 간지러운 듯한 음률에 맞추어 반쯤 벗은 무희들이 춤을 추기 시작했다. 그녀들이 열광적으로 춤을 추는 동안 꾸역꾸역 모여든 전사들과 저택의 시종들이 눈물지으며 나를 환영해 주었다.

"……."

나를 그다지 좋아하지 않는 줄 알았는데.

그들의 환영은 가슴을 적셨다. 정말로 내가 집에 돌아왔다는 것을 실감하게 해주었다. 그래, 나는 집에 돌아왔구나.

스와디가 내 어깨에 뺨을 기댔다.

밤이 깊어지자 모두들 물러갔다.

나는 스와디의 눈짓을 받으며 알파샤의 손을 잡고 그녀의 거처로 걸었다. 알파샤는 설마 하는 얼굴로 나를 훔쳐보다가 빨갛게 된 얼굴로 다시 고개를 숙였다. 시녀들은 어머머 하며 뺨을 붉혔다. 다들 흥분한 눈치였다.

나도, 좀 민망하다.

결혼한 지 제법 되었는데도 그녀는 처음이었다. 스와디와는 만날 붙어 있으면서 그녀와는 한 번도 같이 지내지 않았다. 말은 안 해도 알파샤도 서운했을지도.

눈치 빠른 시녀들이 방을 정리했는지 방 안에는 은은한 향과 눈부시게 하얀 비단 이불이 깔려 있었다. 항상 그녀의 방에 걸려 있던 열댓 개의 시미터도 사라지고 없었다. 사실 알파샤는 침실에 시미터를 크기별로 걸어놓고 혼자 즐거워하곤 했었다. 아무리 나라 해도 시퍼런 칼날이 번뜩이는 침실에서 자고 싶은 마음은 없건만 알파샤는 모처럼 시미터가 자신에게 허락된 것이 좋았는지 도무지 품에서 떼지 않으려고 했었다.

"시미터를 치웠군."

"네에······."

부끄러운 듯 뺨을 붉힌 알파샤의 얼굴이 꽃처럼 곱다.

나름대로 분위기를 내기 위해서인지 꽃잎을 깐 방석 위에는 향기 짙은 술병이 앙증맞은 술잔과 함께 놓여 있었다.

"그동안 내가 너무했는지도 몰라."

나는 억지로 태연한 척 그녀에게 술을 따라주며 말했다. 알파샤는 두 손으로 술잔을 받으며 고개를 저었다.

"아니에요."

"사실 알파샤는 아내라기보다는 내게 제자에 가까웠거든. 그래서 그냥 그대로 있었던 거야."

내 변명에 그녀는 아무런 말도 하지 않았다.

"게다가 알파샤가 나에게 시집온 것은 왕의 강권에 의한 것이니까 사실 내키지 않았겠지."

"아, 아니에요."

그녀는 급히 내 말을 막았다.

"저는, 저는 주인님께 시집와서 기뻤어요. 어느 누가 주인님처럼 잘 해주겠어요? 정말로 누이처럼 잘 대해주셨어요. 고모님도 저를 귀여워해 주시고……."

그녀는 다시 눈물을 글썽였다.

"그래서, 그래서 그 트리니티 아가씨에게 더 모질게 굴었는지도 몰라요. 전 그녀가 정말로 주인님의 첩이라고 생각했거든요."

"설마. 진짜 아니야."

내가 쓴웃음을 짓자 그녀는 다시 사과했다.

"죄송해요, 버릇없이 굴어서."

"괜찮다니까. 좀 더 버릇없이 굴어도 괜찮아."

나는 술을 한 잔 더 따라주었다. 알파샤는 주량이 엄청났었지.

주는 대로 순순히 술을 받아 마시던 그녀는 곧이어 조금 비틀거렸다. 술 두 병을 거의 혼자서 다 마셨으니 당연한 일인가.

"주인님."

그녀의 눈이 붉었다. 입술도 붉고 뺨도 붉었다.

나는 그녀의 입술에 내 것을 덮었다. 사랑스러운 여자였다.

내 품 안에 안겨오는 그녀의 옷을 벗겼다. 사실 벗길 옷도 별로 없었다. 천천히 옷을 벗기는 동안 그녀는 내내 떨고 있었다. 하지만 싫은 것은 아닌지 눈은 흥분으로 빛나고 대담하게 나를 유혹했다.

"어서."

나 역시 옷을 벗고 그녀를 침대 위로 데려갔다.

하얗다 못해 은빛으로 빛나는 두 팔은 탄력적이었다. 석류알을 연상시키는 그녀의 가슴은 달콤했다. 나긋나긋하게 휘는 가는 허리며 나를 따르기 위해 애쓰는 붉은 입술.

"하아……."

"알파샤."

그녀의 입술이 내 가슴을 따라 흘러내려 갔다. 내 손이 그녀의 등줄기를 매만지자 그녀는 작게 전율했다.

작은 혀끝이 문득 내 가슴의 상처에 닿았다.

"주인님?"

"응?"

"안 아파요?"

그녀가 내 가슴의 상처를 가리키며 물었다.

"안 아파."

"다 나은 건가요?"

"응."

나는 집요하게 심장만을 노리던 마족들을 떠올리며 대답했다. 사실 방심하지만 않았어도 다칠 일은 없었다. 너무 강해도 사람은 경계심이 느슨해지는 모양이다.

알파샤는 흉터로 남은 상처를 혀끝으로 핥았다. 그리고는 살짝 깨물기도 했다.

"간지러워, 알파샤."

"네에. 하지만 아프기도 할걸요."

나는 그 순간 그녀의 몸을 확 밀어젖혔다. 알파샤의 몸은 침대 밖으로 나뒹굴었다.

"까악!"

세차게 그녀의 몸이 방석 더미에 둘러 떨어졌지만 나는 움직이지 않았다. 그녀가 물어뜯은 살점이 피와 함께 침대 이불 위로 떨어져 내렸다. 제법 큰 상처였다. 흥분은 완전히 가셨다. 맙소사. 알파샤!

"너무해."

알파샤가 비틀거리며 일어났다.

풍만한 가슴을 한 손으로 가리며 일어선 그녀는 평소와 달리 뇌쇄적인 향기를 뿜어내고 있었다. 실오라기 하나 걸치지 않은 채로 당당히 서 있는 나신은 정염의 화신처럼 보였다.

입가에 묻은 선혈을 핥으며 그녀는 방긋 웃었다.

"이렇게 아내를 집어 던지는 경우가 어디 있어요?"

"…어떻게 된 거야? 왜 네가 알파샤의 속에 들어간 거지?"

내가 고함을 치자 그녀는 어깨를 으쓱했다.

"어머. 별로 매력없는 이 여자에게 매력을 더해주었을 뿐인데 그렇게 내치다니. 너무하잖아요?"

쌀쌀대는 그녀를 돌아보며 나는 재빨리 주변에 차단막을 쳤다. 다른 자들이 알파샤와 나의 모습을 보면 난리가 날 것이 틀림없다.

"당신의 피, 맛있네. 마나의 사랑을 받는 자의 것이 얼마나 맛있나 궁금했었는데. 황홀한 맛이야."

그녀는 손가락에 묻은 핏방울도 남김없이 핥기 시작했다. 나는 잠시 숨을 고르며 망설였다. 아무리 보아도 알파샤는 죽은 것 같지 않다. 만약 그렇다면 저 빌어먹을 마족은 살아 있는 그녀의 몸에 들어간 것이 된다.

"어떻게? 어떻게 알파샤의 몸에 들어간 거야?"

"이 애가 살아 있는 거냐고 묻는 거라면 그렇다고 대답하죠. 동업자."

그녀는 어깨를 으쓱했다.

반듯한 그녀의 이마에 세 번째 눈이 열렸다. 그 황금색 눈을 보며 나는 이를 갈았다.

"너!"

"대체 어떻게 살아난 건지 궁금하기 짝이 없네요. 마왕이 또 다른 힘을 준 거 같지는 않고. 인간이 심장을 꿰뚫리고 살아났다니 정말 이상해."

그 말을 하며 그녀는 나에게로 다가왔다.

별수없다.

나는 이를 악물었다.

트리니티의 말대로였다. 인간과 자주 계약한 자는 그만큼 교활하다. 어떻게 하면 인간이 방심하고, 또 심한 상처를 입을 수 있는지 알고 있는 것이다.

"빌어먹을……!"

이놈을 떼어내는 방법을 모르는 이상 결국 알파샤를 해칠 수밖에. 이기적이라 불러도 할 수 없다. 나에게는 스와디가 중요했다. 이대로 죽을 순 없다.

"왜 스와디에게 달라붙지 못했나?"

내가 슬쩍 묻자 그녀는 미간을 찌푸렸다.

"그게 궁금해요? 사실은 스와디란 그 여자에게 들어가고 싶긴 했어요. 당신이 사랑해 마지않는 여자니까. 그런데 그녀의 몸속에는 마나의 사랑을 받는 자가 또 있더라구요. 그자에게 밀려났지 뭡니까?"

말투가 묘했다.

나는 그녀, 아니, 마누엘라가 말하는 그자라는 것이 나와 스와디의 아기라는 것을 깨달았다.

"하지만 뭐, 이 여자도 굉장히 있기 편해요. 감정이 잔뜩 일그러진 데다가 질투와 자기혐오로 이글이글 타오르고 있고 신체는 건강하고 말이죠."

"……."

"어라? 살기? 정말로 이 여자를 죽여 버릴 셈이에요? 이 여자는 당신 아내라구요. 비록 사랑받진 못했지만 가련한 여자예요."

가슴을 흔들면서 마족은 충고를 늘어놓았다.

"당신, 그렇게 하면 못쓰는 거예요. 이 가련한 여자가 얼마나 마음고생을 했는데 여기서 주저하지도 않고 죽이려 해요? 당신은 쇠로 된 심장이라도 가졌나요?"

나는 그녀를 향해 블랭크를 날리려 했다. 하지만, 이상하게도 몸이 움직이지 않는다.

"웃!"

"늦었어요, 늦었어. 매번 똑같은 방법을 쓰진 않는다구요."

그녀는 방긋 웃으며 내 가슴을 매만졌다. 나는 분명히 그녀를 밀쳐내려 했지만 몸은 전혀 움직이지 않았다. 손도, 발도, 심지어는 입도 움직이지 않는다. 완전히 마비된 것처럼.

설마 독?

내 생각을 알아차리기라도 한 듯 그녀는 달콤하게 웃었다.

"그래요. 이 가련한 여자가 준 음식에는 독이 들어 있었어요. 하지만 당신에겐 사실 그 독은 별 큰 영향을 주지는 못하죠. 나도 알고 있어요. 마나에게 사랑받는 자에겐 독이 통하지 않으니까요."

그녀는 눈웃음을 치며 피가 흐르는 내 가슴에 혀를 대고 살짝 빨았다.

"하지만 아까 그 술에 들어 있던 것은 독이 아니라 마비액이거든요. 그리고 이 여자는 지금 정신을 잃고 있는 중이고요."

나는 그제야 알파샤의 살아 있는 몸에 이 미친놈이 들어가 있을 수 있는 연유를 깨달았다. 결국 술을 마신 뒤 애무를 했던 것은 그녀가 아니라 이놈이었다는 이야기다. 역겨운 놈!

"당신, 재미없어요. 무서워하지도 않고 애통해하지도 않고. 그냥 화만 나나요?"

불쾌하다는 듯 마누엘라가 눈썹을 치켜 올렸다. 그러자 이마의 눈이 반쯤 접혔다. 드래곤의 황금빛 눈과는 느낌이 전혀 다른 불쾌한 고양이 눈.

"뭐, 당신 대신 마왕께서 애통해하시겠죠. 그럼, 잘 먹겠습니다!"

알파샤의 손끝에서 갑자기 길쭉한 것이 튀어나왔다. 손톱인 줄 알았던 그것은 굵은 실이 서로 엉킨 듯한 묘한 것이었다. 그래도 날카로운지 뾰족한 끝으로 예기가 흘렀다.

이럴 수가. 이렇게 말도 안 되는 방식으로 당한단 말인가? 스와디가 바로 저 건너편에 있는데? 나는 결사적으로 마나를 움직이려고 노력했다. 오러가 꿈틀대며 살갗 위로 올라왔다. 그러나 꿈틀대는 오러도 가닥가닥 끊긴 것처럼 요동치기만 할 뿐 힘으로 연결되지 않았다. 제기랄! 마음속으로 캐스팅하려 했지만 마누엘라가 다가온 순간 마나가 차단되었다. 완전히 무력하다. 이런 개 같은 일이!

"잘 가세요! 마왕의 마력을 나에게 주고요!"

은빛 비수가 심장을 정면으로 찔렀다.

나는 눈을 부릅떴다. 퍼억 하고 그 비수가 내 가슴을 찌르는 것을 보는 것밖에 방법은 없었다. 마비액 탓인지 고통도 느껴지지 않았다. 비수는 깊숙이 내 가슴을 뚫으며 그대로 그의 손목째 파고들었다. 숨이 막혔다.

"랄랄라."

놈이 내 가슴에서 손을 쑤욱 뽑았다.

나는 그 손이 쥐고 있는 붉은 심장을 보았다. 이럴 수가. 꿈틀대는 검붉은 심장이 여전히 맥동 치며 생기를 뿜었다. 생각 외로 피는 거의 흐르지 않았다. 단지 내 가슴이 뻥 뚫렸을 뿐이다.

이건 악몽이다. 이런 상황에서 죽지도 않다니!

"이거, 생각 외네."

마누엘라는 고개를 갸우뚱했다.

"나는 마나로 이루어진 심장이라 내가 쥐는 순간 내 몸으로 마력이 들어올 줄 알았어. 이렇게 피와 살로 된 심장일 줄은 몰랐는데."

나 역시 의외였다. 심장이 뽑힌 상태로도 살아 있다니.

그는 나와 눈을 마주하더니 빙긋 웃었다.

"그럼 이걸 씹어 삼키면 되려나. 어쨌든 마왕의 심장을 받은 인간은 여태껏 당신 이외엔 없었으니 전례를 따질 수도 없겠죠? 그럼, 잘 먹겠습니다."

그는 내 심장을 자기 입가로 가져갔다.

눈앞에서 누가 내 심장을 통째로 씹어 삼키는 장면을 지켜봐야 한다니. 이것도 정말로 엽기적이었다. 너무 황당한 상황이라 실감이 안 났다. 정말 나, 이렇게 죽는 건가? 이대로라면 내게 몸을 빼앗긴 자들에게 너무 미안하잖아! 나는 죽고 싶지 않아!

그때였다.

마누엘라의 벌린 입속에 들어가려던 심장에서 갑자기 하얀 손이 튀어나왔다. 그리고는 그 손이 그대로 마누엘라를 후려쳤다.

"……!"

얻어맞은 마누엘라는 휘청거렸다. 아니, 그 순간 휘청거리며 쓰러지는 알파샤의 몸에서 허여멀건한 뭔가가 튀어나왔다. 길쭉한 사지를 가진 마누엘라였다. 알파샤의 몸에서 튀어나온 그는 놀란 눈을 크게 뜨며 방금 자신을 후려친 심장을 바라보았다.

"대, 대체!"

심장은 허공으로 떠올랐다. 그리고는 아까 나왔던 하얀 손에 뒤이어 하얀 얼굴과 하얀 몸이 튀어나왔다. 붉은 심장은 순식간에 하얀 나신의 여자로 화했다.

"트리니티!"

비명처럼 마누엘라가 소리쳤다.

"만나서 반가워."

트리니티는 눈썹 하나 움직이지 않고 인사했다. 그리고 그녀의 손이 그대로 마누엘라의 몸을 향했다. 시뻘건 화염사가 기다렸다는 듯이 그의 몸을 친친 감았다. 이글이글 타오르는 화염사는 순식간에 분화하며 그의 전신으로 파고들기 시작했다. 살갗이 타고 녹아 흘렀다.

"끄아아아아아!"

요동치는 몸이 미친 듯이 바닥에 몸을 부볐다. 하지만 불은 꺼지지 않는다. 오히려 발버둥 치는 그의 몸의 구멍이란 구멍으로 속속들이 파고들며 미친 듯이 열기를 내뿜는다. 생기를 잡아먹는 취미를 가진 그에게 화염마수는 가장 무서운 존재였나 보다.

그의 몸이 새까맣게, 아니, 하얗게 재가 되어 타버리는 것은 그다지 오랜 시간이 걸리지 않았다. 마지막으로 그의 이마에 있던 황금색 눈이 마치 구슬처럼 똑또르르 하고 굴러 떨어지자 트리니티는 그것을 집어 들고는 와작 깨물어 씹었다.

나는 그 광경을 그저 멍청히 바라보고만 있었다. 트리니티가 심장이 되어 내 가슴속에서 튀어나오다니. 그녀가 정말로 인간이 아니라 반마라는 것을 실감하게 하는 모습이었다.

황금색 눈알을 다 먹어치운 그녀는 나를 향해 생긋 웃었다.

"이럴 줄 알았어요."

그녀는 성큼 다가와 쓰러져 있는 알파샤의 알몸을 침대 위 내 옆으로 눕혀주었다. 그리고는 내 이마에 손을 얹고 가볍게 캐스팅했다.

"어때요?"

"아……."

겨우 입이 움직였다. 나는 잘 안 움직이는 혀를 억지로 움직이면서 그녀를 올려다보았다. 셋 다 알몸인 웃기는 상황이다.

"사라, 사라진 게 아니었군."

더듬거리며 말하자 트리니티는 생글생글 웃으며 나와 알파샤의 알몸을 훑듯 바라보았다.

"당신 가슴에 내내 있었어요."

"내 가슴에? 그럼 처음 상처 입을 때도?"

"그때는 당신 손 안에 있었어요. 기억 안 나요? 당신 손 안에 들어가 당신의 마나핵을 복구했었죠."

난 내 품 안에서 사라졌던 그녀를 떠올렸다.

"그랬군. 내 몸 안에 들어와 있었던 건가."

그래도 실감은 나지 않는다. 눈앞에 있는 이 늘씬한 미녀가 피와 살로 되어 있는 게 아니라 다른 무언가로 이루어졌다는 것이.

"나도 잠시 방심했었어요. 당신은 너무나 강한 힘을 드러냈고 어떤 마족도 당신을 해칠 수 없을 것 같았거든요. 그런데 저 비열한 놈에게 당신이 당하고 말았던 거죠. 당장이라도 당신은 죽을 것만 같았어요. 그래서 막 나서려는 순간 다행히 때맞춰 오르게이드님이 나타나 주었어요."

"그래……"

"그 심장을 복구하는데 한참 걸렸죠. 드래곤이 아니면 절대 복구할 수 없었을 거예요."

"역시 그랬군."

"그래서 그런 일이 다시 벌어지지 않도록 당신의 심장을 내가 직접 막기로 했던 거지요"

"혹시 알파샤가 당할 것이라고 예상했던 거야?"

나는 그녀가 알파샤에게 유별나게 굴며 술을 퍼먹이던 장면을 기억해 냈다.

"가능성이 높다고 생각은 했죠. 어떤 마족이 나타날지는 몰라도요. 스와디는 당신 아이를 배고 있기 때문에 그녀에게 위해를 가할지언정 이런 식으로 파고들어 오진 못해요. 하지만 알파샤는……."

그녀는 깊이 잠들어 있는 알파샤의 알몸을 음흉한 시선으로 훑었다. 얼결에 내가 그녀의 몸을 이불로 덮어줄 정도로 음험한 시선이었다. 이 여자, 아니, 트리니티가 진짜 여자이긴 한가?

"마나가 활성화되어 있는 데다가 마족이 들어와 활동해도 될 정도로 튼튼하고 당장이라도 계약을 할 수 있는 능력의 소유자예요. 게다가 당신의 아내이기도 하잖아요."

그녀는 알파샤를 감싸 안는 나를 보며 재미있다는 듯 웃었다.

"그러니까 최적의 조건이었던 셈이죠."

그녀는 구멍이 뻥 뚫려 있는 내 가슴을 보며 손가락으로 쓸었다. 그러자 놀랍게도 거짓말처럼 구멍이 사라지며 원래대로 돌아왔다. 이 황당한 장면을 멍하니 지켜보고 있자니 트리니티가 정색을 하고 불렀다.

"록베더."

"응?"

"방심하면 안 돼요."

"응. 고마워."

확실히 나를 지켜주었군. 시스테이어스의 말이 옳은 셈이다.

"록베더."

"응?"

트리니티의 눈이 다시 부드러워졌다. 나는 그 눈에 약하다.

나도 모르게 그녀의 뺨에 손을 대자, 트리니티는 마치 어린아이처럼 내 손바닥에 뺨을 부비며 눈을 감았다.

"이제, 죽고 싶다는 생각은 안 들죠?"

"아아, 그래."

나는 쓴웃음을 지었다.

방금 전 마누엘라에게 당할 뻔했던 그 순간 얼마나 분했던가. 절대 죽고 싶지 않다고 울부짖을 뻔했다.

"잘됐어요, 록베더. 나는 몇 번이나 당신을 죽이고 싶었어요. 남들은 죽기 싫어도 죽어가는데 당신은 그 강대한 힘을 가지고서 죽고 싶다고 난리였으니까요."

나는 그저 머쓱하게 웃을 수밖에 없었다. 그 말이 틀린 것은 아니다. 하지만 기억도 잘 안 나는걸. 정말로 내가 죽고 싶어하긴 했었나?

트리니티는 두 손을 뻗어 내 입술에 키스했다.

"살아 있는 것이 살아가는 데 필요한 것은 망각. 당신은 그분을 미워할지 몰라도 그것은 필요한 것이었어요."

"그래, 그럴지도."

그녀는 다시 내 뺨을 쓸어 올리더니 내 헐벗은 아랫도리를 턱으로 가리키며 말했다.

"자, 이제 제대로 된 첫날밤을 치르라구요, 바람둥이 아저씨."

"하, 하하하……."

나는 얼결에 아랫도리를 숨겼다. 트리니티는 그런 나를 따스하게 바라보더니 비단 이불 한 자락을 끌어당겨 자신의 몸에 휘감았다. 그리고는 잠시 멈칫하다가 내 목에 걸려 있던 '마신의 눈'을 집어 올렸다.

"나에게 주겠어요?"

나는 고개를 끄덕였다.

"그래, 내 딸아."

몸을 돌리는 트리니티의 눈가에 습기가 차 올랐다. 아니, 어쩌면 눈물이 아닌지도 모른다. 촛불 때문에 생긴 착각이었을지도.

그러나 나는 분명 그 순간 그녀가 눈물을 흘렸다고 생각했다. 그녀는 마족이 아니라 반마였으므로.

다음날, 그리고 또 다음날, 그리고 또 다음날.

8개월 후에 스와디가 아들 록그레이디를 낳고 10개월 후에 알파샤가 딸 트리니티를 낳았다.

나는 세상에서 가장 행복한 사내가 되었다.

"아이야, 인생은 뜨거운 사막을 걷는 것과 같다. 이글대는 해가 뜨면 사막은 뜨거운 열기로 살갗을 태운다. 그 고통을 참아 걷고 있노라면 해가 지고 뜨거웠던 모래는 차디찬 얼음이 되어 살갗을 찌른다. 하지만 언젠가는 시원한 나무 그늘과 달콤한 물을 찾을 수도 있지. 그러나 샘에서만 지낼 수는 없는 법, 결국은 다시 뜨거운 사막을 걸어야 한다. 그것이 삶이다."

"하지만 사막으로 나아가지 않는 방법도 있지 않습니까?"

어린 제자가 물었다.

"그렇겠지. 이처럼 딱딱한 바위굴 속에서 아무도 만나지 않고 살아갈 수도 있겠지."

암굴의 현자는 웃으며 말했다.

바위를 뚫고 만든 암굴은 좁으나 안락했다. 아직 단 한 번도 암굴을 벗어난 적이 없는 어린 제자는 오로지 현자와 그의 암굴만을 알고 있을 뿐이었다. 현자의 현명함을 경외하는 족장들이 바친 음식과 물건으로 제자는 아쉬운 것이 없었다.

"아이야, 보아라."

문득 현자가 갑자기 지팡이를 들어 사막을 가리켰다. 현자의 지팡이 끝이 사막의 지평선에 닿자 그 순간 어둠을 뚫고 새벽의 햇살이 바위에 와 박혔다. 채 녹지 못한 얼음에 와 닿은 햇빛이 오색으로 찬란하게 빛났다. 그러자 바위틈 사이에 숨어 있던 독충들이 서둘러 달아나고 어두운 탓에 보이지 않았던 암굴의 이모저모가 드러났다.

제자는 숨을 삼켰다. 푹신한 카펫이 깔려 있을 거라 상상했던 바닥에는 털이 다 빠진 잿빛 가죽이 깔려 있었으며 그가 맛있게 먹던 수프 그릇 속에는 벌레가 들끓었다. 찬란한 햇빛 속에 드러난 스승의 모습은 더 더욱 참담했다. 위대한 현자인 그의 스승은 이가 다 빠지고 머리털마저 얼마 남지 않은 초라한 늙은이였다. 잔뜩 굽은 등과 검버섯이 돋아난 주름진 얼굴. 너무나 주름이 진 나머지 눈가에서는 진물이 흘러내렸다.

제자는 달아나고 싶었다. 하지만 그는 벌레가 들끓는 그 자리에서 벗어날 수 없었다. 그가 안락하다고 여겼던 암굴은 아주 높은 곳 바위틈 사이에 있었기 때문이다. 단 한 번도 암굴을 벗어나 본 적이 없었던 제자는 비명을 지르고야 말았다.

벌레가 들끓는 그늘 아래로 아직 붉은빛을 띠고 있는 바위들은 모두 날이 선 칼날의 형상을 이루고 있었다. 필시 조금만 발을 헛디뎌 떨어지기라도 한다면 온몸이 갈가리 찢길 무서운 곳이었다.

"무섭습니다, 스승님!"

제자의 비명에 현자가 웃었다.

"무섭습니다. 저는 전혀 몰랐습니다."

덜덜 떠는 제자의 어깨를 안으며 현자가 물었다.

"사람들은 자신이 보고 싶은 것만 본단다. 너는 어떠냐? 어둠을 가르는 새벽의 창날이 되어 허위와 진실을 구분할 테냐? 어둠 속에 숨은 것들을 전부 알고 싶으냐?"

제자는 잠시 어둠 속으로 기어들어 가는 독충들과 넝마나 다름없는 옷가지, 그리고 바닥에 깔린 보잘것없는 가죽 조각과 스승의 말라비틀어진 손발을 훔쳐보았다. 그리고 그는 대답했다.

"아니오, 스승님. 저는 알고 싶지 않습니다."

현자는 화를 내지도 웃지도 않았다.

"그래, 뜻대로 해라. 살아가려면 〈날카로운 진실은 주머니 속에 넣어라〉."

—『앙굴의 현자』 사막 부족의 전승 중에서.

에필로그

그는, 아주 조용히 나타났다. 나는 처음에 그의 등장을 전혀 눈치채지 못했다. 오랫동안 그를 찾지도 않았고 부르지도 않았다. 게다가 나는 마법을 쓰지도 않았으므로.

"행복한가?"

난데없는 그 소리에 나는 피식 웃고 말았다.

"그래."

"그랬다니 기쁘군."

"내 기쁨은 당신에게도 잘 전해졌을 거야."

내가 그렇게 대꾸하자 고독과 청염의 마왕은 빙긋 웃었다. 아무리 보아도 질리지 않을 아름다운 얼굴이었다.

"그런데 난 궁금한 게 있어. 당신의 후계자는 어떻게 된 거야?"

"내 후계자?"

그는 어깨를 으쓱했다.

"후계자는 없어. 당분간은."

"그럼 나의 심장에 남은 당신의 일부는 여전히 그대로 남는 건가?"

"그런 셈이지. 누군가 강한 놈이 다가와 너를 죽이기 전에는."

나는 쓴웃음을 지으며 벌꿀술을 천천히 따랐다. 손이 떨리는 것은 공포라던가 흥분 때문이 아니었다. 노환인지도 모른다.

스와디가 죽은 지 벌써 십오 년이란 세월이 흘렀다. 알파샤가 죽은 지는 벌써 이십 년이다. 아이들은 쑥쑥 자라 벌써 나는 증손자를 보고 있었다. 요즘은 그놈들 보는 낙에 산다. 나를 아는 자들은 이미 다 죽었다.

"이 몸이 수명이 다한 건가?"

"그래."

"엄청나군. 난 지금 백오십 세쯤 되는 거 같아."

"비슷하지. 흑마법사의 수명 중에서는 최고 기록을 세웠어. 축하해."

나는 소리 내어 웃었다. 요즘 어쩐지 스와디와 알파샤가 보고 싶다 했었다. 그랬더니 정말로 오랜만에 나의 계약자가 돌아온 것이다. 물론 마왕인 그에게 이 정도의 세월은 잠깐의 시간에 지나지 않겠지만.

"트리니티는?"

"잘 있어. 한숨 자고 있는 중이지만."

"오르게이드는?"

"물론 잘 있지. 네가 언제 잠에서 깨느냐고 묻더군."

"잠이라……."

나는 잠시 그를 바라보았다.

검고도 아름다운 마왕은 여전히 그 모습 그대로였다. 가슴 떨릴 정도로 반갑고 기뻤다. 그동안 그를 잊고 살았던 세월이 거짓이었던 양.

밖은 어두웠다.

이십여 년 전 스와디가 만들어준 이 별장은 하인이나 노예들도 많지 않았다. 시끄러운 것을 싫어하는 나를 위해 일부러 내 취향으로 꾸민 것이다. 나는 나도 모르게 한쪽 방은 자줏빛과 청색, 금색으로 꾸며놓고 얼결에 황금의 드래곤과 건방진 황태자를 꿈꾸곤 했다. 또한 이미 트리니티에게 건네준 마신의 눈을 떠올리는 검은 보석을 매만지며 내 안에 존재하는 다른 남자들을 기억했다. 내가 아는 자들은 몇 되지 않았지만 그들은 모두 다 최고였다.

사막의 창백한 달이 매끄럽게 이어지는 사구의 능선을 곱게 빛내고 있었다. 달빛은 한낮의 열기와는 전혀 다른 사막의 고요를 보여주며 노래한다.

아름다운 밤이다.

"부탁이 있어."

"무슨?"

"지금 이 기억을 가지고 가게 해줘."

나는 조용히 마왕에게 말했다.

"이 기억은 아름다운 것이야. 행복한 것이지. 그러니까 이 기억을 그대로 가지고 가게 해줘. 다른 세상, 다른 시간으로 넘어간다 해도 이 기억만은 그대로 해줘."

시스테이어스는 조용히 미소 지었다.

"그리고, 또 가능하다면……."

나는 잠시 망설였다.

"이번에는 왕이나 왕자 같은 신분 말고 평범하고 평범한 보통 평민의 몸으로 태어나게 해주지 않겠어? 이제 왕족이라면 신물이 나."

내 말에 그는 소리 높여 웃었다.

"요구 사항이 많군."

"물론 여러 가지 이유로 신분이나 힘을 지정하는 것은 알겠어. 하지만 그래도 나는 이제 조용히 살고 싶다는 생각뿐이야. 평범한 농민으로 태어난다면 굳이 마법을 마구 남발할 일은 없지 않겠어?"

내 진지한 말에 마왕은 웃을 뿐이었다.

"그러니까… 아주 평범하게, 아주 평범한 인생으로 살게 해줘."

나는 그렇게 말하면서 침대 위에 누웠다.

"공자님?"

갑작스런 소리에 나는 눈을 번쩍 떴다.

"이제 정신이 드십니까, 공자님?"

나는 나에게 인사를 건네는 노인을 물끄러미 바라보았다. 노인은 바짝 마른 체구에 매부리코를 하고 있었다. 마르고 긴 얼굴에 코만 두드러져서 꼭 새매나 독수리 같은 인상이었다. 그런 노인네가 눈물, 콧물을 마구 흘리면서 흐느끼고 있었다.

"아아, 정말로 선대의 은혜이십니다! 공자님께서 이렇게 무사하신 것은!"

두 손을 모아 기도를 하던 노인네는 벙벙한 표정을 짓고 있는 나를 향해 미간을 찌푸렸다.

"공자님? 어디 아프신 건가요?"

"그……."

나는 주변을 둘러보았다.

청색, 금색, 자주색으로 뒤범벅된 호화로운 침실이 눈앞에 펼쳐져 있었다. 이불은 포근한 비단이었고 바닥에 깔린 카펫은 금실, 은실을 넣어 찬란할 정도다. 내 앞으로 길게 드리워진 캐노피를 멍하니 보다가 나는 노인에게로 다시 고개를 돌렸다.

"여기는 어디지?"

"공자님? 왜 그러시는 겁니까?"

나는 무심코 침대에서 내려와 맨발로 섰다. 휘청하고 눈앞이 핑 돌았지만 그래도 그럭저럭 견딜 만했다. 창가로 가서 바깥 풍경을 내다보니 푸른 바다가 보였다.

바다? 여기는 바닷가인가?

"타렌!"

갑자기 천둥처럼 소리를 질러대며 누군가가 뛰어들어 왔다.

"정신을 차렸다며?"

나는 얼결에 나를 덥석 잡고 흔드는 거구의 남자를 올려다보았다. 남자는 붉은 머리에 그을린 갈색 피부를 하고 있었다. 어딘가 낯이 익은 느낌에 고개를 갸우뚱하자 남자는 답답한 듯 내 눈을 까뒤집어 보았다.

"정신 차려라!"

"레즐러 공작님!"

뒤에서 노인네가 바락 소리를 질렀다.

"공자께서는 이제 겨우 의식을 찾으셨는데 그렇게 험히 구시면 어떻게 합니까? 대체 공작님께선 정신이 있으신 겁니까, 없으신 겁니까! 연약한 공자님께 그런 짓을 하시다니요!"

"무슨 소리야! 내 아이라면 당연히 강인하다고!"

나는 멍하니 이 거구의 남자를 올려다보다가 그의 단단한 팔뚝에 지극히 대비되는 내 가느다란 팔뚝을 발견했다. 가늘고 가는 팔뚝, 게다가 창백하기까지 하다.

"타레에엔!"

갑자기 찢어질 듯한 소리와 함께 누군가가 다다다다 내 옆으로 달려왔다. 그리고는 나를 덥석 끌어안는다. 그 압박감은 거구의 레즐러란 사내와 그다지 큰 차이가 없었다.

"엄마는, 엄마는 정말로 걱정했단다!"

"…엄마?"

내가 멍하니 되뇌자, 찰랑이는 금발의 여자는 날 보며 눈물을 머금었다.

"그래그래, 이래서 내가 저 빌어먹을 배를 타지 않는 건데. 저 머저리 아빠는 연약한 너에게 이런 짓을 하고야 말았구나."

그 말에 붉은 머리의 남자가 소리를 바락 지른다.

"무슨 소리를 하는 거야! 당연히 작위 계승을 위해서라면 집에 돌아와야 했단 말이야. 내가 풍랑을 일으킨 것도 아닌데 그런 말이 왜 나와?"

"그따위 작위 당신 조카나 줘요! 타렌은 우리 집안을 이어야 하니까!"

"그따위라니! 우리 집안은 공작이야! 공작이라구! 평민이라면 고개를 바로 들 수도 없는 그런 가문이란 말이야!"

"고작해야 해적 출신인 주제에 뭔 잡소리예요? 작위가 없어도 우리

가문은 충분히 대단해요. 타렌은 라 가문을 이을 거예요."

"웃기지 마! 그 앤 레즐러 가를 이을 거야! 레즐러 가의 적장자란 말이야!"

"라 가문의 적장자이기도 해요!"

고집 세게 두 남녀가 대결하는 동안 나는 침대로 돌아왔다.

어지러움이 심하기도 했지만 충격이 심하기도 했다. 지금 여기가 어디고 어떤 상황인지 차근히 설명해 주는 사람이 하나도 없다니.

나는 눈물을 글썽이고 있던 노인네에게 처연한 시선을 돌렸다.

"노인네."

"아? 공자님, 저는 윌리입니다. 윌리라고 불러주세요!"

"별로 안 어울려."

노인네 이름이 윌리라니. 어린 소년도, 강아지도 아닌 노인네 이름이 윌리? 나는 노인네가 충격을 받든 말든 신경 쓰지 않고 물었다.

"지금 저기에 있는 사람들이 내 부모지?"

"물론입죠. 위대한 소드 마스터 가문의 사피엘 레즐러 공작이시죠."

"……모친은?"

"에? 그야 세상에서 가장 부유하다는 라 가문의 피에타 라 대부인이시죠."

"퓨전의 레즐러, 펠잔의 라?"

내가 작게 되뇌자 노인네는 이상하다는 듯이 날 바라보면서 고개를 갸우뚱했다.

"공자님?"

"…빌어먹을!"

"공자님? 왜, 왜 그러십니까? 진정하십시오!"

나는 물어뜯던 베개를 내뱉었다. 입 안에 깃털에 가득해 기분 나쁘다.

"윌리, 나 아무래도 기억을 잃어버린 거 같은데."

내 말이 끝나기가 무섭게 노인네는 비명을 질러대기 시작했고 뒤이어 떠들던 두 남녀가 내게 달려들었다.

뒤는 아수라장.

"후우……."

나는 한숨을 몰아쉬었다.

호화로운 방 안에 열네 살짜리 소년이 누워 있다.

그의 이름은 타렌 라 레즐러. 어머니는 평민이지만 도시 국가 펠잔의 주인인 라 가문의 수장이고 아버지는 공작이며 퓨션 왕국의 소드 마스터다.

"시스테이어스."

나는 멍하니 중얼거렸다.

그래, 기억을 지우지는 않았다. 그리고 난 분명히 왕자는 아니다. 평민이라 할 수 있을지도 모른다. 그리고 소년이 되긴 했다.

"빌어먹을. 하필이면 레즐러냐? 저 빌어먹을 타이레논 레즐러의 손자라구? 내가 왜 그놈의 손자가 되어야만 한단 말이야!"

나는 텅 빈 방 안에서 비명을 질렀다.

"시스테이어스! 차라리 기억을 지워!"

End.

망각이여, 그대는 가장 달콤한 눈물
죽은 자들을 위한 잔인한 탄식
산 자들을 위한 서글픈 축복

청어람 판타지 장편소설

『비커즈(BecaUse)』를 초월한
신개념 스타일리쉬 판타지의 재림!

손제호 판타지 장편 소설

러쉬 / 손제호 지음

**단언한다!
이제부터 러쉬(Rush)의 시대다!**

Rush : 돌진[맥진]하다. 쇄도하다. 돌격하다. 급습하다.

**손제호 특유의 럭셔리 스타일!
누구도 넘볼 수 없는 기발한 상상력의 압승!
잘 버무려진 유쾌한 웃음과 명쾌한 즐거움의 조합!**

2004년 최고의 화제작 『비커즈(BecaUse)』를 탄생시킨,
이 시대 최고의 스타일리시 스페셜리스트 손제호의 최신 역작!

WWW.chungeoram.com